Béla Bolten

Zwillingslüge

13. Ein Fall für Berg und Thal

Impressum

In den Reben 11
D-78465 Konstanz
belabolten@email.de

Lektorat: Michael Lohmann, www.worttaten.de
Cover-Design: Sabine Herke, www.sabineherke.de
Titelfoto: Andreas Lechtape, www.andreaslechtape.de

Der Autor im Internet:
www.belabolten.com

Inhalt

Kurz vor einer Beerdigung macht der Bestattungsunternehmer Leitner einen grausigen Fund: Jemand hat eine zweite Leiche in den Sarg gelegt, den siebenjährigen Leon, der an einer Überdosis Morphium gestorben ist. Eine Tätowierung am Fuß des Jungen wirft Fragen auf. Gibt es weitere Opfer, die beerdigt und nie gefunden wurden?
Als am nächsten Tag eine Mutter mit ihrem Sohn verschwindet, deutet alles darauf hin, dass die Fälle zusammenhängen.
Die Ermittler Bettina Berg und Alexander Thal müssen erkennen, dass sie es mit einem intelligenten und skrupellosen Gegner zu tun haben, der kaltblütig sein Ziel verfolgt: die eigene Unsterblichkeit.

Über den Autor

»Zwillingslüge« ist der dreizehnte Einsatz für das Konstanzer Ermittlerduo Bettina Berg und Alexander Thal.
Béla Boltens zeithistorische Krimiserie um den Polizisten Axel Daut (bisher erschienen: »Codewort Rothenburg« und »Der Aufbewarier«) spielt während des zweiten Weltkriegs in Berlin.
In der Reihe »Mörderische Alibis« geraten Leo Liebig und Jule Haller mit ihrer Münsteraner Alibi-Agentur in gefährliche Situationen.

Bolten lebt und arbeitet in Konstanz am Bodensee.

Eins

Montag. Sieben Uhr dreißig

Jungs sind alle gleich. Mit forschem Schritt, die Augen nach vorne gerichtet verlassen sie das Haus. Ein kurzer Blick zurück, ein Winken, das der in der Tür stehenden Mutter bedeuten soll: Nun geh schon rein! Die Finger unter die Riemen des Rucksacks gesteckt, die Mütze tief ins Gesicht gezogen. Mehr Entschlossenheit kann ein Erstklässler auf dem Weg zur Schule kaum ausstrahlen.

Er schmunzelte und ließ sich tiefer in den Sitz fallen. Nicht aus Furcht, entdeckt zu werden, sondern aus Gewohnheit. Wie viele Stunden hatte er schon im Auto verbracht und die Jungs beobachtet? Seit acht Jahren bestimmten sie sein Leben, zum Glück konnte er dieses Kapitel bald abschließen. Er musste nur noch ein Mal Gewissheit erlangen. Nummer Neun war das letzte Fragezeichen auf seinem Weg.

Der Junge bog um die Ecke und verschwand hinter einer Ligusterhecke. Er startete den Motor und fuhr im Schritttempo bis zur Kreuzung. Als er dem Kleinen nachschaute, konnte er sich ein Grinsen nicht verkneifen. Die Haltung des Jungen hatte sich in den letzten Sekunden verändert. Sein Oberkörper war nach vorne geneigt, der Kopf gesenkt, die Arme hingen schlaff herunter. Er ging langsam, als wollte er die Ankunft an seinem Ziel hinauszögern. Von Selbstsicherheit war keine Spur mehr zu sehen, eher von Angst und Unsicherheit.

Er bog in die Straße ein und folgte dem Jungen, der ihn nicht zu bemerken schien, weil der mit sich selbst genug zu tun hatte.

Da war es wieder! Das leichte Nachziehen des linken Beins. Irgendetwas stimmte nicht mit dem Gang des Jungen. Es war kein ausgeprägtes Hinken, eher ein Schlackern des Unterschenkels, infolgedessen berührte der Fuß den Boden zunächst mit dem Außenrist, ehe er einknickte und den Oberkörper nach links schwanken ließ. Wie ein Seemann bei Windstärke zehn, dachte er. Hatte sich der Junge den Fuß verstaucht? Oder lag ein ernsthafteres Problem vor?

Er parkte den Wagen am Straßenrand, ließ aber den Motor laufen. Der Junge würde eine halbe Minute brauchen, ehe er erneut und diesmal nach links abbiegen würde.

Hatte er etwas überlesen? Er nahm die Akte vom Beifahrersitz und schlug sie auf. Langsam blätterte er von Seite zu Seite. Seine Augen flogen über die eng beschriebenen Seiten, die er in den vergangenen Wochen wieder und wieder studiert hatte. Der Inhalt war ihm bis ins Detail bekannt, er wusste, dass es keinen Hinweis auf ein gesundheitliches Problem gab.

Er sah sich die jüngsten Fotos eingehend an. Der Junge war gut genährt, für sein Alter etwas klein und schmächtig, aber das lag an der fehlenden körperlichen Betätigung. Ein Mangel, der sich in intellektuellen Familien oft einstellte. Leider waren die Erzieher für gewöhnlich beratungsresistent, beharrten auf Geigenunterricht, befreiten die Sprösslinge aber beim kleinsten Husten vom Fußballtraining. Da konnte man sich den Mund fusselig reden!

Er blätterte ein paar Seiten zurück. Das letzte Protokoll war gerade einmal drei Wochen alt. Auch hier kein Hinweis auf eine körperliche Einschränkung, schon gar nicht auf einen Gehfehler. Er hatte die Erzieherin konkret danach gefragt, aber sie hatte seine Vermutung vehement bestritten.

Es wäre nicht das erste Mal, dass ihm eine Lüge aufgetischt wurde. Mütter neigten dazu, Schwierigkeiten zu verheimlichen. Sie fühlten sich für alles verantwortlich, auch wenn sie eine Entwicklung nicht beeinflussen konnten. Sie sahen in ihm den Fremden, der er weiß Gott nicht war.

Ein Lachen brach sich glucksend Bahn, er hielt sich die Hand vor den Mund und lenkte es in ein Gähnen um, das man sich um diese frühe Uhrzeit gestatten konnte. Er durfte sich nicht ablenken lassen. Wenn es ein Problem gab, musste er eine Lösung finden. So oder so.

Sollte er Nummer Neun aufgeben müssen, stünde seine Quote immer noch bei vierzig Prozent. Nicht schlecht, sagte er sich. Natürlich wäre es besser, wenn genau die Hälfte zum Erfolg geführt hätte, aber das stand am Ende nicht in seiner Macht. Wenn sich herausstellte, dass Nummer Neun nicht perfekt war, musste er handeln.

Er schlug die Akte zu und schaute durch die Frontscheibe in den Nebel. Der Junge überquerte die Straße, den Blick immer noch nach unten gesenkt. Aus der Entfernung und in das diffuse Licht dieses trüben Morgens getaucht sah er viel älter aus. Als drückte ihn eine Last zu Boden, die für einen Siebenjährigen nicht zu stemmen war.

Er lehnte den Kopf an die Kopfstütze und schloss für eine Sekunde die Augen. Beim bemitleidenswerten Anblick des Jungen wurde ihm wieder klar, was für eine Aufgabe er sich zugemutet hatte. Dabei hatte er sie sich selbst auferlegt. Niemand hatte bestimmt, dass er Shiva sein müsste.

Schöpfer und Zerstörer. Gütig und unheilvoll. Schrecklich und freundlich. Es gab keine Macht, die ihn beauftragt hatte. Er handelte aus eigenem Antrieb, war deshalb auch nur sich selbst verantwortlich. Es machte die Sache nicht leichter, vereinfachte aber das praktische Handeln. Erkannte er ein Problem, musste er selbst es lösen.

»Felix!«

Der Ruf, fast ein Schrei, ließ ihn zusammenzucken. Ein kurzer Blick in den Rückspiegel. Die Erzieherin rannte die Straße herunter. Ein leuchtend grüner Regenmantel wehte zur Seite und gab den Blick auf einen grauen Hausanzug frei.

»Felix!«

Sie schwenkte ein Päckchen über dem Kopf. Hatte der Junge seine Brote vergessen?

Er legte den Gang ein und lenkte das Auto auf die Straße. Fast hätte er einen Kavalierstart hingelegt, es gelang ihm gerade noch, den Fuß so weit vom Gas zu nehmen, dass er geräuschlos davon glitt.

Hatte sie ihn gesehen? Er warf einen Blick in den Rückspiegel. Sie hatte ihr Tempo verringert, trabte jetzt eher gemächlich dem Jungen entgegen, der auf dem Bürgersteig wartete und sich mit einer fahrigen Bewegung die Mütze tiefer ins Gesicht zog. Der Junge bemühte sich um Haltung. Wenigstens das!

Er lenkte den Wagen in die Nebenstraße und beschleunigte. Besser, er verschwand erst einmal. Die Frauen waren unberechenbar. Er hatte von vornherein gewusst, dass sie das größte Risiko darstellten, doch leider waren sie unersetzbar. Sie gänzlich zu eliminieren, wäre das größte Schnäppchen, das man der Natur schlagen könnte. Er war sich sicher, dass es eines Tages gelingen würde, aber es gehörte nicht zu seinen Aufgaben.

Im Moment brauchte er die Frauen noch. Am Ende allerdings würde er sie beseitigen. Alle.

Heute allerdings ging es um etwas anderes. Nummer Neun war das Problem. Er kannte die Lösung.

Zwei

Montag. Neun Uhr fünfzehn

»Guten Morgen, Alexander!«

Thal blickte zur Tür und nickte Bettina zu, die strahlend das Büro betrat. Ihr Wochenende war unverkennbar entspannter gewesen als seines.

»Du siehst mitgenommen aus«, sagte sie.

Thal presste die Kiefer aufeinander und versuchte, den Druck in seinen Gehörgängen auszugleichen. Seit gestern Abend hatte er das Gefühl, einen Wattepfropfen zu tragen, alle Geräusche waren gedämpft. Er drückte mit beiden Händen gegen die Ohrmuscheln.

»Alles in Ordnung mit dir?« Bettina legte die Stirn in Falten. Thals Herzinfarkt lag länger als ein halbes Jahr zurück, aber bei den kleinsten Anzeichen einer Unpässlichkeit reagierte die Kollegin immer noch besorgt.

»Alles bestens. Ich frage mich nur, wie Madlaina das aushält.«

Bettina ging zum Sideboard und öffnete die Tür des kleinen Einbaukühlschranks. Sie nahm einen Tetrapak heraus und schnüffelte. Augenscheinlich war die Milch noch gut, denn sie füllte ein Glas, in das sie zwei Teelöffel eines hellroten Pulvers rührte. Ob sie die Vorliebe für die eklig nach Chemie schmeckende Erdbeermilch jemals wieder verlieren würde?

»Rockmusik ist nun mal mit Krach verbunden«, sagte sie. »Wie ist das Konzert gelaufen?«

»Prima«, sagte Thal. »Es war ja gestern der erste Auftritt mit dem neuen Programm, dafür lief es erstaunlich rund.«

Thal grinste. Die ›Olsenbande‹ hatte beschlossen, vor dem offiziellen Start der Tournee vier Konzerte in kleinem Rahmen zu geben, Generalproben sozusagen. Auch wenn das Publikum klein und handverlesen war, kletterte Madlainas Lampenfieber in ungeahnte Höhen. Umso erleichterter war sie am Ende des Konzerts gewesen. Die Leute hatten getobt und die Musiker diesen Erfolg ausgiebig gefeiert. Madlaina hatte darauf bestanden, dass Thal bis zum Ende dabeiblieb. Jetzt musste er feststellen, dass er für eine solche Party zu alt war. Es würde noch drei weitere dieser Proben vor Publikum geben, ehe der Tourtross sich in zehn Tagen in Bewegung setzen würde. Dann konnte er sich ausruhen, allerdings würde er auch Madlaina zwei Monate lang kaum sehen.

Er spürte, dass sich eine Melancholie anschlich, und stand auf, um sich den ersten Espresso des Tages zu bereiten.

»Vielleicht schaffen wir es ja noch, eines der nächsten Konzerte zu besuchen.« Bettina leerte ihr Glas und stellte es in die Spüle.

Thal hatte sich noch immer nicht daran gewöhnt, dass Bettina Zukunftspläne im Plural aussprach und dabei weder ihre Tochter noch ihren Kollegen meinte.

»Wie geht es Vince?«, fragte er und füllte Bohnen in die Kaffeemühle.

»Sehr gut. Weißt du, was mich am meisten freut? Er kommt wunderbar mit Leah zurecht. Er liebt die Kleine wirklich.«

Die Melancholie setzte zum Sprung an, und Thal rettete sich in die Routine, indem er Kaffeepulver in den Siebträger schaufelte. Es fühlte sich immer noch merkwürdig an, dass sein Freund Vince Abel der neue Mann an Bettinas

Seite war. Auch wenn es Thal schwerfiel, er musste zugeben, dass er eifersüchtig war. Nicht auf Abel als Liebhaber seiner Kollegin, sondern als Ersatzpapa seiner Enkeltochter – das Wort Stiefvater verbot er sich auch nur zu denken. Als würde Abel dem Opa Thal die Zeit mit seiner Enkelin stehlen.

Er nahm die kleine Tasse in die Hand und trank den ersten Schluck. Die Konzentration auf den Geschmackssinn verminderte das nervige Brummen in seinen Ohren. Beim nächsten Konzert sollte er sich heimlich Ohropax einstecken.

»Wir sollten mal was zusammen unternehmen, findest du nicht?« Bettina lächelte ihn an. Wieder einmal hatte Thal das Gefühl, sie könnte seine Gedanken lesen.

»Gute Idee«, sagte er und leerte die Tasse mit dem zweiten Schluck. Ein Gespräch über seine Rolle als Großvater wollte er auf jeden Fall vermeiden. Zum Glück klingelte in diesem Moment das Telefon.

»Guten Morgen, Alexander!« Auch Jonas Quandt klang fröhlicher, als man es an einem neblig trüben Wintermontag erwarten durfte. Thal wappnete sich für die Frage, wie Madlainas Konzert verlaufen wäre.

»Es gibt möglicherweise Arbeit.«

»Guten Morgen, Jonas.« Thal war froh, allem Privaten aus dem Weg gehen zu können. »Bettina hört mit. Worum geht's?«

»Genau weiß ich das auch noch nicht. Vor ein paar Minuten ging in der Zentrale der Anruf eines Bestattungsunternehmers ein. Er hätte eine Leiche ...«

»Sehr witzig«, rief Bettina. »Das ist ja wohl kaum ein Fall für uns, oder?«

»Nun ja«, sagte Quandt ruhig. Thal wunderte sich, dass er nicht auf die flapsige Bemerkung der Kollegin reagierte. »Wie es aussieht, gibt es eine Leiche zu viel. Außerdem ...«

Quandt machte eine Pause, sein Atmen war deutlich zu hören. Thal hatte das Gefühl, die Temperatur sinke schlagartig.

»Es handelt sich bei der überzähligen Leiche um ein Kind.«

Drei

Montag. Neun Uhr zwanzig

Warum beobachtete er Felix?

Melanie Reiter rannte in ihrem Wohnzimmer auf und ab. Immer wieder fiel ihr Blick auf das Päckchen Zigaretten. Mit zitternden Händen steckte sie es in die Tasche. Sie hatte vergessen, die Schachtel in die Lederhülle zu stecken, die Erik ihr zum Geburtstag geschenkt hatte. »Es ist nicht nötig, dass Felix die Schockbilder sieht«, hatte er gesagt. Es war ihm nicht gelungen, den anklagenden Unterton zu unterdrücken, der sich in jede Bemerkung über ihre Sucht schlich. »Er ist ohnehin schon ängstlich genug«, hatte er hinzugesetzt – und hatte recht damit. Felix machte sich ständig über irgendetwas Sorgen. War es nicht zu kalt für die Vögel? Würden die Blätter im nächsten Jahr ganz sicher wiederkommen? Nicht selten nervte er sie mit diesen Fragen, an anderen Tagen rührte er sie zu Tränen. Wie konnte man mit sieben Jahren nur schon so ernsthaft sein?

Sie befühlte die Zigarettenschachtel durch den rauen Stoff ihrer Jogginghose. Sie wusste, dass sie den Kampf verlieren würde, sah aber jede Sekunde, der sie der Gier widerstand, als Erfolg an, mochte er noch so klein sein.

Warum folgte er dem Jungen auf dem Schulweg? Das hatte er bisher nie gemacht. Oder hatte sie es nur nicht bemerkt?

Sie zog die Schachtel aus der Hosentasche, nahm eine Zigarette heraus und steckte sie sich zwischen die Lippen.

Sie schaute Felix jeden Morgen nach, wenn er sich auf den Weg zur Schule machte. Er mochte es nicht, das wusste sie. Es passte nicht zu seinem Selbstbild als großer Junge.

»Hör auf, ihn zu bemuttern!«, sagte Erik, wenn sie sich mal wieder als Glucke aufspielte. »Wie soll er denn jemals von deinem Rockzipfel lassen, wenn du ihm ständig hinterherrennst.«

Sie wusste, dass Erik recht hatte. Aber was verstand er schon von Mutterliebe.

Sie nahm das Feuerzeug vom Tisch und entzündete den Glimmstängel. Der erste Zug war der beste. Tief sog sie den Rauch in die Lungen und hielt ein paar Sekunden die Luft an, ehe sie geräuschvoll durch die Nase ausatmete. Sie liebte das Kribbeln an den Nasenflügeln, den besonderen Duft des Tabakrauchs, nachdem er die Lungenbläschen passiert hatte.

Trotz der Kälte öffnete sie das Fenster einen Spaltbreit, Erik hasste es, wenn sie im Wohnzimmer rauchte. Sie nahm Zug auf Zug und blies den Qualm so gut es ging durch den Spalt ins Freie. Dort vorne, keine zehn Meter von ihrem Haus entfernt, hatte er gewartet, bis Felix die Straßenecke erreicht hatte. Sie hatte das Auto erst wahrgenommen, als es langsam die Straße hinunterrollte.

Es gab keinen Zweifel, dass er es war.

Sie war sofort in Panik geraten, hatte es aber zehn Sekunden geschafft, ruhig zu bleiben. Was wollte er von ihm? Die Abmachung sah vor, dass er den Jungen nur in ihrem Beisein traf. Warum hielt er sich nicht daran?

Hastig hatte sie einen Kanten Brot eingewickelt. Zum Glück dachte sie daran, den Regenmantel überzuziehen, so blieb ihr die Scham erspart, im Hausanzug ihrem Sohn nachzurennen wie eine schlampige Helikoptermutter.

Das Auto bog genau in dem Moment in die Seitenstraße, als die Wohnungstür hinter ihr zufiel. Als sie ebenfalls die Ecke erreicht hatte, stand es mit laufendem Motor am Straßenrand. Felix schlich mit gesenktem Kopf und schlenkernden Armen vor ihr her. In dem Tempo würde er noch zu spät kommen! Der Anblick gab ihr einen Stich. Seit dem ersten Schultag fürchtete der Junge sich vor den größeren Kindern in seiner Klasse. Er konnte es nicht mit ihnen aufnehmen, schaffte es nicht einmal, ihnen zu entkommen, indem er davonrannte. Er war zu langsam und hatte immer mehr Mühe, nicht zu stürzen, sobald er das Tempo beschleunigte.

»Wir müssen dringend etwas unternehmen«, hatte Erik noch vorgestern Abend gesagt, als sie wie so oft über Felix' Erziehung stritten. »Ich melde ihn sofort beim Fußballverein an, er muss endlich lernen, sich durchzusetzen.«

Erik hielt Sport für die Lösung von fast allem. Melanie nicht.

Sie nahm den letzten Zug, drückte die Zigarette im Kristallaschenbecher aus und wedelte eine Rauchschwade in Richtung des geöffneten Fensters, was sie laut auflachen ließ. Was für eine Schmierenkomödie!

Das Läuten der Haustürglocke jagte ihr einen Schreck durch alle Glieder, dabei hatte Erik erst vor einer Woche den lauten Glockenschlag durch eine sanfte Harfe ersetzen lassen. Sie nahm den Aschenbecher vom Tisch und stellte ihn hinter den größten Blumentopf auf der Fensterbank. Sie schlich in den Flur und schaute durch den Türspion.

Was wollte er hier? Er hatte keinen Termin und war bisher noch nie unangekündigt aufgetaucht. Er konnte Ansprüche stellen, keine Frage. Sie hätte ihre Verabredung liebend gerne rückgängig gemacht, aber dazu hatte sie weder das Recht noch die Möglichkeit. Sie war ihm schließlich zu Dank verpflichtet und die Konsequenzen wären furchtbar gewesen. Nein, das durfte sie Felix nicht antun.

Sie schaute an sich herunter und schämte sich. Wie konnte sie noch immer in diesem Aufzug rumlaufen? Es war spät am Vormittag und sie sah aus wie eine Schlampe. Fahrig strich sie das Sweatshirt glatt und fuhr sich durch die Haare, ehe sie die Tür öffnete.

»Guten Tag, Frau Reiter.«

Er lächelte sie an. Was freundlich wirken sollte, ließ sie frieren. Oder war es nur die Kälte dieses Wintermorgens, die ihr eine Gänsehaut über die Arme jagte.

Sie zwang sich, keine Regung zu zeigen. »Was wollen Sie?«

»Meinen Sie nicht, dass wir das besser im Haus besprechen?« Er lächelte noch immer.

»Der Monat ist noch nicht vorüber.«

Sie machte einen kleinen Schritt nach vorne, er sollte wissen, dass sie zu keinen Zugeständnissen bereit war.

Er blieb wie angewurzelt stehen, allerdings erstarb das Lächeln auf seinem Gesicht. Seine Augen verengten sich zu Schlitzen.

»Ich habe meine Gründe für diesen Besuch.«

Seine Stimme war schneidend. Hatte sie ihn jemals so aufgebracht erlebt? Sie hielt sich am Türrahmen fest. »Und das hat nicht bis nächste Woche Zeit?«

»Wäre ich sonst hier?«

Er trat einen Schritt nach vorne, stieß dabei gegen ihre Schulter und drängte sie unsanft zur Seite. Ohne ein weiteres Wort ging er ins Wohnzimmer. Sie sah, wie er den Mantel lässig über einen Sessel warf, ehe er das Fenster schloss.

Sie verstand. Nichts sollte nach außen dringen. Was sie besprachen, ging niemanden etwas an. Das war immer so gewesen und es war gut so.

Vier

Montag. Zehn Uhr fünfzig

»Verdammt, ist das kalt hier!«

Hartmut Grendel schlang die Arme um den Oberkörper. Bettina schmunzelte über die theatralische Geste, war aber selbst froh, sich am Morgen für den Wollmantel entschieden zu haben, und klappte den Kragen hoch.

Thal ging an dem Kriminaltechniker vorbei und schlug ihm auf die Schulter. »Noch keiner von deinen Leuten da?«

»Sind auf dem Weg, ist aber eh nicht viel Platz hier und solange ihr uns im Weg steht ...«

»Lass gut sein, Hartmut.« Bettina kam Thal zuvor, dessen Erwiderung weniger freundlich gewesen wäre. Sie folgte ihrem Kollegen in einen schwach beleuchteten Raum, der mit getragener Musik beschallt wurde. In der Ecke stand eine Sitzgruppe aus dunklem Leder, davor ein niedriger Tisch, auf dem einige Bücher lagen. Bettina legte den Kopf schief und entzifferte die Titel. »›Abschied, Trauer, Neubeginn‹, ›Dem Tod begegnen‹, ›Die letzte Reise‹.«

Sie atmete tief ein. »Könntest du in einem Buch schmökern, während ein lieber Verstorbener im Sarg nebenan liegt«, fragte sie mehr sich selbst.

»Wir machen den Trauernden ein Angebot«, antwortete eine tiefe Stimme von rechts. »Ob sie es annehmen ...«

Bettina drehte sich um. Neben einem hüfthohen Leuchter stand ein schwarz gekleideter Mann in leicht gebückter Haltung. Er trat mit ausgestreckter Hand auf sie zu. »Gestatten, Boris Leitner.«

Bettina ergriff die Hand und bereute es sofort. Wie ein toter Fisch, dachte sie und bemühte sich, ihre Abscheu zu verbergen. »Sie sind der Geschäftsführer dieses Bestattungsunternehmens?«

»Der Inhaber«, antwortete der Mann. Sein gut gebräuntes Gesicht wirkte auf merkwürdige Art deplatziert.

Grendel ging an Bettina vorbei und stellte sich in eine Tür. »Wenn ihr dann mal schauen wollt ...«

Bettina nickte Leitner zu und folgte dem Techniker. Als ihr Blick in die kleine Kammer fiel, hielt sie den Atem an. Sie hatte schon viele Tote gesehen, Tatorte waren etwas für Hartgesottene, aber sie wusste, dass sie dieses Bild lange verfolgen würde. In der Mitte des höchstens zehn Quadratmeter großen Zimmers stand ein massiver Eichensarg. Der Deckel, auf dem sich ein gusseisernes Kreuz befand, war an die Wand gelehnt. Am Kopfende des Sarges standen zwei schwere Eisenleuchter, die dicken Kerzen, um die sich ein dunkelgrünes florales Ornament rankte, brannten nicht, trotzdem schien das Gesicht des greisen Mannes im Sarg von einem flackernden Licht beleuchtet. Er trug einen dunklen Anzug, darunter ein schneeweißes Hemd.

»Johann Eckel«, flüsterte der Bestatter, als könnte ein zu lautes Wort den Mann wecken. »Verstorben im hohen Alter von zweiundneunzig Jahren. Seine Beerdigung sollte in zehn Minuten beginnen.«

»Daraus wird nichts werden«, sagte Bettina und ließ den Blick nach unten wandern. Auf dem Bauch des Mannes lag ein Kind. Der Junge trug ein hellrotes Flanellhemd und eine Jeans, seine Füße steckten in blauen Strümpfen, die an den Fersen fadenscheinig waren. Er hatte seine Arme um den Körper des alten Mannes geschlungen, sein Kopf ruhte auf dem Bauch des Greises, als schmiege er sich an ihn. Die

Hände des Erwachsenen lagen leicht gespreizt auf dem Rücken des Kindes, als streichelte ein Opa seinen Enkel.

»Ziemlich kranker Scheiß, wenn ihr mich fragt.« Hartmut Grendel winkte jemandem über Bettinas Schulter zu. »Geht's wieder?«

Nils Kröning, der Polizeifotograf, nickte Bettina mit kreidebleichem Gesicht zu. »Wollt ihr die Auffindesituation sehen?«, fragt er. Bettina wusste, dass Professionalität half, den Schrecken zu beherrschen. Kröning suchte nach dem passenden Bild und hielt ihr das Display entgegen. Der Leichnam des alten Mannes war mit einer weißen Damastdecke bedeckt, unter der rechts eine Kinderhand hervorschaute.

»Wer hat den Jungen entdeckt?«, fragte Thal.

»Das war reiner Zufall«, antwortete Leitner und stellte sich neben den Sarg. Er faltete die Hände vor dem Bauch und sah mit seinem schräg gelegten Kopf aus wie ein trauernder Angehöriger. Mit einem kaum wahrnehmbaren Nicken deutete er auf den alten Mann. »Eckels Enkelin tauchte gestern am frühen Abend bei mir auf. Sie legte mir diesen kleinen Eisbären auf den Schreibtisch.« Leitner bückte sich, um ein Stofftier vom Boden aufzuheben.

»Liegen lassen!«, rief Grendel scharf. Er verstand keinen Spaß, wenn jemand sich an Beweisstücken zu schaffen machen wollte.

Leitner sprach unbeeindruckt weiter. »Die Kleine weinte herzzerreißend. Ohne ihren Eisbären als Freund und Begleiter wäre der Opa mutterseelenallein auf seiner langen Reise.«

Der Bestattungsunternehmer machte eine Pause. Bettina glaubte, eine Träne in seinem Auge zu sehen. Oder war es nur professionelles Gehabe?

»Ich habe dem Mädchen versprochen, ihren Wunsch zu erfüllen und den Eisbären in den Sarg zu legen. Bartek sollte das gestern vor Feierabend erledigen, aber er hat es wohl vergessen. Als ich heute Morgen nach dem Rechten sah, lag das Stofftier neben dem Sarg.«

»Wer ist dieser Bartek?«, fragte Thal.

»Bartek Wójcik, mein Mitarbeiter. Er hat sich krankgemeldet. Durchfall. Das kommt nicht oft vor, müssen Sie wissen. Bartek ist Pole und die Zuverlässigkeit in Person.«

»Also haben Sie selbst den Sarg geöffnet?«

Leitner nickte, der Schock war ihm noch immer anzusehen.

»Ohne dieses Stofftier ...«, murmelte Thal.

»... wäre der Junge mit dem alten Mann beerdigt worden«, beendete Leitner den Satz.

Für einige Augenblicke legte sich eine Stille über die Anwesenden, die dem Ort der Trauer entsprach.

»Haben Sie den Jungen schon einmal gesehen?«, fragte Bettina und hatte Mühe, ihre Stimme nicht allzu belegt klingen zu lassen.

Leitner schüttelte schweigend den Kopf.

»Wie konnte jemand die Leiche unbemerkt hereinbringen?« Thal fixierte den Bestatter, als könnte er die Antwort an seiner Mimik ablesen.

»Eckels Angehörige haben gestern Nachmittag Abschied genommen. Danach hat Bartek den Sarg verschlossen. Heute Morgen wurde der Blumenschmuck angeliefert.« Er deutete auf ein Bouquet aus weißen Lilien, das auf einem Eisengestell darauf wartete, auf den Sargdeckel montiert zu werden. Bettina rümpfte die Nase, sie hasste Lilien; der süßliche Geruch erzeugte Übelkeit.

Leitner bemerkte ihren Blick und nickte. »Ich habe der Floristin schon zigmal gesagt, dass sie eine nicht duftende Lilienart auswählen soll. Den Gestank hält doch keiner aus.«

Thal nickte Bettina zu, zog das Handy aus der Tasche und wandte sich zum Gehen. »Ich rufe Restle an, ich möchte, dass er sich die Auffindesituation anschaut. Das Ganze kommt mir nicht geheuer vor. Am besten rührt ihr die Toten nicht an, bevor er oder Fiona Lee hier waren. Vielleicht können sie ausnahmsweise die Obduktion in Konstanz statt in Freiburg durchführen, wir sollten keine Zeit verlieren.«

Grendel hob resignierend die Hände. Bettina wusste, dass er es hasste, an einem Tatort zur Untätigkeit verdammt zu sein. »Konzentriert euch erst mal darauf, wie der Junge in den Sarg gekommen ist«, schlug sie vor. »Einbruchspuren an den Türen und so weiter.«

»Fingerabdrücke dürfen wir dem Jungen aber abnehmen, oder?«, fragte Grendel grimmig. »Es muss doch eine Vermisstenmeldung vorliegen.«

Bettina nickte und wandte sich an Kröning. »Mach ein paar öffentlichkeitstaugliche Porträts, damit wir sie abgleichen können. Vielleicht können wir den Jungen schnell identifizieren.«

»Und was sage ich den Angehörigen des Verstorbenen?« Leitner hatte die Augenbrauen nach oben gezogen, was ihm das Aussehen eines Clowns gab.

Bettina zuckte mit den Schultern. »Am besten sagen Sie ihnen die Wahrheit.«

»Und die wäre?«

»Dass es heute ganz sicher keine Beerdigung geben wird.«

Fünf

Montag. Zwölf Uhr fünf

»Nein! Nein! Nein!«

Er schlug mit der Hand aufs Lenkrad. Niemals hätte er damit gerechnet. Zum Glück hatte er rechtzeitig zu den Mittagsnachrichten das Radio eingeschaltet. Er lehnte sich zurück und schloss die Augen. Der Radiosender war wieder zu seinem seichten Programm übergegangen, mit dem er die Hörer vierundzwanzig Stunden am Tag einlullte, sah man von der stündlichen Unterbrechung durch die Nachrichten ab. Aus den Lautsprechern in den Türen dröhnte ein Rocksong, die Band trug den albernen Namen ›Olsenbande‹. Der Moderator wies mit sich überschlagender Stimme auf eine bevorstehende Tournee der Truppe hin und pries ein Gewinnspiel an, bei dem es Karten für ein ›Wohnzimmerkonzert‹ zu gewinnen gab. Er drehte die Lautstärke herunter, bis die dunkle Stimme der Sängerin nur als Hintergrundrauschen seine Gedanken begleitete.

Der Fall war der Aufmacher in der Nachrichtensendung gewesen. Klar, in diesem Kaff passierte nur selten etwas Sensationelles, und um genau das handelte es sich. Ein sensationelles Verbrechen.

Er rieb sich mit den Händen über die Augenlider. In einem anderen Moment hätte er stolz auf seine Idee sein können. Jetzt aber bewegte ihn nur die Frage, wie es zu dieser Entdeckung kommen konnte. Er hatte alle Eventualitäten berücksichtigt, wochenlang alle Möglichkeiten abgewogen. Seine Planung war perfekt gewesen, daran hatte er keinen Zweifel. Wie so oft musste es ein dummer Zufall gewesen sein, der ein mustergültig in Szene gesetztes Vorhaben zum Scheitern brachte.

Stopp!

Er schreckte hoch und schaute sich um. Hatte er gerade laut mit sich selbst gesprochen? Er stieß die angehaltene Luft kräftig aus und blies dabei die Backen auf. Keiner war in seiner Nähe. Er musste sich besser im Zaum halten, gerade jetzt sollte er niemanden auf sich aufmerksam machen. Unauffällig zu sein, keinem Menschen ins Auge zu stechen, in der Masse mitzuschwimmen, das waren die entscheidenden Faktoren für seinen Erfolg. Es fiel ihm nicht leicht, denn er war alles andere als gewöhnlich und die Masse, in der er aufgehen musste, war ihm zuwider.

Es klopfte an die Scheibe. Er riss den Kopf herum. Der Kassierer beugte sich herunter und sah ihn fragend an. Er betätigte den Schalter des Fensterhebers.

»Sind Sie alleine?«, fragte der Mann. In seinem Vollbart glitzerten einige Eiskristalle.

Er nickte. »Einfache Fahrt bitte.«

»Macht elf Euro sechzig.«

Er kramte zwölf Euro aus dem Portemonnaie und unterdrückte den Impuls »stimmt so« zu sagen. Nur nicht auffallen, rief er sich ins Gedächtnis, als er das Wechselgeld und das Ticket für die Fährüberfahrt nach Meersburg einsteckte. Er war froh, dass der Kassierer ohne ein weiteres Wort zum nächsten Auto gegangen war.

Er beugte sich vor und stellte das Radio ab. Das Fährschiff hatte abgelegt, in fünfzehn Minuten würde es das andere Seeufer erreichen. Eine Viertelstunde, in der er sich über die Konsequenzen der Nachricht klar werden musste, die heute das Tagesthema rund um den See sein würde.

Eins war sicher: Nachforschungen waren von nun an unvermeidbar. Bisher hatte sich niemand für ihn interessiert, das hatte sich geändert. Doch zu welchen Schlüssen würde man kommen? Im schlimmsten Fall stellten sie fest, dass mit dem Jungen etwas nicht stimmte. Nicht direkt, aber ... Er grinste, fuhr sich aber sofort mit der Hand übers Gesicht, als müsste er diese deplatzierte Mimik wegwischen.

Es bestand sogar die Möglichkeit, dass sie den eigentlichen Sachverhalt nicht erkannten. Des Pudels Kern sozusagen, der ihnen bei ein bisschen Glück nicht auffiel. Ihn konnte nur entdecken, wer wusste, wonach er suchte. Wer auch immer den Tod des Jungen untersuchte, hatte keine Ahnung.

Er spürte, wie er sich beruhigte. Es gab keinen Grund zur Panik, im Grunde genommen war nichts passiert. Die Ermittler standen vor einer Gleichung mit zu vielen Unbekannten, sie konnten sie unmöglich auflösen.

Er erschrak, als eine Wasserfontäne gegen seine Frontscheibe schlug. Ein böiger Wind peitschte die Wellen auf, der Winter am Bodensee konnte garstig sein.

Er hörte sich selbst eine Melodie summen. Dunkel, traurig, erdig. Passend.

Nein, es war nichts passiert, dachte er und summte weiter. Er sollte sich lediglich etwas zurückhalten in den nächsten Tagen. Die Entscheidung über Nummer Neun eilte nicht. Nur eine Sache drängte auf Erledigung. Sie war unangenehm, duldete aber keinen Aufschub. Wenn er verhindern wollte, dass eine Unbekannte des Rätsels von jemand Unbefugtem entdeckt würde, musste er ihn aus der Welt schaffen. Er tat es wahrlich nicht gerne, aber für das große Ziel war er bereit, Opfer zu bringen.

Was summte er da bloß für eine Melodie? Er spürte den Tönen nach. Tatsächlich! Es war das Lied dieser Konstanzer Band, die er vor einigen Minuten im Radio gehört hatte.

Er beugte sich vor und schob eine CD in den Schlitz. Zwei Sekunden später füllten die perlenden Klänge von Mozarts 17. Klavierkonzert den Innenraum.

»G-Dur«, murmelte er und hatte das Gefühl, dies sei die Antwort auf alle Fragen.

Sechs

Montag. Dreizehn Uhr vierzig

»Scheiß Kälte!«

Jonas formte die Hände zu einer Muschel und blies hinein. Er sah wirklich verfroren aus, kein Wunder, wenn er sich ständig diese thailändische Wachmacherbrause reinzog. Thal legte die Hände um seine warme Espressotasse und lächelte. Die erste große Lagebesprechung nach einem Leichenfund erwies sich auch diesmal als mühselig. Es kam darauf an, alle auf denselben Sachstand zu bringen – und das im Beisein von Kriminaldirektor Schober, der es sich seit Monaten nicht nehmen ließ, die Ermittlungen persönlich zu begleiten. Vermutlich war es ihm am Schreibtisch zu langweilig.

»Immerhin ist der Junge identifiziert«, sagte Schober, als hätte er Thals Gedanken gelesen.

Quandt stand auf und heftete ein Foto im DIN-A4-Format an die Pinnwand. »Leon Bahr, acht Jahre«, sagte er. Für einen Augenblick senkte sich Stille über den Raum; so war es immer, wenn das Mordopfer ein Kind war. Niemand wog Leben gegen Leben auf, aber ein Kindsmord war und blieb das Abscheulichste, mit dem sich Kriminalpolizisten zu beschäftigen hatten.

»Der Kleine ist vor vier Tagen von seiner Mutter als vermisst gemeldet worden.«

Quandt zog einen Stuhl unter dem Tisch hervor und setzte sich direkt vor die Pinnwand, als müsste er weitere Fundstücke und Notizen anbringen. Dabei hatten sie so gut wie nichts. Grendels Leute hatten sich den Trauerraum inzwischen vorgenommen und keine Spuren gefunden. Nichts deutete auf einen Einbruch hin, alle Türen im Bestattungshaus waren unbeschädigt.

»Das völlige Fehlen von Einbruchspuren ist doch auch ein Ergebnis«, sagte ›Imam‹ Schober in seinem typischen Singsang; dem verdankte er den Spitznamen, der zugleich eine Verballhornung seines Vornamens Immanuel war.

Thal stand auf und stellte die Tasse in die Spüle. Er musste dem Kriminaldirektor den Rücken zudrehen, damit er sein Grinsen nicht sah. Wie so oft hatte der Chef eine Aussage als Frage formuliert, um im Fall eines Irrtums nicht wie ein Depp dazustehen.

»Das stimmt schon«, sagte Bettina, die keine Mühe hatte, ernst zu bleiben. »Ein paar Spuren wären aber durchaus hilfreich.«

Quandt hielt es nicht länger auf seinem Stuhl. Er sprang auf und begann, im Raum herumzutigern, was Schober mit sichtbarem Missfallen verfolgte. »Wir können auf jeden Fall davon ausgehen, dass der Täter Zugang zum Aufbahrungsraum des Bestattungsunternehmens hatte.«

»Einspruch«, sagte Thal, der seine Mimik wieder im Griff hatte. »Wer auch immer Leon Bahrs Leiche in den Sarg gelegt hat, muss nicht unbedingt der Täter sein.«

Schober stöhnte auf. »Bitte, das sind doch Spitzfindigkeiten. Wenn wir denjenigen kennen, der den Jungen dort abgelegt hat, sind wir einer Lösung des Falls sehr nahe.«

Thal verkniff sich den Einwand, dass gerade am Anfang einer Ermittlung eine präzise Sprache wichtig war. Zu schnell schlich sich eine ungenau formulierte Behauptung in die Hirne der Ermittler und mutierte dort zum unstrittigen Faktum. »Auf jeden Fall ist jemand in den Trauerraum gelangt, ohne Einbruchspuren zu hinterlassen. Er oder sie musste also über die Schlüssel verfügen. Wenn wir davon ausgehen, dass sie nicht gestohlen oder verloren wurden, kommt nach der Aussage des Bestattungsunternehmers Leitner nur dessen polnischer Gehilfe infrage, dieser ...« Thal zog ein Blatt mit der Auflistung der Zeugen zu sich heran.

»Bartek Wójcik« warf Bettina ein, die keine Mühe zu haben schien, sich den schwierig auszusprechenden polnischen Namen zu merken.

»Was ist mit Leitner selbst?«, fragte Quandt, der sich auf den Heizkörper gehockt hatte. »Er hat auch unbeschränkten Zugang.«

»Klar, aber er kommt als Täter wohl kaum in Betracht, oder?«

Wieder kleidete der Kriminaldirektor eine Behauptung in die Form einer Frage.

»Stimmt«, sagte Thal, der diese Sackgasse so schnell wie möglich verlassen wollte. »Wäre er der Mörder des Jungen, hätte er uns nicht informiert, sondern die Kinderleiche vor drei Stunden gemeinsam mit dem alten Mann beerdigt.«

»Wir können davon ausgehen, dass Leon Bahr in diesem Fall für immer verschwunden geblieben wäre. Wenn man so will: Eine perfekte Methode, einen Toten verschwinden zu lassen.«

»Noch besser wäre es nur, wenn er den Jungen einer Leiche beigelegt hätte, die verbrannt werden sollte.« Dieses Mal sprach Schober eine Behauptung mit Gewissheit aus.

»Falsch!«, sagte Quandt und sprang vom Heizkörper.

Schober zuckte zusammen. Bevor er sich die barsche Zurückweisung durch den jungen Kollegen verbieten konnte, mischte sich Bettina ein.

»Jonas hat recht. Bevor ein Sarg in den Krematoriumsofen geschoben wird, findet eine zweite Leichenschau statt. In diesem Fall wäre die Leiche des Jungen also auf jeden Fall entdeckt worden.«

Der Imam schob die Unterlippe vor und nickte. »Wie wollen Sie vorgehen, Thal?«

»Zuerst müssen wir mit der Mutter sprechen. Bei Kindstötungen stehen immer die Angehörigen unter Verdacht.«

Thals Satz veränderte die Atmosphäre im Raum erneut. Es war schwer genug, der Mutter eines ermordeten Kindes die Wahrheit sagen zu müssen. Sie unmittelbar danach als Verdächtige zu verhören, zerriss jedem Ermittler das Herz.

Quandt tippte schweigend auf seinem Tablet herum, Bettina drehte einen Füllfederhalter zwischen den Handflächen. Beide hofften, dass dieser Kelch an ihnen vorbeiging und Thal jemand anderen mit dieser Aufgabe betraute.

Das Klingeln des Telefons ließ sie aufschrecken. »Stephanie«, sagte Bettina nach einem Blick auf das Display und schaltete den Lautsprecher ein. Thal hatte die Kollegin Bohlmann abgestellt, gemeinsam mit Grendel am Tatort zu bleiben und die Leichenschau der Rechtsmedizinerin Fiona Lee zu begleiten, die inzwischen eingetroffen war. Wie erwartet, hatte Restle ihr die Fahrt aus Freiburg nach Konstanz aufgehalst. Thal war froh darüber, denn sie war wesentlich offener als ihr raubeiniger Chef.

»Wir sind jetzt so weit, dass wir die Leiche abtransportieren können«, sagte Stephanie.

»Was ist mit meinem Vorschlag, in Konstanz zu obduzieren?«, fragte Thal.

»Fiona ist einverstanden«, sagte Stephanie.

»Und Professor Restle?«, fragte Schober, der den Fähigkeiten der jungen Asiatin misstraute.

»Er tobt zwar«, meldete sich Fiona Lee aus dem Hintergrund, »aber er ist auf dem Weg. Ich habe uns einen Raum in der Pathologie des Konstanzer Klinikums reserviert, wir beginnen in einer Stunde mit der Arbeit.«

»Gut.« Thal stützte beide Hände auf die Tischplatte und beugte sich über das Mikrofon des Telefons. Die Arbeit nahm ihren routinierten Lauf, und das war das Beste, was im Moment passieren konnte. »Stephanie, du nimmst an der Obduktion teil. Ich fahre derweil mit Bettina zu den Eltern des toten Jungen.« Er schaute kurz auf, Bettina hatte den Kopf gesenkt und nickte.

»Jonas, du befragst Leitners Mitarbeiter.«

Quandt nickte erleichtert, dass ihm der schlimmste Teil der Arbeit erspart blieb. »Der Pole wohnt aber in Meersburg, das heißt, dass wir die Kollegen in Überlingen informieren sollten.«

»Darum kümmere ich mich«, sagte der Imam und richtete den Oberkörper auf.

»Es reicht, wenn mich ein uniformierter Kollege von der anderen Seeseite begleitet«, sagte Quandt.

»Dann nichts wie an die Arbeit.« Am liebsten hätte Thal in die Hände geklatscht, hielt aber gerade noch rechtzeitig in der Bewegung inne.

»Moment«, rief Stephanie. »Wir haben da noch was, das solltet ihr euch anschauen. Ich schicke Jonas ein Foto auf sein Smartphone.«

Eine Sekunde später brummte das Handy.

Thal beugte sich über Quandts Schulter und starrte auf das Display. Was zum Teufel war das? Die Antwort machte ihm Angst.

Sieben

Montag. Vierzehn Uhr zehn

»Wann fahren wir wieder nach Hause, Mami?«

Melanie Reiter lehnte sich fest gegen die Kopfstütze, als könnte ihr das den nötigen Halt geben.

»Erst müssen wir noch ein paar Abenteuer bestehen, Felix. Darauf hast du doch bestimmt Lust.«

»Okay«, kam es gedehnt von der Rückbank.

Ihr musste dringend etwas einfallen, um den Kleinen bei Laune zu halten. Sie hatte genug mit ihrer eigenen Angst zu tun, umso wichtiger war es, dass er ruhig blieb.

»Schau mal«, sagte sie und zeigte aus dem rechten Seitenfenster. Im Rückspiegel sah sie, dass Felix kaum den Kopf drehte. Der Papp-Elch, der für ein schwedisches Einrichtungshaus warb, verschwand im Nebel hinter ihr.

»Was meinst du, sollen wir nächsten Sommer mal nach Lappland fahren?«

»Was ist Lappland?«

»So heißt die Landschaft ganz im Norden von Schweden und Finnland.«

Sie machte eine Pause, weil sie sich auf den Weg konzentrieren musste. Der Nebel wurde immer dichter.

»Wohnen dort diese komischen Rehe?«

»Du meinst die Elche?«

Felix nickte. Tiere interessierten ihn, vielleicht konnte sie ihn damit bei Laune halten.

»Ja, die Elche leben in Lappland. Was hältst du davon, wenn du mal aufschreibst, welche Tiere wir uns in den nächsten Wochen anschauen sollten?«

»Egal wo sie leben?« Felix beugte sich so weit vor, wie es der Gurt erlaubte.

»Ja, schreib's einfach auf.«

Melanie Reiter wusste, dass Felix enttäuscht sein würde, wenn sie ihm seine Wünsche nicht erfüllen konnte. Aber das war im Augenblick nicht ihr Problem. Sie reichte ihm den Strafzettel, der vor drei Tagen unter dem Scheibenwischer gesteckt hatte. »Hier, auf die Rückseite kannst du deine Liste schreiben.«

Der Junge kramte einen Filzstift aus seiner Jackentasche und begann, in seiner besten Schönschrift eine Liste anzulegen. Melanie war stolz, wie weit ihr Sohn seinen Mitschülern voraus war. Er hatte sich das Lesen und Schreiben quasi selbst beigebracht und sie eines Tages damit überrascht. Vielleicht hatte der Doktor ja recht und Felix war hochbegabt.

Sie atmete tief ein und aus. Noch immer war sie sich nicht sicher, ob ihr dieser Gedanke gefiel. Felix war ein verträumter und verspielter Junge, der seine Umwelt auf eine besondere Art wahrzunehmen schien: Er sorgte sich. Manchmal versetzte ihr das einen Stich. Vor ein paar Tagen zum Beispiel, als er eine Maus im Garten fand, die völlig verwirrt im Kreis herumlief. Er hatte eine Katze beim Jagen gestört, die ihr wehrloses Opfer zurückgelassen hatte. Erik hatte ihm die Maus aus der Hand gerissen und ihr mit einem kräftigen Druck des Daumens das Genick gebrochen. Die Tränen ihres Sohnes würde sie so schnell nicht vergessen.

»Fertig«, sagte Felix.

»Prima, mein Kleiner. Aber jetzt musst du die Mami eine halbe Stunde in Ruhe lassen. Es wird immer nebliger und ich muss den Zauberwald finden, in dem wir heute Nacht schlafen können.«

»Echt?«

Für einen Augenblick schien es so, als nähme der Junge seiner Mutter die Geschichte von der Abenteuerreise ab. Dabei war er für so ein Spiel schon viel zu alt und zu klug.

»Am besten hörst du dir ein Hörspiel an, okay?«

»In Ordnung«, sagte Felix hörbar enttäuscht. Ohne ein weiteres Wort setzte er sich die Kopfhörer auf und startete den CD-Player.

Melanie Reiter trommelte mit den Fingern auf das Lenkrad. Sie musste endlich einen brauchbaren Plan entwickeln. Ihre Flucht war eine spontane Tat gewesen, unüberlegt und ohne Ziel. Sie musste eine Entscheidung treffen, wohin ihre Fahrt gehen sollte. Weg vom Doktor, so viel war klar, aber selbst das gab ihr keine Richtung vor. Sie hätte sich mehr mit dem Kerl beschäftigen sollen, dann hätte sie eine Ahnung, wo sie vor ihm sicher war.

Das Wichtigste war, einen Unterschlupf für die Nacht zu finden. Im ersten Augenblick hatte sie an Helen gedacht, ihre beste Freundin. So beruhigend der Gedanke war, bei ihr unterzukriechen, so widersinnig war er gleichzeitig. Erik würde spätestens heute Abend vor Helens Tür stehen. Und wer sagte ihr, dass nicht auch der Doktor ihre Freundinnen ausspioniert hatte? Manchmal hatte sie das Gefühl, dass er alles von ihr wusste, selbst das, was sie vor Erik geheim gehalten hatte. Aus diesem Grund strich sie Paul, ihren ersten und einzigen Seitensprung, von der Liste möglicher Komplizen. »Paul« hauchte sie und schaute sofort in den Rückspiegel. Felix saß in sich zusammengesunken auf der Rückbank, ganz in sein Hörspiel vertieft. Sie musste sich zusammenreißen. Paul war keine Option. Jetzt nicht und auch nicht in der Zukunft. Paul war Vergangenheit.

Wo konnten sie und Felix für ein paar Tage kostengünstig unterkriechen? Eine Pension? Die meisten hatten im Winter geschlossen, außerdem störte sie der Gedanke, dass sie irgendeinem schmierigen Wirt vertrauen sollte.

Besser wäre es, sie blieben in Bewegung. Wie die Nomaden, die nahezu unsichtbar von Oase zu Oase reisten.

Nomade. Oase. Klar!

Sie lächelte. Erik schalt sie eine Träumerin, wenn sie ihren Gedanken nachhing. Er verstand nicht, dass es ihre Art war, zu Erkenntnissen zu kommen und Entscheidungen zu treffen. Paul hatte das verstanden. Sie seufzte.

»Wann sind wir endlich da?«, meldete sich Felix.

Sie schaute in den Spiegel. Er hielt einen Kopfhörer vom Ohr weg, die Zungenspitze blitzte zwischen den Lippen.

»Bald«, sagte sie. »Und dann beginnt unser Abenteuer.«

Acht

Montag. Vierzehn Uhr fünfundzwanzig

»Schön hier, nicht wahr?«

Quandt schaute aus dem Seitenfenster hinunter auf den See. Sie fuhren die Serpentinen von der Autofähre hinauf in die Meersburger Oberstadt. Die Wasseroberfläche war aufgewühlt und changierte in allen Farben des Regenbogens, wenn die Sonne es für ein paar Sekunden durch die Hochnebelfelder schaffte.

»Sie sollten das mal im Sommer sehen.«

Quandt grinste. Als ob er nicht selbst am Bodensee lebte. Okay, sicher nicht so lange wie der Kollege Bernd Koppe. Jonas schätzte den Dienststellenleiter des Polizeipostens Meersburg auf Mitte fünfzig. Er hatte ihn an der Fähre in Empfang genommen.

»Was hat das denn mit dem Polen auf sich, den wir befragen sollen?«

»Er ist ein Zeuge in unserem aktuellen Fall«, antwortete Quandt. Er hatte keine Lust, den Kollegen über die Details zu informieren.

»Bei euch geht es doch immer um Mord.«

»Hhm.« Quandt lehnte den Kopf an die Seitenscheibe, sollte der Meersburger ihn doch für arrogant halten.

»Dachte ich mir.«

Mehr Worte machte Koppe nicht, bis sie in den Feldweg zu einem Bauernhof kurz vor Baitenhausen einbogen.

»Da wären wir.« Koppe stoppte den Wagen vor einem Traktor und hievte seinen Körper aus dem Auto.

Schweigsam und langsam, dachte Quandt. Ein typischer Beamter eben. Der Gedanke kam plötzlich und hätte beinahe einen Lachanfall ausgelöst. Beamter wie er selbst einer war.

Mit beiden Händen in den Hosentaschen marschierte Koppe zum Eingang des Bauernhauses.

»Keine Klingel«, sagte er, als müsste er erklären, warum er an die Tür klopfte. Es dauerte eine halbe Minute, bis sie geöffnet wurde.

»Polizei?« Quandt hatte das Gefühl, als wüsste der Fragende, warum ein uniformierter Beamter auf seinem Hof erschien.

»Herr Rinklin? Bernd Rinklin?«

Der Bauer nickte. »Ja und?«

Quandt ging das Geplänkel auf die Nerven, er zückte seinen Dienstausweis und stellte sich vor. »Wohnt ein gewisser Bartek Wójcik bei Ihnen?«

»Ja, freilich. Hat er etwas angestellt?«

Jonas schüttelte den Kopf, obwohl er keineswegs davon überzeugt war, dass der Pole nicht in diesen Fall verstrickt war. »Wir müssen nur mit ihm reden.«

»Dann kommen Sie mal mit.«

Der Bauer beugte sich zur Seite und nahm einen Schlüssel von einem Brett neben der Tür.

»Der Bartek hat das alte Fremdenzimmer über dem Stall gemietet. Früher haben da die Leute gewohnt, denen es drunten am See zu teuer war. Aber heute will ja jeder ein eigenes Bad.«

»Ja, ja, so sind sie, die Touristen«, sagte Quandt und hatte Mühe, nicht laut loszulachen.

Rinklin stiefelte vor ihnen her wie die Karikatur eines Bauern. Er trug eine dunkelgrüne Latzhose, dazu ein braun kariertes Flanellhemd. Die Füße steckten in lehmbeschmierten Gummistiefeln, den Kopf wärmte eine Wollmütze. Der Kerl muss doch frieren so ohne Jacke, dachte Quandt und zog den Mantel enger um seinen Körper. Die Kleidung schien der feuchten Kälte nicht trotzen zu können.

»Bartek!«, rief der Bauer und hob den Kopf in Richtung eines Fensters im ersten Stock. Die Scheiben waren blind vor Dreck.

»Bartek, Besuch!«

Als niemand auf die Rufe reagierte, drehte sich Rinklin um und zuckte mit den Schultern. »Wahrscheinlich geht es ihm nicht gut. Er ist heute Morgen nicht zur Arbeit gegangen. Er sei krank, hat er mir gesagt.«

»Zweifeln Sie daran?«, fragte der Meersburger Kollege, was Quandt Respekt abforderte. Da steckte doch tatsächlich ein fähiger Ermittler in dem unscheinbaren Dorfpolizisten.

»Natürlich nicht«, antwortete der Bauer. »Der Bartek ist fleißig und zuverlässig. Obwohl er abends oft mitgenommen nach Hause kommt, wenn Sie verstehen, was ich meine.« Er machte eine Handbewegung, als führte er ein Glas zum Mund.

»Sie meinen, dass er oft betrunken ist?« Quandt war froh, endlich eine Information zu bekommen, mit der sich vielleicht etwas anfangen ließ.

»Was heißt schon betrunken? Der Bartek kippt halt gerne mal ein Gläschen mehr, als gut für ihn ist. Aber wer will ihm das verdenken, die Arbeit als Totengräber ist einfach nichts für ihn. Er ist nämlich ein feiner Kerl, der Bartek. Er sollte lieber auf dem Hof arbeiten, aber das Geld hat ihn halt gelockt.«

Der Bauer steckte umständlich den Schlüssel in das rostummantelte Schloss und öffnete die Metalltür neben dem Scheunentor. Ohne ein weiteres Wort stapfte er eine enge Holzstiege nach oben. Quandt wies den Meersburger Kollegen an, draußen zu warten, was Koppe mürrisch akzeptierte.

Rinklin hatte bereits das obere Stockwerk erreicht, als Jonas das dunkle Treppenhaus betrat.

»Scheint nicht daheim zu sein«, sagte der Bauer und klopfte an die Tür.

»Haben Sie einen Schlüssel?«, fragte Quandt.

Der Bauer schüttelte den Kopf.

»Dann lassen Sie mich mal.« Mit einem festen Tritt hieb Quandt die Sperrholztür aus den Angeln. Sie flog krachend in das Zimmer und ließ eine Wolke feinster Staubpartikel aufsteigen.

Rinklin schaute ihn entgeistert an. »Oha!«

Ein Blick in das Zimmer des Polen reichte Jonas. Irgendjemand war ihnen zuvorgekommen, alles deutete auf einen Kampf hin. Eine Stehlampe war umgekippt, der Lampenschirm lag auf dem mit Flecken übersäten Sofa. Der Boden war mit Zeitungen und Kleidern bedeckt, von einem zerbrochenen Teller hatten sich Nudeln in einem Umkreis von zwei Metern verteilt. Ein säuerlicher Geruch hing in der Luft, als hätte sich jemand übergeben.

»Oha!«, wiederholte Rinklin.

»Und Sie haben davon nichts mitbekommen?«

»Wovon?«, fragte der Bauer.

»Hier ist entweder ein Streit eskaliert oder jemand hat seine Wut an den Möbeln ausgelassen. Geräuschlos ist das sicher nicht vonstattengegangen.«

Rinklin hob theatralisch beide Arme. »Ich war mit dem Traktor unterwegs. Zäune flicken, die Wildschweine sind unterwegs.«

Quandt nickte, obwohl er von Landwirtschaft nichts verstand.

»Wann haben Sie Ihren polnischen Mieter zuletzt gesehen?«

»Den Bartek?«

Quandt verlor die Geduld. »Haben Sie sonst noch einen Mieter aus dem Osten?«

Rinklin verzerrte das Gesicht zu einer Grimasse, deren Bedeutung Quandt nicht entschlüsseln konnte. »Das habe ich Ihnen doch schon gesagt, Herr Kommissar. Heute Morgen, bevor ich losgefahren bin, hat er mir erzählt, dass er krank ist.«

»Gut«, sagte Quandt, der genug gesehen hatte. »Sie fassen nichts an, bis die Kollegen von der Spurensicherung hier waren. Verstanden?«

Rinklin nickte und Quandt stieg die Treppe hinunter.

»Eine Frage hätte ich noch, Herr Kommissar.«

Quandt hielt an und schaute nach oben.

»Wer kommt denn jetzt für den Schaden auf?«

Quandt grinste und hob die Schultern. Er hoffte, dass ihm die Geste bühnenreif gelungen war.

Neun

Montag. Vierzehn Uhr vierzig

Er warf seinen Koffer auf das Bett. Die Matratze gab nach und ließ das abgewetzte Stück auf und ab hüpfen, als wollte sie ihn verhöhnen, indem sie ihm die morgigen Rückenschmerzen ankündigte.

Er war viel unterwegs und hatte seine eigene Theorie, woran man den touristischen Erfolg einer Region erkannte. Ein wichtiges Indiz war die Ausstattung der Ferienwohnung. Je schäbiger, desto besser liefen die Geschäfte. Danach musste der Tourismus am Bodensee boomen wie nie zuvor, die meisten Ferienwohnungen waren mit ausrangierten Stücken möbliert, die den Besitzern zu schäbig waren. Was im Rest Deutschlands auf den Sperrmüll wanderte, reichte für die Touristen allemal. Und das zu Preisen, für die man andernorts ein adrettes Hotelzimmer bekommen hätte.

Er ging in das winzige Badezimmer und ließ das Wasser eine halbe Minute laufen, ehe er einige Schlucke direkt aus dem Hahn trank. Wenigstens war diese Wohnung sauber, das Handtuch schien sogar neu zu sein. Das gehörte zu den Vorteilen des Winters wie die Tatsache, dass er dann keine Schwierigkeiten hatte, eine Unterkunft zu finden, die meisten Ferienwohnungen standen zwischen November und März leer. Direkt am See konnte man hin und wieder noch an melancholische Romantiker vermieten, denen die morbide Stimmung der über das Wasser ziehenden Nebelschwaden gefiel. Im Hinterland waren die Vermieter froh über jeden Gast und stellten keine Fragen. Während sie im

Sommer in der Regel auf das Ausfüllen eines Meldescheins bestanden, nahmen sie diese Vorschrift außerhalb der Saison locker, wenn keine Kurtaxe fällig war.

Er spritzte sich kaltes Wasser ins Gesicht und rieb es mit dem flauschigen Handtuch trocken. Zurück im Zimmer überlegte er, den Koffer auszupacken, entschied sich aber schnell dagegen. Er würde in dieser schäbigen Wohnung nicht länger bleiben als notwendig. Das ständige Logieren in Provisorien war das Einzige, was ihn an seinem Leben störte. Er hatte es sich lange nicht eingestehen wollen, aber seit einigen Monaten dachte er oft darüber nach, endlich wieder sesshaft zu werden. Er sehnte sich nach der Behaglichkeit einer Wohnung, die man zurecht als Zuhause bezeichnen konnte.

Er ließ sich auf das Bett fallen und streifte die Schuhe ab. Lange musste er darauf nicht mehr warten. Er hatte sich angewöhnt, beim Frühstück die Immobilienanzeigen der jeweiligen Lokalzeitungen zu studieren. In ein paar Monaten sollte es so weit sein, dann sollte er seine Arbeit beendet haben. Nichts sehnte er mehr herbei als das Ende des Nomadenlebens.

Er drehte sich auf die Seite, klappte den Koffer auf und zog die Akte heraus. Nummer Neun ließ ihm keine Ruhe. Er wusste, dass er im Moment nichts unternehmen durfte, wollte er keine ungewollten Beobachter aufscheuchen. Das musste ihn aber nicht davon abhalten, ein Urteil zu fällen, auch wenn er es im Moment nicht vollstrecken konnte. Wenn er nichts übersehen hatte, war Nummer Neun der letzte Problemfall, um den er sich kümmern musste. Wenn das erledigt war, konnte er zu einer letzten Kontrollrunde aufbrechen und sich noch einmal am perfekt gelungenen

Teil seines Plans erfreuen. Er hatte sich fest vorgenommen, spätestens im Sommer endgültig loszulassen.

Sein Magen knurrte. Er sollte sich mehr um seinen Körper kümmern, wenigstens auf regelmäßige Mahlzeiten achten. Für ein Mittagessen war es zu spät, aber es sollte in diesem Ort doch wohl ein Café geben, in dem er einen Snack bekommen konnte. So gestärkt würde er sich das Problem vom Halse schaffen, das im Kofferraum auf ihn wartete. Der Gedanke legte sich wie eine eiskalte Decke um seinen Oberkörper. Er streckte die Arme von sich, die Hände zitterten. Er musste seine Gefühle in den Griff bekommen. Es war nicht schön, zu Handlungen gezwungen zu werden, die weder vorgesehen noch mit seinen moralischen Prinzipien vereinbar waren. Aber es gab keine Alternative, wollte er sein Lebensziel erreichen. Etwas anderes kam nicht infrage. Er straffte den Oberkörper, schwang die Beine aus dem Bett, sprang federnd auf und schaute aus dem Fenster. Raureif überzog die Felder vor dem Haus, die Scheiben seines Autos waren mit einer dünnen Eisschicht bedeckt. Verdammter Winter! Seine für diesen Fall vorgesehene Routine konnte er vergessen. Und das hieß: Es blieb ihm nur der See.

Zehn

Montag. Vierzehn Uhr fünfundvierzig

Das Ticken der Standuhr zerrte an den Nerven. Bettina hätte das schwere Pendel am liebsten angehalten. Die Uhr passte ohnehin nicht zur nüchternen Einrichtung der Wohnung, Annika Bahr schien keinen Sinn für Nippes und sonstigen Kitsch zu haben. Das zwei Meter hohe hölzerne Monstrum mit vergoldetem Zifferblatt musste ein Erbstück sein, von dem sie sich nicht hatte trennen können. Bettina zupfte eine Fluse vom Saum ihres weißen Wollrocks. Es wäre ihr lieber gewesen, sie hätte eine dunkle Hose angezogen.

Annika Bahr saß zusammengesunken in einem bordeauxroten Ledersessel. Sie schien mit jeder Minute mehr in dem massiven Sitzmöbel zu verschwinden, Bettina hätte sie gerne in den Arm genommen, um sie davor zu bewahren, endgültig aus dem Hier und Jetzt gezogen zu werden. Sie war aber nicht aufgesprungen und der Frau zu Hilfe geeilt, sondern krallte sich an der Lehne fest und kämpfte darum, ihre Professionalität zurückzugewinnen. Sie würde sich nie daran gewöhnen, Menschen die Nachricht vom Tod eines Angehörigen zu überbringen – und nichts war schlimmer, als wenn das Opfer ein Kind war.

»Frau Bahr ...« Thal räusperte sich. »Wir geben Ihnen gerne noch ein bisschen Zeit, andererseits ist es wichtig ...«

Die Frau hob ruckartig den Kopf. Ihr Oberkörper straffte sich, als zöge eine Feder im Rücken ihn nach oben. Das schmerzverzerrte Gesicht zeigte, wie schwer es ihr fiel, Haltung zu bewahren.

»Natürlich«, sagte Annika Bahr und wischte sich mit einer Hand über das Gesicht. »Fragen Sie nur ...«

Bettina schaute auf und sah Thals hilfesuchenden Blick. Sie nickte. »Können Sie uns noch einmal erzählen, wann Sie Leon zum letzten Mal gesehen haben?«

Die Erwähnung des Namens ließ die Augen der Mutter schimmern. Bettina fürchtete einen Weinkrampf, aber die Frau hatte sich im Griff. So zerbrechlich sie wirkte, so sehr wollte sie kämpfen. Wenn nicht mehr um das Leben ihres Kindes, dann darum, den Täter zu bestrafen.

»Das war am Freitag«, begann sie leise und mit einem deutlichen Zittern in der Stimme. »Freitagmorgen. Ich habe Leon Kakao gemacht ...« Sie senkte den Kopf und lächelte. »Den bekommt er nicht jeden Tag, aber ich hatte das Gefühl, dass er eine Aufmunterung brauchte.« Sie presste die Lippen zusammen, als wäre sie kurz davor, etwas Unbedachtes zu sagen.

»Sie haben also gemeinsam gefrühstückt?«, fragte Bettina. Sie wollte, dass die Mutter sich an die Fakten hielt, für Gefühle hatten sie im Moment keine Zeit.

»Leon hat wie jeden Morgen seinen Toast mit Marmelade gegessen, ich habe ihm die Schulbrote geschmiert. Es war sehr kalt am Freitag, erinnern Sie sich?«

Bettina nickte ihr aufmunternd zu.

»Leon wollte keine Mütze aufsetzen, aber ich habe darauf bestanden. Er hat sie sich bestimmt sofort vom Kopf gerissen, sobald er außer Sichtweite war.« Sie schaute von Bettina zu Thal. »Hatte Leon seine Mütze auf, als Sie ...«

Thal schluckte. »Nein.«

»Leon ... Bekomme ich Leons Sachen zurück?«

»Natürlich, Frau Bahr. Alles, was Leon bei sich hatte, wird Ihnen übergeben werden.« Bettina folgte dem Bedürfnis der Mutter, den Namen ihres toten Sohnes so oft wie möglich auszusprechen, als bliebe er damit lebendig.

»Bitte, konzentrieren Sie sich im Moment auf den Morgen des vergangenen Freitags.« Bettina kannte den Ablauf aus den Akten der Vermisstenstelle, außerdem hatte sie mit dem zuständigen Kollegen gesprochen. Aber es war wichtig, den Ablauf aus der Sicht der einzigen Zeugin zu hören. »Ist Ihnen irgendetwas aufgefallen, als Sie Ihrem Sohn nachschauten?«

Annika Bahr ließ sich Zeit mit der Antwort. Bettina wusste, dass sie sich seit Tagen das Hirn zermarterte, ob sie etwas übersehen hatte. Jemanden, der aus einem der Nachbarhäuser getreten war, der ihrem Sohn gefolgt war. Oder ein Auto, das niemandem in der Straße gehörte, das sich vielleicht sogar in Bewegung gesetzt hatte, als Leon die Straße entlanglief.

»Nein. Leon rannte los, er hüpfte wie immer auf den ersten Metern. Er geht gerne in die Schule, müssen Sie wissen.«

Die Mutter hatte den Tod ihres Sohnes noch nicht realisiert, sie sprach noch immer in der Gegenwart von ihm. Kein Wunder, sie hatte die schreckliche Nachricht vor weniger als einer Stunde erfahren.

»Ist Ihnen danach etwas aufgefallen?« Thal saß vornübergebeugt auf seinem Stuhl, als wollte er der Zeugin so nahe wie möglich kommen. »Gab es merkwürdige Anrufe, bei denen sofort wieder aufgelegt wurde? Hatten Sie das Gefühl, beobachtet zu werden? Jede Kleinigkeit kann uns helfen.«

Bettina kannte die Antwort. Die Kollegen von der Vermisstenstelle hatten das ganze Wochenende fieberhaft versucht, eine Spur des vermissten Leon zu finden. Vergeblich.

Niemand hatte etwas bemerkt, niemand hatte versucht, Kontakt zur Mutter herzustellen.

»Leon war kein vertrauensseliger Junge«, sagte Annika Bahr und beantwortete damit Bettinas nächste Frage, bevor sie sie stellen konnte. »Er würde niemals zu einem Fremden ins Auto steigen. Ich habe ihm immer wieder eingeschärft, dass er schreien soll, wenn ihn jemand anfasst.«

Das kann man verhindern, dachte Bettina, sprach es aber nicht aus.

»Leons Lehrerin ist genauso ratlos wie ich.« Die Mutter schaute auf und ihr Blick war fester geworden. Sie konnte sich daran festhalten, nicht die Einzige zu sein, die keine Erklärung für das Verschwinden ihres Sohnes hatte. Bettina kannte die Aussage von Melanie Hausmann, der Grundschullehrerin. Leon war pünktlich zum Unterricht erschienen und hatte sich nicht im Geringsten auffällig verhalten. Auf dem Nachhauseweg musste aber etwas geschehen sein, an dessen Ende der Tod des Jungen stand.

»Haben Sie Leons Vater informiert?«, fragte Thal und machte Anstalten aufzustehen.

Annika Bahr schüttelte den Kopf. »Ich habe seit drei Jahren nicht mehr mit Robert gesprochen. Zu Leons Geburtstag und zu Weihnachten schickt er eine Karte. Mehr nicht.«

»Er lebt in den USA?«

»Ja. Soll ich Ihnen die Adresse raussuchen? Ich weiß aber nicht, ob sie überhaupt noch stimmt.«

Bettina nickte. Annika Bahr stand auf und stöhnte. Sie stützte die Hand in die Seite und hatte augenscheinlich Schwierigkeiten, sich aufzurichten. Drückte sie die Last der Trauer zu Boden oder hatte sie körperliche Schmerzen?

»Eine Frage hätten wir noch«, sagte Thal und zog ein Foto aus der Tasche. »Haben Sie dieses Zeichen schon einmal gesehen?«

Annika Bahr nahm das Bild in die Hand. »Ist das ...?«

»Ja, das ist eine Aufnahme vom Fuß Ihres Sohnes.«

Die Mutter ballte die freie Hand zur Faust und presste sie auf den Mund.

»Frau Bahr, es ist wichtig. Wissen Sie, was das ist?«

Sie schüttelte vehement den Kopf. Tränen rannen über ihre Wangen.

Elf

Montag. Fünfzehn Uhr fünf

»Sind Sie sich sicher?«

Der Typ hielt den Wagenschlüssel in die Höhe, als wollte er ihn dem Zugriff entziehen. Sie nickte und bemühte sich, entschlossen zu wirken. In ihrem Rücken spürte sie den Blick von Felix, der ihre Unsicherheit nicht bemerken sollte.

»Ich habe es Ihnen doch schon erklärt. Mein Sohn hat Geburtstag und er hat sich gewünscht, ein paar Tage in einem Wohnmobil schlafen zu dürfen.«

»Das könnte aber ungemütlich werden.« Der Vermieter schüttelte den Schlüsselbund leicht und grinste sie an. Sie hatte Mühe, nicht aus der Haut zu fahren. »Das Fahrzeug hat eine völlig unterdimensionierte Standheizung.«

»Die werden wir nicht brauchen«, sagte sie. »Ich parke vor unserem Haus und lege ein Kabel.«

»Nicht dass Sie mir einen externen Heizofen reinstellen und die Karre abfackeln!«

»Wollen Sie das Wohnmobil nun vermieten oder nicht?« Sie verlor langsam die Geduld.

»An Ihrer Stelle würde ich etwas Größeres nehmen. Die Winter am Bodensee sind kälter, als man denkt, und in diesem Jahr ist es besonders schlimm.«

Daher weht also der Wind, dachte sie. Du witterst ein noch besseres Geschäft, dabei solltest du froh sein, dass überhaupt ein Kunde auftaucht. Wer mietet im Winter schon ein Wohnmobil ohne vernünftige Heizung.

»Dieses Fahrzeug oder keines«, sagte sie.

»Wie Sie wollen.« Der Kerl verzog den Mund zu einem Grinsen. »Aber geben Sie nicht mir die Schuld, wenn Sie vor Kälte schlottern.«

Eine Stunde später wusste Melanie Reiter, wie recht der Vermieter gehabt hatte. Erst seit dreißig Minuten standen sie auf einem Feldweg im Wald und die Kälte kroch von den Füßen nach oben. Die Standheizung machte ihrem Namen Ehre, sie stand, statt zu laufen. Sie grinste über das Wortspiel, wenigstens gewann sie langsam ihren Humor zurück. Der Vermieter hatte aber auch eine Schmierenkomödie ersten Ranges abgeliefert.

»Mir ist kalt«, rief Felix von der Rückbank.

»Echt?« Sie riss die Augen auf, als hätte sie noch nie etwas Verrückteres gehört. »Also ich schwitze ja wie ein ...« Sie grinste ihren Sohn an. »Na, wie ein was?«

»Ein Schweinchen«, kicherte er.

»Genau!« Sie beugte sich nach hinten und kitzelte Felix im Nacken, was er vor Vergnügen quietschend über sich ergehen ließ.

»Also ...« Sie ließ von ihm ab. »Wie kriegen wir das Auto warm, was meinst du? Sollen wir ein Feuerchen machen?«

»Mami!«

Sie musste grinsen, so vorwurfsvoll schaute er sie an. »Keine gute Idee?«

Er schüttelte den Kopf.

»Vielleicht fahren wir noch ein bisschen rum, was meinst du? Dann wird es warm und wir können uns in Ruhe ein kuscheliges Plätzchen für die Nacht suchen.«

Er nickte, aber sie sah ihm die Skepsis an.

»Am besten hältst du nach einer Hütte Ausschau, aus deren Schornstein Rauch aufsteigt.«

»Klar«, sagte er und richtete sich in seinem Sitz auf.

Sie startete den Motor und fuhr den Feldweg zurück in Richtung Landstraße. Sie brauchten dringend einen Stromanschluss, um den Innenraum in der Nacht zu wärmen. Aber wo sollten sie den finden? Die Campingplätze waren im Winter geschlossen, das hatte ihr der Vermieter mit einem süffisanten Lächeln erklärt. Am Ende war es wirklich eine Schnapsidee, sich in einem Camper verstecken zu wollen. Wenigstens war Felix noch bei der Sache. Er schaute konzentriert nach draußen auf der Suche nach einem warmen Unterschlupf. Aber wie lange würde seine Begeisterung anhalten? Irgendwann würde er zu nörgeln beginnen. Sie wusste, dass er Erik schon jetzt vermisste.

Sie bog auf die Landstraße ein und beschleunigte. Aus den Lüftungsschlitzen strömte lauwarme Luft. Immerhin.

Sie versuchte, den verspannten Nacken zu lockern. Flucht war keine Lösung, das wusste sie, konnte es sich aber noch nicht eingestehen. Am Ende würde es nur einen Ausweg geben, aber sie brauchte noch Zeit, um diese Erkenntnis zuzulassen. Von der Umsetzung ganz zu schweigen.

Zwölf

Montag. Sechzehn Uhr zehn

»So kann ich unmöglich arbeiten!«

Gerhard Restle warf das Skalpell in eine Schale, das Geräusch von Metall, das auf Metall traf, hallte von der niedrigen Decke des Raums zurück. Der Leiter der Freiburger Rechtsmedizin war für seine bühnenreifen Wutausbrüche bekannt, heute hatte er aber tatsächlich allen Grund dazu. Der kleine Raum in der Konstanzer Pathologie war überfüllt, Kröning tänzelte in einer eigenartigen Choreografie um den Metalltisch, ständig bemüht, nicht einem der beiden Rechtsmediziner im Weg zu sein. Bettina und Stephanie standen an der Wand, Thal suchte die Nähe von Fiona Lee, die geduldig seine Fragen beantwortete, und das oft, bevor er sie gestellt hatte.

Restle seufzte und drückte den Aufnahmeknopf des Diktiergeräts, um mit dem Diktieren des Sektionsprotokolls fortzufahren. Thal blendete den Singsang aus und wandte sich an Lee. »Wir haben also keinerlei Hinweise auf äußere Gewalteinwirkung?«

»Nein.« Sie schüttelte den Kopf, während sie die Hände des Jungen unter einer Lupe betrachtete. »Absolut nichts deutet darauf hin. Ich kann auch keine Abwehrverletzungen erkennen.«

»Es gab also keinen Kampf?«

Sie schüttelte stumm den Kopf. Restle drückte den Knopf des Diktiergeräts. »Wenn Sie hier ein Kaffeekränzchen halten wollen Thal, hätten Sie vielleicht die Güte, das in die sicherlich sehr gemütliche Cafeteria dieses Hospitals zu verlegen? Wenn Sie mir ständig in das Diktat quatschen, werden wir heute nicht mehr fertig.«

»Liefern Sie uns eine plausible Erklärung, wie der Junge zu Tode gekommen ist, und wir lassen Sie in Ruhe arbeiten.«

Der Doktor zog die Augenbrauen nach oben, Widerspruch konnte er nur schwer ertragen.

»Litt der Junge an einer Krankheit?«, fragte Fiona Lee.

»Nein, zumindest ist uns keine bekannt.« Bettina trat einen Schritt in Richtung Seziertisch. »Die Kollegen von der Vermisstenstelle haben die Mutter danach gefragt.«

Fiona Lee zog die an einem Teleskop befestigte Lupe über den Oberarm des Jungen. »Er hat vor Kurzem eine Spritze bekommen. Das ist ohne Zweifel eine frische Injektionsstelle.«

Quandt sprang geradezu von der Wand und beugte sich über das Vergrößerungsglas. »Wenn es keine medizinische Indikation gibt ...«

»Sollten wir von Drogen ausgehen.«

»Wie lange dauert die Analyse?«

»Am besten lassen wir erst einen Schnelltest auf die gängigen Drogen laufen. Da haben wir die ersten Ergebnisse in ein paar Stunden.«

Thal spürte, dass sich ein Schweißtropfen in seinem Nacken löste und den Hals hinunterlief. Funktionierte etwa die Kühlung in diesem Raum nicht? Er sah von einem zum anderen, aber niemand machte einen verschwitzten Eindruck.

»Wann ist der Junge gestorben?«, fragte Bettina.

»Der Tod dürfte vor vierundzwanzig bis sechsunddreißig Stunden eingetreten sein.«

»Also gestern im Laufe des Tages«, sagte Thal.

»So viel kann man sicher sagen«, bekräftigte Restle. Eine konkretere Zeitangabe würden sie von ihm nicht bekommen.

Fiona Lee ging um den Tisch herum zum Fußende. »Das Auffälligste ist ganz sicher das hier.« Sie tippte gegen die rechte Fußsohle des Toten.

»Handelt es sich um eine Tätowierung?«, fragte Quandt.

»Ja, ohne Zweifel.«

»Professionell ausgeführt?«

»Schwer zu sagen«, mischte sich Restle ein. Thal glaubte kaum, dass der Doktor ein Fachmann auf diesem Gebiet war, aber es hatte keinen Sinn, ihm ins Wort zu fallen.

»Es ist kein kompliziertes Motiv«, fuhr Restle fort und beugte sich über die Füße des Jungen. »Das dürfte auch ein Amateur hinbekommen. Auf jeden Fall ist die Tätowierung noch recht frisch.«

»Wurde sie vor oder nach dem Tod gestochen?« Thal wunderte sich über Quandts Kennnisse der Fachsprache.

Restle hob beide Hände zum Zeichen, dass er diese Frage unmöglich zum jetzigen Zeitpunkt beantworten konnte.

»Eher vor dem Tod«, sagte Fiona Lee und hob den Kopf, um ihrem Chef direkt in die Augen zu sehen. Restle verzog das Gesicht zu einer missbilligenden Mimik, sagte aber kein Wort.

»Die Mutter kannte das Tattoo nicht, also muss es dem Jungen nach seiner Entführung beigebracht worden sein.« Bettina trat neben Thal an den Seziertisch. »Es spricht alles dafür, dass der Täter die Tätowierung gestochen hat. Was will er damit sagen?«

Niemand sagte etwas. Thal starrte auf das Zeichen.

#7

»Hashtag sieben«, sprach Quandt aus, was allen vor Augen stand. »Hashtags sind Schlüssel- beziehungsweise Schlagwörter, mit denen man in sozialen Netzwerken nach Posts zum selben Thema suchen kann.«

»Aha, gut dass Sie uns das erklärt haben.« Restle trat kopfschüttelnd einen Schritt zurück, als könnte er die Bedeutung des Tattoos aus der Entfernung besser entschlüsseln. »Und was bitte soll ein Schlagwort bedeuten, dass nur aus der Ziffer Sieben besteht?« Der Doktor reckte den Kopf nach oben.

Stephanie Bohlmann räusperte sich. »Ich habe gerade mal Wikipedia befragt.« Sie winkte mit ihrem Smartphone in die Runde. »Die Sieben ist eine magische Zahl. Vielen Kulturen gilt sie als Glückszahl, in anderen Kulturen, vor allem in Ländern Ostasiens wie China oder Thailand, ist die Sieben aber eine Unglückszahl. Deshalb gibt es wohl auch sieben Tugenden und sieben Todsünden zugleich.«

»Na prima«, sagte Bettina. »Das bringt uns also keinen Schritt weiter.«

»Fragen wir uns lieber, warum ein Täter den Fuß seines Opfers derart tätowiert«, warf Quandt ein.

Thal nickte. Jonas hatte die richtige Frage gestellt, auf die sie allerdings im Moment keine schlüssige Antwort hatten. »Ich denke, dass der Täter mit diesem Tattoo etwas mitteilen wollte. In diesem Fall muss er davon ausgegangen sein, dass wir die Leiche des Jungen finden.«

»Dagegen spricht aber der Fundort«, wandte Stephanie ein. Sie tippte immer noch auf dem Bildschirm des Handys herum, ihr Gesicht leuchtete im Licht des Displays gespenstisch. »Es war reiner Zufall, dass der Sarg noch mal geöffnet wurde.«

»Vielleicht ja auch nicht!« Quandts Stimme überschlug sich fast. »Wer weiß, vielleicht hat dieser polnische Totengräber das Stofftier bewusst neben den Sarg gelegt, damit sein Chef den Deckel öffnete. Wenn ihr mich fragt, ist dieser Typ ohnehin unser Hauptverdächtiger.«

»Zumindest der Einzige, den wir haben«, warf Thal ein und bemühte sich, nicht zu resigniert zu klingen.

»Moment mal!« Stephanie hob ihr Smartphone in die Höhe. »Vielleicht bedeutet die Tätowierung etwas ganz anderes.«

Sie hielt den anderen den Bildschirm entgegen.

Thal konnte die viel zu kleine Schrift nicht entziffern.

Bettina hielt Stephanie Bohlmanns Arm fest und starrte auf das Display.

Thal sah, dass jede Farbe aus ihrem Gesicht verschwand.

Dreizehn

Montag. Siebzehn Uhr zehn

»So, so.«

Der massige Mann, dessen Atem nach einer Mischung aus vergorenem Fisch und Zigarrenrauch roch, steckte beide Daumen unter die Hosenträger.

Melanie Reiter widerstand dem Drang, einen Schritt nach hinten zu machen. Stattdessen senkte sie leicht den Kopf, schaute ihn aber durch die Wimpern an. Er lächelte und sie erwiderte es. »Danke, dass Sie mich überhaupt anhören, Herr ...« Sie warf einen schnellen Blick auf das Namensschild neben der Tür. »Herr Baldinger. Ich hoffe, ich störe Sie nicht gerade bei einer wichtigen Arbeit. Auf einem Bauernhof gibt es ja immer etwas zu tun.«

Der Bauer nickte bedächtig und lehnte sich an den Türrahmen. Am liebsten wäre sie davongerannt, aber dafür war es jetzt zu spät.

»Ich verspreche Ihnen, dass wir Sie überhaupt nicht stören werden. Aber mein Sohn und ich, wir brauchen heute Nacht eine sichere Unterkunft und vor allem ein bisschen Strom, damit wir unser Wohnmobil beheizen können.«

Der Bauer legte die Stirn in Falten.

»Selbstverständlich bezahle ich Ihnen das.« Sie zog ihr Portemonnaie aus der Tasche.

»Schon gut«, brummte Baldinger. »Was ist denn passiert, dass Sie mutterseelenallein durch die Gegend fahren?«

Melanie Reiter atmete auf. Wenn sie jetzt keinen Fehler machte, würden sie die Nacht im Warmen verbringen.

»Mein Mann ...« Sie schaute nach unten. Die Schuhe des Bauern waren abgewetzt und von einer Kruste aus altem Dreck überzogen. »Er ist eigentlich ein ganz netter Kerl, aber wenn er getrunken hat ...«

»Hat er Sie verprügelt?«

Sie nickte, ohne den Kopf zu heben.

»Man sieht aber gar nichts.«

»Da passt er auf, sonst könnten die Nachbarn über ihn reden.«

»Hhmm.«

Baldinger war noch nicht überzeugt, sie musste noch etwas dramatischer werden. »Er ist dann wirklich widerlich, wenn Sie wissen, was ich meine.«

Sie hob den Kopf und hoffte, dass ihr Gesichtsausdruck bemitleidenswert genug war.

Der Bauer rieb sich das Kinn. »Haben Sie genug zu essen? Ich könnte Ihnen eine Suppe anbieten.«

Sie schüttelte den Kopf. »Ich möchte Ihre Hilfe nicht mehr als nötig in Anspruch nehmen. Wenn Sie mir nur sagen, wo ich parken kann. Und ein Stromkabel wäre prima.«

»Da!« Der Bauer zeigte auf den Platz vor der Scheune, deren Tor halb verrottet in den Angeln hing. »Ich hole das Kabel.«

Melanie Reiter schenkte dem Bauern ihr dankbarstes Lächeln und ging zum Auto. Felix hatte sich auf die Sitzbank im Fond gelegt und schlief. Sein Stofftier hatte er eng an die Wange gepresst. Sie schwang sich hinters Steuer und fuhr das Wohnmobil vor die Scheune. Zum Glück wachte Felix nicht auf, sie fürchtete, dass der bullige Bauer ihm Angst machen könnte. Er war ihr selbst nicht geheuer, aber sie hatte keine andere Wahl. In der Dunkelheit wollte sie nicht nach einem sicheren Stellplatz suchen – vom Strom ganz abgesehen.

Vorsichtig und bemüht, möglichst kein Geräusch zu machen, kletterte sie aus dem Wagen und öffnete den Stromzugang.

»Dann wollen wir Ihnen mal ordentlich einheizen!«

Melanie erschrak, Baldinger hatte sich von hinten angeschlichen. Er hielt ihr den Stecker eines Kabels entgegen, von dem Stroh in dicken Bündeln herunterhing. Sie stellte die Verbindung her und hoffte, dass die Heizung jetzt funktionierte.

»Hier«, sagte der Bauer, griff in seine Westentasche und hielt eine bauchige Flasche in die Höhe. »Obstler!« Er sprach es ›Oppschtler‹ aus, mit kurzem O, Melanie hatte Mühe zu verstehen, was er meinte.

»Selbst gebrannt«, setzte er hinzu, schraubte den Verschluss auf und nahm einen tiefen Schluck. Anschließend rieb er den Flaschenhals mit dem Saum seiner Jacke ab und reichte ihr die Flasche. »Für die innere Wärme.«

Sie starrte die Flasche an. Übelkeit stieg in ihr auf, sie fürchtete, sich übergeben zu müssen.

»Nun seien Sie keine Memme. Wenn Sie meine Gastfreundschaft in Anspruch nehmen, müssen Sie auch mit mir trinken.«

Melanie nahm die Flasche, atmete tief ein und trank. Die Flüssigkeit zog eine brennende Spur durch ihre Speiseröhre. Sie presste die Lippen aufeinander und schaute Baldinger an, der grimmig nickte.

»Noch einen!«, sagte er. »Auf einem Bein kann man nicht stehen.«

Langsam hob sie die Flasche zum Mund.

Aus den Augenwinkeln sah sie das Gesicht ihres Sohnes, der sich die Nase an der Seitenscheibe platt drückte.

Vierzehn

Montag. Achtzehn Uhr vierzig

»Das ist doch nicht Ihr Ernst!«

Schober schlug mit beiden Handflächen auf den Tisch und sprang auf. »Mit solchen absurden Theorien halten Sie nur die Ermittlungen auf.« Er ging zum Fenster und stützte sich auf das Fensterbrett. Schneeflocken tanzten um die Lampen, die den Parkplatz des Präsidiums in ein mildes Licht tauchten.

Thal hatte Verständnis für Schobers Ausbruch. Nicht dass er seine Ansicht teilte, Quandts Theorie behindere ihre Arbeit, aber die Konsequenzen, die sich daraus ergaben, waren schwer erträglich.

Jonas ließ sich normalerweise nicht von derartigen Ausbrüchen des Imam beeindrucken, für einen Kriminalkommissaranwärter hatte er ein erstaunliches Selbstvertrauen. Heute konnte er aber nicht so leicht darüber hinweggehen. Er leckte sich nervös über die Lippen und fuhr mit dem Zeigefinger über die deutlich sichtbare Narbe auf dem linken Handrücken. Thal hatte ihn vor Monaten einmal auf diese Angewohnheit angesprochen. »Das bringt Glück«, hatte er lachend gesagt.

»Unfall?«, hatte Thal gefragt.

»Wenn du so willst.« Quandt wollte anscheinend nicht mehr darüber erzählen und Thal hatte es gut sein lassen.

»Was die Tätowierung des Jungen angeht, bist du dir ziemlich sicher, oder?«, fragte Bettina den jungen Kollegen.

Quandt nickte. »Was wir als Hashtag kennen ist das amerikanische Zeichen für Nummer. Ich glaube nicht, dass wir es mit einem Schlagwort zu tun haben. Das Tattoo bedeutet einfach ›Nummer Sieben‹.«

»Und was soll das dann bitteschön heißen?« Schober drehte sich abrupt um und starrte Quandt an, der nur mit den Schultern zuckte. Keiner in der Runde wollte die Frage beantworten, jeder hing seinen eigenen Gedanken nach.

Erst nach einer Weile traute sich Stephanie Bohlmann aus der Reserve.

»Wenn es eine Nummer Sieben gibt, vielleicht gibt es dann auch eine Nummer Sechs und eine Fünf ...«

»Sie meinen doch nicht im Ernst, dass unser Täter zuvor bereits sechs weitere Morde begangen hat?« Schober schrie den Satz heraus, dessen Bedeutung irgendwo zwischen Befürchtung und Ablehnung angesiedelt war. »Das ist doch absurd«, fuhr der Kriminaldirektor fort und hatte zumindest die Lautstärke seiner Stimme wieder im Griff. Allerdings konnte er seine Abscheu nicht verbergen, Thal war sich nicht sicher, ob sie sich gegen die Kollegin oder gegen den Täter richtete.

Schober winkte entschlossen ab. »Niemand kann sechs Morde begehen, ohne dass wir von diesen offenen Fällen wissen.« Er atmete erleichtert auf, als wäre die Angelegenheit damit erledigt.

»Warum sollten wir davon Kenntnis haben?«, fragte Thal und registrierte, dass die Panik in Schobers Blick zurückkehrte. »Hätte das Mädchen ihrem Opa nicht in letzter Minute ein Stofftier in den Sarg legen wollen, wäre der tote Junge begraben worden und wir hätten ihn vermutlich nie gefunden. In dem Fall hätten wir lediglich einen offenen Vermisstenfall mehr.«

Die Stille im Raum war beredt. Alle suchten nach Argumenten für oder gegen Thals Behauptung.

Bettina Berg klopfte auf die Tischplatte. »Außerdem können die anderen Taten überall in Deutschland, vielleicht sogar im Ausland verübt worden sein. Wir sollten uns die Vermisstenfälle von Kindern ansehen, vielleicht finden wir eine Spur.«

»Sehr gut«, sagte Thal. »Jonas und Stephanie, das ist eure Aufgabe.«

Bettina zeigte auf wie ein Schulkind und prustete über ihre eigene Geste los. Für einen Augenblick herrschte eine ausgelassene Stimmung, die schnell dem konzentrierten Arbeiten wich. »Außerdem sollten wir alles über Leon Bahrs Vater herausfinden. Wo lebt er in den USA? Ist er in der letzten Zeit in Deutschland gewesen? Hält er sich vielleicht gerade jetzt hier auf?«

»Du meinst, es könnte sich um eine missglückte Kindesentführung durch den Vater handeln?« Grendel schaute Bettina ungläubig an. Thal freute sich, dass der Spurensicherer sich in der letzten Zeit häufiger in ihre Diskussionen einmischte. Das hätte er sich früher nicht getraut, dabei war er ein unersetzbares Mitglied des Teams. Thal nickte ihm zu. »Wir müssen alles in Betracht ziehen. Bettina, das ist deine Aufgabe. Ich werde Madlaina fragen, ob sie dir helfen kann.«

»Ich denke, sie geht auf Tour.«

»Erst in zehn Tagen. Sie hat zwar morgen wieder ein Probenkonzert, aber ...«

Thal nahm sein Smartphone vom Tisch und schickte Madlaina eine WhatsApp-Nachricht.

»Und Sie, Thal?«

Er hatte den Imam fast vergessen, der seit ein paar Minuten schweigend an der Fensterbank lehnte.

»Ich kümmer mich um die Sieben.«

Alle schauten ihn überrascht an und er lächelte.

»Ich vertraue euren Eingebungen, aber möglicherweise soll diese Raute doch ein Hashtag sein. In dem Fall könnte sich eine Beschäftigung mit der Numerologie lohnen.«

Jonas wollte etwas erwidern, aber Thal unterband es mit einer harschen Handbewegung, die er sofort bedauerte, aber nicht zurücknehmen konnte.

»Und ich?«, fragte Grendel, sichtlich enttäuscht, bei der Aufgabenverteilung übergangen worden zu sein.

Thal schaute fragend in die Runde, aber anscheinend hatte niemand eine Idee, womit sich der Techniker beschäftigen könnte.

»Ihr seid mir ja feine Ermittler.« Grendel lachte und lehnte sich entspannt zurück. »Die einfachsten Fragen stellt ihr euch nicht, dabei könnten die Antworten uns wirklich weiterbringen.«

»Hartmut, bitte ...!« Thal stand nicht der Sinn nach Grendels weitschweifigen Erklärungen.

»Ist ja schon gut«, brummte der Techniker. »Ich kümmere mich um die Tätowierung. Vielleicht kann ich etwas über die Ausführung oder die Farbe herausfinden, das uns weiterbringt.«

»Gute Idee«, sagte Bettina und lächelte Grendel aufmunternd zu.

»Dann weiß jeder, was zu tun ist.« Thal stand auf und rieb sich den Nacken. »Wir treffen uns morgen früh um acht und tragen die Ergebnisse zusammen. Es sei denn, es passiert zwischendrin etwas Gravierendes. Die Handys bleiben also an. Okay?«

Alle nickten stumm.

Fünfzehn

Montag. Einundzwanzig Uhr zwanzig

Er warf das Smartphone aufs Bett. Was war hier nur los? Ächzend bückte er sich und hob die Flasche vom Boden. Er wusste, dass ihm der Alkohol unruhige Träume bescheren würde, aber die Tristesse dieser Ferienwohnung machte ihm mehr zu schaffen, als er befürchtet hatte. Er trank einen Schluck von dem billigen Schnaps, etwas Besseres hatte der Dorfladen nicht hergegeben. Sicher, er hätte auf einen der Höfe fahren können, die für ihre Obstbrände bekannt waren. Schließlich nächtigte er in einem der wichtigsten Obstbaugebiete Süddeutschlands, da verstand man auch etwas vom Destillieren. Er hatte aber keine Lust gehabt, sich noch einmal ins Auto zu setzen und durch das Schneetreiben zu fahren.

Er stellte die Flasche auf den Schreibtisch und dachte über sein Verhalten nach. In letzter Zeit ärgerte er sich häufig über seine Antriebslosigkeit. Alles, was nicht mit seiner Mission zu tun hatte, schien ihm unbedeutend. Das war nicht gut. Ganz und gar nicht gut. Er seufzte und schraubte den Verschluss auf die Flasche. Besser wäre es, er würde die Plörre ins Waschbecken schütten, aber selbst dazu fehlte ihm die Motivation.

Er beugte sich nach vorne und angelte das Handy vom Bett. Sollte er es noch einmal versuchen? Bei ihr oder bei ihm? Er starrte auf das dünne schwarze Stück Hightech in seiner Hand. Seit zwei Stunden versuchte er, Nummer Neuns Erzieherin zu erreichen. Als er bei ihr keinen Erfolg hatte, rief er ihren Kerl an. Der war hörbar nervös, redete sich damit heraus, dass seine Frau bei einer Freundin wäre, dabei konnte man deutlich eine Mischung aus Angst, Besorgnis und Wut heraushören.

Die Tusse war abgehauen und ihr Mann hatte keine Ahnung, wo sie war.

Er legte das Smartphone neben die Flasche und versetzte es in eine Kreiselbewegung. Fast glaubte er, das beruhigende Geräusch eines Brummkreisels zu hören. Er lachte leise.

Er ahnte seit Langem, dass diese Erzieherin eines Tages Ärger machen würde. Leider war das am Anfang nicht abzusehen gewesen, die Frau hatte sich wie alle anderen verhalten. Auch sie hatte nur ein Ziel und war bereit gewesen, ihre Seele zu verkaufen. Er stand auf und ging ins Bad. Sein Grinsen hatte tatsächlich etwas von Mephisto. Langsam ließ er kaltes Wasser über seine Handgelenke laufen.

Hätte er gewusst, was für eine Schlange diese Frau ist, hätte er eine andere Bewerberin zur Erzieherin von Nummer Neun bestimmt. Es gab ja keinen Mangel an Bewerberinnen, was ihn anfangs sehr erstaunt hatte. Heute wusste er, dass es nur wenigen Menschen gegeben war, ihre Triebe zu beherrschen.

Er stützte sich auf den Rand des Waschbeckens und bleckte die Zähne. Wie konnte er nur an diese Schnepfe geraten?

Er atmete tief durch, trocknete sich die Hände ab und ging zurück ins Zimmer. Schwungvoll nahm er die Flasche vom Tisch, öffnete sie und prostete einem imaginären Gast zu.

Die Erzieherin hatte sich aus dem Staub gemacht. Er musste der Tatsache ins Auge sehen, es war eine Herausforderung, mit der er nicht rechnen konnte.

Er hob die Flasche und prüfte den Inhalt. Sie war noch mehr als halb voll. Seufzend erhob er sich und ging ins Bad.

Als ob es ihr etwas nützen würde, mit dem Kind wegzulaufen.

Langsam ließ er den Schnaps in den Ausguss laufen.

Er würde die Erzieherin finden und mit ihr den Jungen.

Nummer Neun musste sterben, bevor die Frau etwas Dummes tat.

Etwas sehr Dummes.

Sechzehn

Montag. Einundzwanzig Uhr fünfzig

»Ausgezeichnet!« Gerhard Restle leckte sich die Lippen. »Wo bekommt man diesen wunderbaren Pata-Negra-Schinken?«

Thal grinste. Er hatte gehofft, dass er den Rechtsmediziner mit ein paar Delikatessen würde besänftigen können. Es war ihm klar gewesen, dass der Doktor es für eine Zumutung gehalten hatte, in Konstanz zu obduzieren. Thal wollte es sich nicht mit ihm verscherzen, gerade in diesem Fall konnte die Zusammenarbeit mit den Pathologen noch wichtig werden. Ihre Spuren waren zu dünn, als dass sie auf den kleinsten Hinweis verzichten konnten.

»Noch einen Schluck von dem Rioja?«, fragte Thal und hielt die Flasche in die Höhe.

Fiona Lee schüttelte den Kopf, sie hatte bisher nur am Rotwein genippt. Restle hingegen hielt Thal sein Glas entgegen. »Sie verstehen zu leben hier am Bodensee, das muss ich schon sagen.«

»Nicht besser als in Freiburg, denke ich.« Thal goss großzügig ein. Restle sog den Duft des Weines mit geschlossenen Augen ein und lehnte sich entspannt zurück.

»Nun, mein lieber Thal. Was liegt Ihnen auf dem Herzen? Sie können mir doch nicht erzählen, dass Sie uns ohne Hintergedanken in Ihre Wohnung einladen und einen derart grandiosen Wein kredenzen?«

Thal lachte auf, während Fiona Lee ihren Chef peinlich berührt ansah. Seine Direktheit kollidierte oft mit ihrer angeborenen koreanischen Zurückhaltung.

»Touché!« Thal nahm sein Glas und trank einen Schluck. »In unserem Fall ist die Todesursache von größter Bedeutung.«

»Ist sie das nicht immer?«

»Schon«, sagte Thal und nahm ein Stück Schinken. »Was unseren toten Jungen angeht, könnte sie uns aber den entscheidenden Hinweis liefern. Alle anderen Indizien dieses Falls verstecken sich noch in einem undurchdringlichen Nebel. Nehmen wir nur mal die Auffindesituation.«

»Das sieht für mich nach einem Ritual aus.« Fiona Lee schlug die Beine übereinander. »Einen jungen Mann zu einem alten Mann in den Sarg zu legen, das wirkt doch fast wie eine Grabbeigabe.«

»Interessante Theorie«, sagte Restle. »Was könnte das Motiv dahinter sein?«

»Grabbeigaben sollen den Toten im Jenseits schützen. Deshalb hat man den Verstorbenen Waffen, Geld oder Schmuck mitgegeben. Ein Kind könnte für Leben stehen, Freude, Unterhaltung.«

Thal nickte der Rechtsmedizinerin zu. Er mochte ihre offene Art und den Mut, eine Theorie auszusprechen, ohne sie zigmal überprüft zu haben. »Vielleicht haben Sie recht, Fiona. Ich glaube aber nicht, dass wir es hier mit einem Ritual zu tun haben.«

Er klappte sein Notebook auf und öffnete eines von Krönings Tatortfotos.

»Wäre es eine Art religiöse Handlung, hätte der Täter den Jungen anders platziert. Für mich sieht das zufällig aus, es ist halt am einfachsten, den toten Körper des Jungen bäuchlings auf den Alten zu legen. Was wie eine Umarmung wirkt, entsteht auf diese Weise automatisch.«

»Und ist damit ohne Bedeutung«, brachte Restle es auf den Punkt.

Fiona Lee beugte sich vor und betrachtete das Bild.

»Und noch etwas spricht gegen Ihre Theorie, Fiona.« Thal stand auf, um eine weitere Flasche Wein aus der Küche zu holen. »Wenn es sich um ein Ritual handelte, hätte der Täter alles daran gesetzt, dass seine Inszenierung entdeckt wird. In unserem Fall ist es nur einem dummen Zufall zu verdanken, dass der Sarg noch einmal geöffnet wurde.«

»Einspruch!« Fiona Lee richtete sich ruckartig auf. Ihre Stimme war etwas zu hoch gerutscht und sie räusperte sich. »Wenn ich das richtig verstanden habe, ist der polnische Bestattungsgehilfe verschwunden. Er kann das Stofftier absichtlich neben den Sarg gelegt haben, damit sein Chef den Deckel öffnet.«

Thal zog den Korken mit einem satten Plopp aus der Flasche. »Wenn er unbedingt wollte, dass die Leiche des Jungen entdeckt wird, wäre er kaum das Risiko eingegangen, dass sein Chef die Sache ignoriert. Wer garantierte ihm, dass Leitner das Stofftier nicht in den Müll wirft, weil er sich nicht die Mühe machen wollte, den Sarg so kurz vor der Beerdigung noch einmal zu öffnen.«

»Sie glauben, dass die Leiche von Leon Bahr ein für alle Mal beseitigt werden sollte?«

Thal nickte und goss sich einen Schluck Wein ein.

»Welchen Sinn hat dann das Tattoo?«

»Da haben Sie den Finger in die Wunde gelegt, das ist die größte Schwachstelle meiner Theorie. Haben Sie eine Erklärung?«

»Könnte es nicht einfach ein Tick sein?«, mischte sich Restle ein.

Lee und Thal drehten fast synchron ihre Köpfe.

»Na ja ...« Der Rechtsmediziner sonnte sich in der ungeteilten Aufmerksamkeit. »Es könnte eine Art Signatur sein. Oder tatsächlich eine Nummerierung, deren Sinn und Zweck wir nicht kennen.«

»Und die niemand außer dem Täter zu Gesicht bekommt.« Fiona Lee schüttelte den Kopf. »So verrückt ist keiner!«

Thal lachte, Restle hob die Hand. »Wer sagt denn, dass es niemand zu Gesicht bekommen soll? Vielleicht hat der Täter Fotos gemacht.«

»Um sie herumzuzeigen?« Lees Tonfall deutete darauf hin, dass sie am Verstand ihres Chefs zu zweifeln schien.

»Oder um sie zu sammeln. Was weiß denn ich, was im Hirn eines verrückten Mörders vorgeht?«

Thal trank einen Schluck und genoss die Wärme, die sich in ihm ausbreitete. Restle hatte Recht, Aussagen über den Täter und seine Motive waren derzeit nicht möglich. Deshalb waren seine Theorien genauso plausibel wie alle anderen.

»Halten wir uns an die Fakten«, sagte Thal und stellte sein Glas ab. »Woran ist Leon Bahr gestorben.«

»An einer Überdosis Morphium«, antwortete Fiona Lee, ohne zu zögern.

Thal schaute zu Restle, der leicht mit dem Kopf wackelte. »Mit an Sicherheit grenzender Wahrscheinlichkeit«, sagte er und sprang damit über den eigenen Schatten, Aussagen zur Todesart und -zeitpunkt nur zu treffen, wenn sie hundertprozentig belegt waren. »Die letzten Restzweifel werden morgen beseitigt sein.«

»Das Morphium wurde dem Jungen intravenös verabreicht.«

»Also Mord«, sagte Thal.

Restles Kopf schwankte heftig hin und her. »Das ist noch Spekulation. Theoretisch könnte es sich auch um einen Unfall handeln. Vielleicht hatte der Junge Schmerzen, die Mutter wollte ihm helfen und dann ...«

Fiona Lee schnaubte. »Das ist doch Quatsch!«

Thal erwartete einen Ausbruch ihres Chefs, aber augenscheinlich hatte der Wein ihn besänftigt, er hob nur die Augenbrauen.

»Wir haben keinen einzigen Hinweis gefunden, der darauf hindeutet. Der Junge war gesund und es gab keinerlei Anzeichen eines Sturzes oder einer Züchtigung. Da war nichts, was ihm so große Schmerzen bereitet haben könnte, dass man sie mit Morphium bekämpfen musste.«

»Wenigstens etwas«, sagte Thal und wusste genau, dass es das berühmte Pfeifen im Walde war.

Siebzehn

Montag. Dreiundzwanzig Uhr vierzig

»Na komm schon. Du bist doch eine geile kleine Schlampe.«

Melanie unterdrückte einen Schrei. Sie hatte Mühe, sich im Dämmerlicht des Wohnmobils zu orientieren. Hektisch drehte sie sich um. Felix lag in eine Wolldecke eingemummelt auf dem Bett im Heck des Fahrzeugs. Sie selbst hatte es sich so gut es ging im Fond bequem gemacht. Ihr Schädel brummte von dem Schnaps, sie war keinen Alkohol gewöhnt.

»Du bist ja eine richtige kleine Nutte!«

Der Bauer zerrte am Reißverschluss ihrer Jeans. Sein Alkoholatem löste einen Würgereflex aus, den sie mühsam unterdrücken konnte.

»Aber Herr Baldinger ...«, quetschte sie heraus.

Er hatte es geschafft, die Hose zu öffnen, und versuchte sie über die Beine zu ziehen. »Geile Stelzen ...«, stammelte er.

»Herr Baldinger!« Melanie zischte seinen Namen bedrohlich und doch leise. Auf keinen Fall wollte sie, dass Felix aufwachte. »Lassen Sie das, Herr Baldinger.«

Er ließ nicht von ihr ab, zerrte an den Hosenbeinen und zog sie dabei halb über den Sitz.

»Warten Sie!« Sie atmete viel zu hektisch, musste unbedingt ruhiger werden.

»Lass uns ins Haus gehen.« Sie hoffte, dass ihn das Du in Sicherheit wiegen würde.

»Ja! Du ...!« Was lüstern klingen sollte, geriet ihm zum Krächzen.

Melanie Reiter krabbelte aus dem Wohnmobil. Als sie sich vom Beifahrersitz nach unten gleiten ließ, verhedderte sie sich in den heruntergezogenen Hosenbeinen und fiel ins kalte feuchte Gras.

»Aber hallo ...«, lallte Baldinger.

»Schon gut«, beruhigte sie ihn und zog die Hose hoch. Leise schloss sie die Wagentür.

Baldinger schwankte in Richtung Hauseingang voraus. Melanie schaute sich um. Sie brauchte eine Waffe, wenn sie den Kerl niederstrecken wollte. Neben dem Scheunentor lehnte eine Schaufel an der Wand. Baldinger hatte den Blick starr nach vorne gerichtet. Als sie noch vier Meter vom Hauseingang entfernt war, machte sie einen Schritt zur Seite und rannte los. Der Bauer musste sie im Augenwinkel gesehen haben, denn er drehte den Kopf nach rechts.

»Du bist aber eine ganz Wi...«

Er konnte das Wort nicht zu Ende sprechen, da krachte die Schaufel schon auf seinen Schädel. Melanie hob die Schippe erneut, Baldinger sackte aber so schnell in sich zusammen und fiel zu Boden, dass kein weiterer Schlag notwendig war. Sie trat einen Schritt vor. Aus einer Wunde oberhalb der rechten Augenbraue blutete es. Das linke Auge war aufgerissen, das rechte geschlossen, aus dem Mund hing ein Speichelfaden.

»Geschieht dir recht, du geiler Bock«, rief Melanie atemlos. Sie versetzte dem am Boden liegenden Körper einen festen Tritt und rannte zum Auto.

Felix schlief noch immer, er hatte seine Position in den letzten Minuten nicht verändert. Melanie krabbelte über den Beifahrersitz hinter das Steuer und startete den Motor. Sie trat das Gaspedal bis zum Anschlag und ließ die Kupplung nach oben schnellen. Das Wohnmobil schoss nach vorne, das Stromkabel wurde aus der Steckdose gerissen und schlug scheppernd gegen das Blech.

»Mami!«

Sie schaute in den Rückspiegel. Felix versuchte, sich aufzurichten, die Fliehkraft drückte ihn aber gegen die Rückwand des Wohnmobils.

»Alles gut, mein Kleiner«, sagte sie atemlos. »Bleib liegen, wir müssen hier schnell weg.«

»Was ist los, Mami?«

»Da waren Räuber, die wollten unsere Sachen stehlen.«

»Echt?«

»Ja. Aber ich habe es bemerkt und bin losgefahren.«

»Toll!«

Melanie sah in Felix' Blick den Stolz auf seine Mutter.

Sie schaffte es nicht, die Tränen zurückzuhalten.

Achtzehn

Dienstag. Sieben Uhr fünfzig

»Wie wäre es mit ein paar frischen Seelen?«

Bettina schwenkte die Papiertüte.

»Her damit«, rief Jonas und grinste sie an.

Thal stellte den Brötchenkorb auf den Tisch und Bettina leerte die Tüte mit dem frischen Gebäck aus. Brötchen, Brezeln und eben jene oberschwäbische Gebäckstange namens Seele.

Das Team war vollständig versammelt und Thal hatte seinen ersten Espresso bereits getrunken, selbst Schober saß schon auf seinem angestammten Platz vor dem Fenster.

»Wer fängt an?« Thal schaute in die Runde.

»Immer der, der fragt«, sagte Stephanie und biss in eine Brezel.

Thal lächelte sie an. »Nun gut. Ich habe gerade noch mal mit Restle telefoniert. Die Tests sind jetzt abgeschlossen und es besteht kein Zweifel mehr, dass Leon Bahr an einer Überdosis Morphium starb.«

Für eine Sekunde war es still im Raum. Bettina hörte sogar auf, das Erdbeerpulver in ihrer Milch zu verrühren, als wäre eine so profane Tätigkeit ein Sakrileg angesichts eines Kindstodes.

Das Zischen der Kohlensäure, als Madlaina die unvermeidliche Flasche Cola öffnete, verjagte den Spuk. »Bettina und ich haben Robert Bahr aufgespürt, den Vater des Mordopfers. Er wohnt in Salem ...«

»Na, dann kann er ja gleich zur Vernehmung antanzen«, warf Schober ein.

»Wohl kaum«, sagte Bettina und trank den ersten Schluck Erdbeermilch. »Dieses Salem ist ein Fünftausend-Einwohner-Nest in Missouri.«

»Oh ...«, entfuhr es dem Imam, seine vorschnelle Bemerkung war ihm peinlich.

»Wir haben mit Bahr telefoniert, er ist schockiert über den Tod seines Sohnes, den er seit Jahren nicht mehr gesehen hat.«

»Glaubst du ihm?«, fragte Jonas. »Bestürzung kann man vorspielen, vor allem am Telefon.«

»Klar«, sagte Madlaina, »aber der Mann scheint mir glaubwürdig zu sein.«

Jonas wollte noch etwas entgegnen, aber Bettina hob die Hand. »Er hat mir inzwischen einen Reiseplan gemailt, fliegt über Dallas nach London und von dort weiter nach Zürich. Ankunft morgen Mittag um zwölf Uhr. Dann kannst du ihm ja auf den Zahn fühlen.«

»Was den Vater angeht, müssen wir uns also noch gedulden.« Thals Mimik zeigte, wie wenig ihm das behagte. »Was ist mit den Vermisstenfällen?«

Stephanie Bohlmann schaute über den Rand ihrer überdimensionierten Teetasse. »Wir haben derzeit in Deutschland rund sechshundert offene Fälle von vermissten Kindern.«

»Das kann doch nicht wahr sein«, rief Schober in das allgemeine Aufstöhnen.

»Doch«, übernahm Quandt. »Die meisten liegen allerdings Jahre zurück.«

»Wir müssen unsere Suche auf ein engeres Feld begrenzen.« Stephanie Bohlmann führte das verbale Pingpong weiter. »Dazu gibt es mehrere Möglichkeiten, an erster Stelle steht die regionale Variante. Gehen wir davon aus, dass sich unser Täter im Umfeld des Bodensees bewegt, bleiben elf offene Vermisstenfälle.«

»Das hört sich schon mal ganz anders an.« Schober bemühte sich, einen zuversichtlichen Gesichtsausdruck aufzusetzen.

»Schon«, sagte Quandt, »allerdings haben wir die alle überprüft und auf den ersten Blick keine signifikanten Übereinstimmungen gefunden.«

»Bitte dokumentiert diese Fälle für die Akten, vielleicht müssen wir uns die später noch mal vornehmen.«

»Na klar, Chef«, sagte Stephanie, die Thal nur dann so anredete, wenn er sie damit nervte, eine Selbstverständlichkeit einzufordern.

»Du hast von mehreren Kriterien gesprochen, nach denen ihr euch die Vermisstenfälle angeschaut habt, Stephanie.« Bettina zog den Brotkorb zu sich heran und studierte die Gebäckstücke, als müsste sie eine schwerwiegende Entscheidung treffen.

»Wir haben die Fälle nach dem Alter der Vermissten sortiert. Nimmt man nur die Kinder, die zum Zeitpunkt ihres Verschwindens zwischen sechs und sieben ...«

Es klopfte an der Tür, die fast gleichzeitig geöffnet wurde.

»Entschuldigung, Kollegen.«

Ein kahl geschorener Kopf wurde hereingestreckt.

»Der Kollege Helmroth von der Vermisstenstelle«, stellte Thal den Besucher vor. »Was gibt's, Peter?«

Der schlaksige, in einem viel zu großen Anzug steckende Mittvierziger trat ein und nickte allen Anwesenden kurz zu, als sei es ihm besonders wichtig, die angemessene Höflichkeit walten zu lassen. Anschließend heftete er seine Augen auf den Brotkorb.

»Nun?«, forderte ihn Thal auf.

»Ach so«, sagte Helmroth und machte einen weiteren Schritt ins Büro hinein.

»Eine Brezel, Herr Kollege?«, fragte Bettina und hielt den Brotkorb in die Höhe. »Oder lieber eine Seele?«

»Danke«, sagte Helmroth, wählte eine Brezel und biss hinein.

Thal holte tief Luft, verkniff sich aber eine Bemerkung. Trotzdem begann der Kollege mit vollem Mund zu sprechen. »Wir haben einen weiteren Vermisstenfall, der könnte euch interessieren.« Er führte die Brezel zum Mund, hielt aber inne. »Felix Reiter heißt der Junge. Sieben Jahre. Sein Vater hat ihn als vermisst gemeldet, seine Mutter ist ebenfalls verschwunden.«

»Mensch, Helmroth«, dröhnte der Imam, was den Beamten der Vermisstenstelle zusammenzucken ließ. »Das hört sich wie eine x-beliebige Familienangelegenheit an, die sich in ein paar Stunden von selbst erledigt, wenn die reuige Ehefrau in die Arme ihres Mannes zurückkehrt.«

Bettina stellte den Brotkorb schwungvoll auf den Tisch, eine Seele hüpfte heraus. »Und selbst wenn ...! Wir haben kaum andere Spuren, da sollten wir jedem Hinweis nachgehen.« Sie nahm die Seele vom Tisch und hielt sie Helmroth entgegen, der sie in seine Tasche steckte, ehe er den Oberkörper in einer Art Diener zusammenfaltete und das Zimmer verließ.

»Wie war das jetzt mit dem Alter der Kinder?« Bettina schaute Quandt fragend an.

»Kurz gesagt: Wir haben noch nicht alle Fälle überprüfen können, bis jetzt aber nichts entdeckt.«

»Haben deine Leute noch etwas Brauchbares beizutragen, Hartmut?«, fragte Thal genervt.

»Absolut nichts. An der Leiche gibt es nicht ein Fitzelchen Fremd-DNA. Der Körper muss gründlich gereinigt worden sein, bevor er in den Sarg gelegt wurde, komischerweise haben wir auch keine Rückstände eines Reinigungsmittels gefunden.«

»Seltsam«, murmelte Bettina und machte sich eine Notiz. Normalerweise konnte die Spurensicherung so etwas immer nachweisen.

»Wir haben uns auch die Tätowierung noch einmal genauer angesehen. Sie ist in der Tat sehr frisch, vermutlich wenige Stunden vor dem Tod des Jungen gestochen. Die Farbe ist handelsüblich und es wurde eine professionelle Tattoomaschine benutzt, vermutlich vom Typ Dragonfly. Der Mensch, der sie bedient hat, war allerdings ein Amateur.«

»Gute Arbeit«, lobte Thal.

Bettina nickte, hatte allerdings keine Ahnung, was sie mit diesen Erkenntnissen anfangen sollten.

Madlaina führte mit den Fingern ein Schlagzeugsolo auf der Tischplatte auf. »Wir müssen dringend noch einmal mit Leon Bahrs Mutter sprechen. Am besten hier im Präsidium, wenn sie etwas mit dem Tod ihres Sohnes zu tun hat, wird sie am ehesten weich.«

»Glaubst du das?«, fragte Thal.

Madlaina beendete ihr Klopfen mit einem Trommelwirbel und lehnte sich zurück. »Ihr habt mit der Frau gesprochen. Hältst du sie für schuldig, Bettina?«

»Nein, aber du hast recht, es schadet nichts, wenn wir sie ein bisschen unter Druck setzen. Vielleicht hat sie etwas vergessen, das ihr dann einfällt. Jedes winzige Detail könnte uns weiterbringen.«

»Okay«, sagte Thal und schob seinen Stuhl zurück. »Stephanie und Jonas, ihr übernehmt die Mutter, Madlaina hört sich das von draußen an. Bettina und ich sprechen derweil mit dem Vater des verschwundenen Jungen, der bei Helmroth im Büro sitzt, wie heißt er noch gleich?«

»Der Junge heißt Felix«, sagte Bettina, »den Namen des Vaters ...«

Die Tür wurde geräuschvoll aufgerissen.

»Bitte!«, rief Thal genervt. Er hasste es, wenn Besprechungen ständig unterbrochen wurden.

»Steindorf«, näselte der Mann. Er war knapp zwei Meter groß, dabei eher dürr als schlank und trug einen dunkelblauen Anzug, den Bettina für maßgeschneidert hielt. Das Atemberaubendste waren die Schuhe, sie konnte sich nicht erinnern, jemals so aufwendig gearbeitete Westernstiefel gesehen zu haben. Alles zusammengenommen trug der Typ den Gegenwert eines Kleinwagens am Leib.

»Richtig«, sagte Thal und reichte dem Mann die Hand. »Darf ich vorstellen ...«

»Jan-Philip Steindorf«, sagte Schober und stand auf.

»Genau«, erwiderte Thal grantig; er wollte Schober auf keinen Fall die Gesprächsführung überlassen, der Imam ließ sich aber nicht so leicht bremsen.

»*Der* Numerologe aus der Schweiz.« Der Kriminaldirektor war beeindruckt.

»Ich kenne Sie aus dem Fernsehen, richtig?«, fragte Grendel. Bettina wunderte sich, dass der sachliche Spurensicherer anscheinend Hokus-Pokus-TV schaute.

»Ich habe Herrn Steindorf gebeten, uns etwas über die Zahl Sieben zu erzählen.« Schober machte dem Besucher ein Zeichen, sich zu setzten. Steindorf trat hinter den freien Stuhl neben Bettina, nickte ihr kurz zu, stützte sich auf die Rückenlehne und begann zu dozieren.

»Sie haben sich die heilige Zahl schlechthin ausgesucht. Sieben ist die Zahl der Schöpfungstage. Es gibt sieben Tugenden, sieben Augen sind das Symbol für Gott und seine Allgegenwart und Allwissenheit. Sieben ist die Zahl der Todsünden, aber auch der Gaben des Heiligen Geistes und der Werke der Barmherzigkeit. Das Vaterunser hat sieben Bitten, Jesus erzählte sieben Gleichnisse vom Himmelreich und gebrauchte sieben ›Ich-bin-Worte‹. Sieben fette und ebenso viele magere Jahre sagte Joseph dem Pharao voraus, das Speisungswunder hatte fünf Brote und zwei Fische zur Grundlage, sieben Schmerzen hatte Maria zu erdulden, sieben Dämonen fuhren in Maria Magdalena ein, sieben Worte sprach Jesus am Kreuz. Sieben Sakramente kennt die katholische Kirche, sieben Kirchen soll ein Pilger in Rom besuchen. Der Buddhismus kennt sieben Himmel und auch der Islam verehrt die Sieben als heilige Zahl.«

Steindorf machte eine kurze Pause und schaute in die Runde.

»Es gab sieben Weltwunder. Sieben Zwerge wohnen hinter den sieben Bergen ...«

»Ich denke das reicht, Herr Steindorf.«

»Also ich finde das ausgesprochen interessant«, sagte Schober mit hochrotem Kopf.

»Interessant vielleicht«, brummte Quandt, »aber genauso irrelevant für unseren Fall.«

Schober schaute Jonas grimmig an und erhob sich. »Wie wäre es mit einer Tasse Kaffee, Herr Steindorf?«

Der Schweizer nickte stumm, während er Jonas feindselig anstarrte, der gelassen eine Dose Krating Daeng öffnete und in einem Zug leerte.

Schober hakte sich bei Steindorf ein und führte ihn aus dem Raum.

»Den sind wir los«, sagte Quandt.

Die anderen applaudierten leise.

Neunzehn

Dienstag. Neun Uhr zehn

Der Kerl hatte tatsächlich versucht, sie zu vergewaltigen. Melanie Reiters Hände zitterten auch Stunden später noch, wenn sie daran dachte. Ein alter badischer Bauer – und ein Sexmonster. Nichts war mehr sicher.

Sie war stundenlang durch die Gegend gefahren. Verrückt vor Angst, obwohl das irrational war. Der Alte war wohl kaum in der Lage gewesen, ihr zu folgen. Wenn es dumm für ihn gelaufen war, konnte er überhaupt niemandem mehr wehtun. Anfangs hatte sie den Gedanken verdrängt, diesen Baldinger möglicherweise getötet zu haben. Inzwischen akzeptierte sie auch diese Möglichkeit, denn was war ihr anderes übrig geblieben? Sie hatte ihm die Schaufel in Notwehr übergebraten. Jedes Gericht der Welt würde sie freisprechen. Jedes.

»Mami!« Felix saß auf der Rückbank, sein Körper war angespannt. »Ich habe Hunger.«

Sie schaute auf die Tankanzeige. Es war höchste Zeit, sich um Benzin zu kümmern. Am besten verband sie das mit einem Frühstück.

»Klar!«, sagte sie und drehte kurz den Kopf nach hinten. »Ich besorge uns was zum Frühstücken.«

Sie zerrte eine Straßenkarte aus dem Handschuhfach und versuchte, sich zu orientieren.

»Stockach«, flüsterte sie. In Stockach musste es eine Tankstelle geben.

Es dauerte zehn Minuten, bis sie die Bundesstraße erreicht hatte. Laut Wegweiser waren es noch zwölf Kilometer bis Stockach.

»Wie lange müssen wir noch fahren?«, rief Felix.

»Noch eine Viertelstunde«, antwortete sie und hoffte, dass sie nicht lange nach der Tankstelle würde suchen müssen. Eine grell leuchtende rote Lampe signalisierte, dass sie bereits auf Reserve fuhr.

Schon am Ortseingang leuchtete ihr das satte Gelb eines Agip-Logos entgegen.

»Schau mal, was ist das wohl für ein Tier?« Sie deutete auf die Werbetafel.

»Ein Löwe, der Feuer spuckt?«

»Meinst du? Das Tier hat doch gar keine Mähne.«

»Es ist ein Weibchen.«

Melanie Reiter konnte ein Grinsen nicht unterdrücken. Felix fand immer noch eine Erklärung für seine Theorien. »Das Tier hat aber sechs Beine. Kennst du einen Löwen mit sechs Beinen?«

Von der Rückbank kam keine Reaktion.

Melanie stieg aus, füllte den Tank und betrat den Verkaufsraum der Tankstelle. Unentschlossen stand sie vor der Theke, entschied sich dann für zwei Panini, ein Schokocroissant und Donuts. Dazu einen doppelten Espresso für sich selbst und einen Kakao für Felix.

»Können Sie mir sagen, was das für ein Tier auf Ihrem Firmenlogo ist?«, fragte sie.

»Ein feuerspeiender Hund«, antwortete die junge Frau, ohne aufzuschauen.

»Und warum hat er sechs Beine.«

Die Verkäuferin zuckte mit den Achseln. »Fragen Sie Google.«

»Danke für die nette Bedienung«, knurrte Melanie und bezahlte.

»Was hast du mitgebracht?«, fragte Felix.

»Wie wäre es zuerst mit einem Schokoladencroissant?«

»Oh ja!«

Während der Junge sich begeistert über das süße Teilchen hermachte, trank Melanie den Kaffee. Gar nicht mal schlecht für eine Tankstelle, dachte sie. Das Koffein tat seine Wirkung und sie fühlte sich augenblicklich besser. Sie brauchte einen Plan. Es hatte keinen Sinn, weiter ziellos durch die Gegend zu fahren.

Sie musste sich der Situation stellen und die Sache ein für allemal klären.

Sie nahm das Handy aus der Tasche und starrte auf das Display.

Sie wusste, was zu tun war.

Zwanzig

Dienstag. Neun Uhr dreißig

»Bitte beruhigen Sie sich, Herr Reiter!«

Bettina machte einen Schritt auf Erik Reiter zu, der sie feindselig anstarrte. Thal spannte die Muskeln für den Fall, eingreifen zu müssen. Reiter war von Anfang an nicht zugänglich gewesen. Als sie ihm über die Kollegen von der Vermisstenstelle ausrichten ließen, dass er nach Hause gehen sollte, sie würden dort mit ihm sprechen, war er aus der Haut gefahren. Das sei eine unnötige Zeitverschwendung, ob sie nicht wüssten, dass es in Entführungsfällen auf jede Stunde ankäme.

Thal schaute sich im Wohnzimmer um, in das sie Reiter nach einigem Hin und Her an der Tür geführt hatte. Die Einrichtung ähnelte einem Musterzimmer bei Ikea: aufeinander abgestimmt, aber mit zu bewusst inszenierter Gemütlichkeit. Auf dem Fensterbrett stand ein Holzleuchter mit elektrischen Lichtern in Form eines Lucia-Festumzugs. Die Reiters hatten ein Faible für Skandinavien, auf dem Sofa saß ein Stoff-Elch, der Hausherr trug einen Norwegerpullover, in dem der Mittdreißiger einen älteren, spießigen Eindruck mache.

»Wenn wir Ihre Frau und Ihren Sohn finden sollen, müssen wir uns ein genaues Bild davon machen, was geschehen ist.«

Reiter atmete tief ein und ließ die Luft schnaubend entfahren. Entwarnung konnte noch nicht gegeben werden. »Sie glauben mir doch ohnehin nicht, sondern halten sich an Ihre Vorschriften. Wenn noch keine achtundvierzig Stunden vergangen sind ...«

»Nein, Herr Reiter!« Thal fand es an der Zeit, die Befragung zu übernehmen. »Wir sind nicht von der Vermisstenstelle, für uns gelten andere Regeln.«

Zum ersten Mal schien Reiter beeindruckt. Er schaute Thal aus zu Schlitzen verengten Augen an. »Was soll das heißen?«

»Wir beschäftigen uns mit Mord und Totschlag ...«

»Sie glauben also, dass Melanie und Felix etwas zugestoßen ist?«

»Es geht nicht darum, was wir glauben – und genau hier liegt das Problem. Wenn wir Ihre Frau und Ihren Sohn aufspüren sollen, müssen Sie uns Gründe dafür liefern, dass hier ein Verbrechen vorliegt und kein Ehedrama.«

»Was bilden Sie sich ein!« Reiters Selbstbeherrschung war nur von kurzer Dauer gewesen. Der Mann war Choleriker, keine gute Voraussetzung, wenn man Wahrheit von Einbildung trennen wollte.

Thal, der immer noch in der Zimmertür stand, ging um den freistehenden Sessel herum und setzte sich aufs Sofa. Mit einem Kopfnicken bedeutete er Bettina, es ihm gleichzutun.

»Schön, dass Sie es sich gemütlich machen«, giftete Reiter.

»Wenn ich Sie richtig verstanden habe«, sagte Thal, ohne auf die letzte Bemerkung einzugehen, »ist Ihre Frau seit gestern Abend verschwunden.«

Reiter nickte. »Als ich von der Arbeit kam, war niemand zu Hause. Ich habe mir erst nichts dabei gedacht, obwohl es ungewöhnlich war. Normalerweise schreiben wir uns in so einem Fall eine kurze Nachricht.«

Thal hatte im Flur eine Tafel an der Wand gesehen, sie war blankgewischt gewesen.

»Wann haben Sie begonnen, sich Sorgen zu machen?«

»Als sie bis acht Uhr noch nicht zurück waren und ich Melanie nicht über ihr Handy erreichen konnte. Ich habe als Erstes in der Garage nachgesehen, sie waren mit dem Auto unterwegs. Danach habe ich Melanies Freundinnen angerufen.«

»Was haben Sie erfahren?«

»Nichts. Weder war sie irgendwo zu Besuch, noch wusste jemand, was sie am Abend vorhatte.« Reiter verkrampfte die Hände ineinander. Zum ersten Mal erkannte Thal die Panik, die den Mann erfasst hatte.

»Sie haben also keine Ahnung, wohin Ihre Frau mit Ihrem Sohn gefahren sein könnte?«

»Dann säße ich wohl kaum hier und würde Ihre idiotischen Fragen beantworten.«

Thal ging nicht auf den erneuten Ausbruch ein. »Haben Sie eine Theorie, was passiert sein könnte?«

Reiter schüttelte den Kopf. »Nein. Und bevor Sie es fragen: Unsere Ehe war intakt. Wir sind sechs Jahre verheiratet und hatten keine einzige Krise. Melanie ist nicht weggelaufen, das können Sie ausschließen.«

Thal schaute sich im Raum um. »Was hat Ihre Frau mitgenommen?«

Reiter schien die Frage im ersten Augenblick nicht zu verstehen, denn er ließ sich Zeit mit der Antwort. »Nichts, das ist es ja. Wenn Sie mich verlassen wollte, hätte sie doch wenigstens etwas Kleidung eingepackt.«

»Das wissen Sie genau?«, fragte Bettina. Thal hörte die Skepsis in ihrer Stimme, sie glaubte nicht, dass Reiter sich im Kleiderschrank seiner Frau auskannte.

»Auf jeden Fall sind noch alle Koffer da«, antwortete er trotzig.

»Ihre Ehe ist also in Ordnung«, fuhr Bettina fort und unterband einen Einwand Reiters mit einer gebieterischen Handbewegung. »Gibt es irgendetwas anderes, das Ihre Frau derart in Panik versetzt hat, dass sie überstürzt und ohne Sie zu benachrichtigen abgereist ist?«

»Was glauben Sie, worüber ich mir seit gestern Abend das Hirn zermartere. Aber nein, mir fällt nichts ein. Sie macht sich Sorgen um Felix, aber ...«

»Was ist mit Ihrem Sohn?«, mischte sich Thal ein.

»Nichts Dramatisches, er ist im Grunde ein aufgeweckter Junge, allerdings körperlich nicht der Stärkste. Auch psychisch ist er labil, macht sich zu viele Gedanken für sein Alter. Das hat er nicht von der Mutter ...«

Thal entdeckte einen Glanz in Reiters Augen. Der Mann liebte seine Frau wirklich, aber was hieß das schon. Seine Frau konnte sich trotzdem in einen anderen Mann verliebt haben, mit dem sie in diesem Augenblick in ein neues Leben aufbrach.

Reiter hatte sich wieder gefasst. »Melanie steht mit beiden Beinen im Leben. Sie haut nicht so einfach ab, es sei denn ...« Er schluckte.

Bettina stand auf und machte einen Schritt auf Reiter zu. Thal befürchtete fast, sie könnte den Vater beruhigend in den Arm nehmen, aber sie deutete zur Tür. »Geht es dort ins Bad?«

Reiter starrte sie an.

»Wir brauchen einen Gegenstand, den möglichst nur Ihr Sohn benutzt hat.«

»DNA?«, hauchte Reiter, der zu viele Krimis gesehen oder gelesen hatte, um nicht zu wissen, was das bedeutete.

Bettina nickte stumm.
»Ist eine Haarbürste in Ordnung?«
»Perfekt sogar.«

Einundzwanzig

Dienstag. Neun Uhr fünfzig

Was für ein seltsames Paar!

Er senkte den Oberkörper und tat so, als suchte er etwas im Fußraum des Beifahrersitzes. Zwanzig Minuten waren sie bei Reiter gewesen und jetzt gingen sie schweigend zum Auto. Sie vorneweg, er hinterher. Trotzdem ist er der Chef. Polizisten, da war er sich sicher, auch wenn sie dafür zu gut gekleidet schienen. Vor allem sie! Von ihrem Job mussten sie aber was verstehen, er hätte nicht gedacht, dass es so schnell gehen würde. Die setzten ihn unter Druck.

Er wartete, bis das Bullenpärchen weggefahren war. Besser wäre er später noch mal wiedergekommen, aber die Zeit lief ihm davon.

Er drückte auf den Klingelknopf. Leise hörte er eine sanfte Melodie. Es klang wie eine Harfe.

»Was wollen Sie?«, fragte Reiter.

Eine Sekunde bereute er, nicht länger gewartet zu haben. Er ging ein Risiko ein, aber auf die Schnelle fiel ihm keine andere Erklärung ein.

»Polizei«, sagte er deshalb kurz angebunden und zog eine Plastikkarte nur einige Millimeter aus der Brusttasche seines Jacketts. Hoffentlich würde Reiter nicht erkennen, dass es sich um einen alten Parkausweis der Klinik handelte.

»Da waren doch gerade erst welche hier.«

»Können wir reingehen?« Er schlang die Arme um den Oberkörper und tatsächlich fror er in seinem dünnen Anzug.

Reiter nickte und stapfte vor ihm her in die Küche.

»Wollt ihr jetzt alle paar Minuten hier auflaufen?«

»Es tut mir leid«, sagte er und deutete mit dem Kopf nach hinten. »Die Kollegen haben mich gebeten, noch mal zu Ihnen zu gehen. Sie haben etwas vergessen.«

»Ich brauche jetzt einen Kaffee«, sagte Reiter. »Wollen Sie auch einen?«

Er klang nicht nach einer freundlichen Frage, deshalb lehnte er ab, obwohl ihm ein heißes Getränk gutgetan hätte. Geduldig wartete er, bis Reiter das Kaffeepulver in die Maschine gefüllt hatte.

»Gibt es irgendetwas, dass Sie uns noch zu Ihrem Sohn sagen können?« Er wollte sich langsam herantasten, die Rolle eines Polizeibeamten einzunehmen, war Neuland. »Haben Sie Ungewöhnliches an ihm bemerkt?«

»Das habe ich Ihren Kollegen doch lang und breit erklärt.«

»Dann sagen Sie es mir eben noch einmal!«

Reiter zuckte zusammen und fixierte ihn mit stechendem Blick. Sein Ausbruch hatte den Mann irritiert, er musste sich zusammenreißen.

»Es tut mir leid«, sagte er ruhig. »Ich kann mir vorstellen, wie schwierig das ist.«

»Haben Sie auch Kinder?«, fragte Reiter.

Er nickte. »Ja. Vier.« Ohne nachzudenken hatte er Nummer Neun aus der Reihe gestrichen.

»Jungs oder Mädchen?«, fragte Reiter, der interessiert schien.

»Alles Jungs.«

Reiter nickte anerkennend. »Dann wissen Sie ja, wie das ist«, sagte er und wandte sich wortlos der Kaffeemaschine zu, um sich eine Tasse einzuschenken.

»Ja«, sage er, um das Gespräch in Gang zu halten. »Man macht sich ständig Sorgen. Irgendetwas ist immer, eine Unpässlichkeit, eine Krankheit.«

»Stimmt.« Reiter blies mit spitzen Lippen in die Tasse. »Bei Felix trat es ganz plötzlich auf.«

»Was meinen Sie?«

»Das Hinken. Ich dachte erst, er hätte sich den Fuß vertreten, aber es hörte nicht wieder auf. Melanie macht sich große Sorgen, wie Mütter halt so sind.«

Er lächelte, bevor er den ersten Schluck trank.

»Sie meinen, dass Ihr Sohn eine Körperbehinderung hat?« Er versuchte, gelassen zu klingen, konnte ein leichtes Zittern in der Stimme aber nicht verhindern. Reiter schien es nicht zu bemerken.

»Das ist natürlich Quatsch!« Er trank einen weiteren Schluck Kaffee. »Dem Kleinen fehlt Bewegung, sonst nichts. Sport, am besten Fußball, dann verliert sich das ruckzuck.«

Er nickte, als stimmte er Reiter zu. »Meine Kollegen haben mich gebeten, Sie um die Handynummer Ihrer Frau zu bitten.«

»Sie meinen, man könnte sie vielleicht orten?« Reiter griff sich an den Kopf, als wollte er sagen: Dass ich darauf nicht selbst gekommen bin …

»Genau«, antwortete er.

Reiter rannte fast zum Tisch. »Ich schreibe sie Ihnen auf.«

Er nahm den Zettel und legte Reiter die Hand auf den Oberarm. »Machen Sie sich keine Sorgen. Wir finden sie.«

Auf dem Weg zum Auto verzog sich sein Mund zu einem Grinsen, das ein Beobachter diabolisch genannt hätte. Er würde sie finden. Vor allem Nummer Neun. Sein Schicksal stand endgültig fest.

Zweiundzwanzig

Dienstag. Zehn Uhr fünf

»Entschuldigung.«

Annika Bahr schaute Stephanie Bohlmann nur kurz an, als könnte sie einen längeren Blickkontakt nicht ertragen. Sie hatte den Arm der Polizistin angestoßen, als sie ihr ein Glas Wasser eingoss. Mit fahrigen Handbewegungen versuchte die Mutter des ermordeten Leon, die Wasserpfütze auf dem Tisch zu beseitigen.

»Nun lassen Sie das doch mal!« Jonas Quandt ließ sich auf seinen Stuhl fallen und zog ihn geräuschvoll an den Tisch heran.

Stephanie hob den Kopf. Warum war der Kollege so nervös, er war doch sonst die Ruhe selbst. Gut, sie hatten eine Nachricht erhalten, die manches in neuem Licht erscheinen ließ, aber das war kein Grund, die trauernde Mutter anzuschnauzen.

Annika Bahr war in keinem guten Zustand. Als die uniformierte Kollegin sie in den Vernehmungsraum gebracht hatte, schlich sie gebeugt durch den Raum. Ihr Händedruck war schlaff, ihre Haut fahl und sie sprach so leise, dass Stephanie sie mehrmals auffordern musste, verständlich zu antworten.

»Wenn Sie so weit sind, Frau Bahr«, sagte Jonas und schaltete die Tonaufzeichnung ein. Er beugte sich über den Tisch, Annika Bahr wich mit dem Oberkörper so weit zurück, wie es die Stuhllehne erlaubte. Stephanie schnaubte leise, Jonas bemerkte es und schaute sie an. Er sollte mal wieder zum Friseur gehen, dachte Stephanie, seine dunkelblonden Haare waren länger als gewöhnlich. Und rasiert hatte er sich heute auch nicht. Komisch, als er noch in einem abgewrackten Wohnwagen auf dem Campingplatz gelebt hatte, war er immer wie aus dem Ei gepellt ins Büro gekommen. Seit er in die Wohnung dieser Studentin gezogen war, ließ er sich gehen. Stephanie klimperte mit den Wimpern, um ihre Gedanken einzufangen, die sich mal wieder auf Wanderschaft begeben hatten.

»Sie haben uns gesagt, dass Leon keinen Grund hatte, von zu Hause wegzulaufen.« Stephanie versuchte, so viel Wärme wie möglich in ihre Stimme zu legen.

Annika Bahr schaute sie misstrauisch an. »Was wollen Sie mir unterstellen?«

»Gar nichts!«, schnaubte Quandt.

»Bitte, Jonas!« Stephanie legte ihm die Hand auf den Unterarm. Er verstand, schob den Stuhl zurück und schlug die Beine übereinander. Klarer konnte er nicht signalisieren, dass er nur noch als Zuhörer anwesend war. Stephanie ärgerte diese beleidigte Reaktion, mit Madlaina hinter der Spiegelscheibe gab es schon eine Zeugin dieser Vernehmung, sie brauchte Jonas als Partner. Im Augenblick blieb ihr allerdings nichts anderes übrig, als die Befragung weiterzuführen.

»Wir müssen sichergehen, dass Leon nicht weggelaufen und seinem Mörder zufällig begegnet ist. Sie bleiben dabei, dass ...«

»Selbstverständlich«, fuhr Annika Bahr dazwischen. »Leon hatte ein Zuhause, in dem er geliebt wurde, warum sollte er da weglaufen?«

Stephanie machte eine kurze Pause. Jonas wippte mit dem rechten Fuß auf und ab.

»Kennen Sie dieses Schriftstück?«, fragte Stephanie und schaute Quandt an, der ein Blatt Papier umdrehte, das mit der unbeschriebenen Seite nach oben vor ihm lag. Er schob Annika Bahr das Dokument zu.

»Was ist das?«

»Hören Sie endlich auf mit diesem Theater!« Jonas schlug mit der Faust auf den Tisch. Annika Bahr zuckte zusammen.

»Ich bin sicher, Sie kennen jedes Wort.«

»Woher haben Sie das?«, fragte Annika Bahr. Sie starrte auf das Papier, aber ihre Augen bewegten sich nicht. Jonas hatte recht, sie musste es nicht lesen, sie wusste, worum es ging.

»Der Kollege vom Diebstahl hat eins und eins zusammengezählt. Wir sind nämlich nicht so dumm, wie Sie glauben, Frau Bahr.«

»Jonas«, flüsterte Stephanie. Quandt schnaubte und nickte ihr zu. Sie sollte weitermachen. Guter Bulle, böser Bulle, dachte Stephanie, die nicht viel von diesem Spiel hielt.

»Am Mittwoch, also zwei Tage vor seinem Verschwinden, wurde Ihr Sohn Leon von einem Ladendetektiv auf frischer Tat ertappt, als er zwei ...« Stephanie machte eine Pause und streckte ihre Hand aus. Annika Bahr gab ihr das Protokoll und flüsterte. »›Schleich‹-Tiere. Er hat zwei ›Schleich‹-Tiere eingesteckt. Er liebt die Dinger halt so, und ich habe nicht genug Geld, um ihm jeden Wunsch zu erfüllen.«

Es klang, als würde die Mutter sich selbst die Schuld geben.

»Ihr Sohn Leon wollte zwei dieser Tiere, einen Hirsch und ein Reh, im Gesamtwert von elf Euro achtundneunzig stehlen.« Stephanie ärgerte sich, dass sie Preise genannt hatte, denn Annika Bahr kämpfte mit den Tränen.

»Lächerlich, nicht wahr«, sagte sie.

Stephanie schüttelte den Kopf. »Nein, ist es nicht. Der Ladendetektiv hat die Polizei geholt, aber weil Ihr Sohn mit sieben Jahren nicht strafmündig war, hätte es keine weiteren Konsequenzen gegeben, auch keinen Eintrag ins Strafregister.«

»Wenn der Kollege nicht so aufmerksam gewesen wäre, säßen wir nicht einmal hier«, warf Quandt ein.

»Haben Sie Ihren Sohn bestraft?«, fragte Stephanie.

Annika Bahr drückte das Papiertaschentuch zu einem kleinen Ball. »Nein. Ich war entsetzt, natürlich, aber ...« Sie schluchzte auf. »Ich habe ihm Hausarrest auferlegt.«

»Sie haben Ihr Kind nicht geschlagen?«, fragte Quandt.

Stephanie wusste, dass er die Mutter nur provozieren wollte, die Obduktion hatte keinerlei Spuren von Gewaltanwendung ergeben.

»Nein, natürlich nicht«, flüsterte Annika Bahr. Sie fuhr sich mit dem zerfetzten Taschentuch über die Augen.

»Litt Leon unter einer Krankheit?« Quandts Stimme war schneidend.

»Wie kommen Sie darauf?«

»Beantworten Sie einfach meine Frage.«

»Nein. Leon war kerngesund.«

»Warum hat er dann kurz vor seinem Tod eine Spritze bekommen?«

Annika Bahr ließ die Hand mit dem Taschentuch auf den Tisch sinken und schaute hilfesuchend zu Stephanie, die ihr zunickte. »Es gibt eine frische Einstichstelle am Arm Ihres Sohnes und ...«

»Haben Sie Zugang zu Morphium?«, schnitt ihr Jonas das Wort ab.

Annika Bahr schluckte. »Ist Leon daran gestorben?«, flüsterte sie.

»Antworten Sie!« Jonas erhob sich und stützte beide Hände auf die Tischplatte. Er kam der Mutter immer näher.

»Ich habe Morbus Bechterew, wenn Ihnen das etwas sagt.«

Stephanie konnte nicht anders, als die Frau zu bewundern. Sie hielt Quandts Druck stand, schaute ihm jetzt sogar kämpferisch ins Gesicht. »Ich glaube kaum, dass Sie sich vorstellen können, unter welchen Schmerzen ich leide. Und ich wünsche Ihnen nicht, dass Sie das eines Tages am eigenen Leib erfahren müssen.«

Jonas richtete sich auf und schaute auf Annika Bahr herunter. »Gegen diese Schmerzen hilft nur Morphium, richtig?«

Annika Bahr nickte.

»Also waren Sie im Besitz des Medikaments, das Ihren Sohn getötet hat.« Jonas machte eine Pause, Stephanie starrte die Frau an, deren Unterlippe zu zittern begann.

»Haben Sie Ihrem Sohn die tödliche Spritze gesetzt?«

»Sie sind ja vollkommen wahnsinnig«, schrie Annika Bahr. Spucketröpfchen reflektierten das Licht der einfallenden Sonne, die exakt in diesem Augenblick durch die Wolken brach. »Ich nehme Morphium, ja. Zwei Mal am Tag!« Sie schlug mit beiden Fäusten auf den Tisch.

»Aber ich spritze es nicht. Ich schlucke eine Morphintablette.«

Dreiundzwanzig

Dienstag. Zehn Uhr zehn

Frierend setzte er sich ins Auto. Er sollte den Wagen starten und losfahren, damit die Heizung den Innenraum erwärmen konnte. Stattdessen lehnte er sich gegen das kalte Leder der Rückenlehne und versuchte, seinen Puls unter Kontrolle zu bekommen. Das Blut brauste in den Ohren. Die Schauspielerei hatte ihn berauscht. Reiter hatte ihm die Rolle des Polizisten abgenommen. Wie einfach es war, jemanden hinters Licht zu führen, wusste er seit Langem. Bisher hatte er aber noch nie in eine ihm so fremde Rolle schlüpfen müssen wie gerade eben. Auch die Erzieherinnen kannten nur einen kleinen Teil der Wahrheit, aus der sich die Lügen entwickelten – wenn man so wollte, folgten sie einer Logik, die in den Tatsachen begründet war. Das war etwas anderes, als in die Haut eines Fremden zu schlüpfen, mit dem man nichts gemein hatte; und nichts lag ihm ferner als der Alltag eines Kriminalbeamten.

Für ein paar Augenblicke konzentrierte er sich auf seinen Atem und spürte, wie sich sein Pulsschlag beruhigte. Er zog sein Handy aus der Tasche, das Symbol auf dem Display signalisierte einen verpassten Anruf. Als er die Nummer sah, hielt er die Luft an und zog den Zettel mit Reiters Notiz aus der Tasche. Seine Hände zitterten, und diesmal war es nicht die Kälte.

Tatsächlich! Sie hatte versucht, ihn zu erreichen. Damit hatte er nicht gerechnet. Vor allem aber hasste er es, wenn etwas nicht so lief, wie er es geplant oder vorhergesehen hatte. Diese Erzieherin lief aus dem Ruder und nichts konnte ihm gefährlicher werden als das. Er durfte auf keinen Fall die Kontrolle verlieren.

Er nahm das Handy und entsperrte den Bildschirm mit einem beherzten Wischer. Kurz bevor er den Rückruf startete, hielt er inne. Was sollte er der Erzieherin sagen? Dass er sich mit ihr treffen wollte, klar. Aber wo? Und wann? Und wie wollte er vorgehen? Er musste Nummer Neun aus dem Verkehr ziehen, das stand fest. Aber was war mit ihr? Musste auch sie früher sterben als geplant?

Er legte das Handy vorsichtig auf den Beifahrersitz, als könnte es bei unsachgemäßer Behandlung zerbrechen.

Auf keinen Fall durfte er übereilt handeln. Er brauchte einen Plan.

Er lächelte. Er hatte noch immer die Kontrolle.

Vierundzwanzig

Dienstag. Elf Uhr fünfzig

»Das wurde aber auch Zeit!«

Thal stürmte in sein Büro und schaltete die Espressomaschine ein. Mit der rechten Hand wischte er ein paar Staubkörnchen von der ansonsten makellos glänzenden Metalloberfläche der Pavoni. Bettina musste grinsen. Die Kaffeemaschine kostete ein Vermögen, aber sie war die einzige, die einen Caffè produzierte, der Alexanders Ansprüchen genügte.

Nach und nach trafen die anderen Mitglieder des Teams ein und nahmen um den runden Besprechungstisch in Thals Büro Platz. Hier war es intimer als im Besprechungsraum, Thal bevorzugte diese familiäre Atmosphäre vor allem, wenn die Ermittlungen in einer Sackgasse steckten.

»Euer Spiel mit der Bahr war nicht schlecht«, sagte Madlaina und zeigte Jonas den erhobenen Daumen. Quandt grinste über beide Backen. »Und dabei hatte ich erst das Gefühl, dass Stephanie nicht einsteigen wollte.«

»Ich fand es überflüssig«, sagte Stephanie und setzte sich. »Die Frau ist völlig fertig, die hätte uns auch so erzählt, was wir wissen wollten.«

Jonas zuckte mit den Schultern. »Warum hat sie uns dann verschwiegen, dass ihr Sohn bei einem Ladendiebstahl erwischt wurde?«

Thal drehte sich abrupt um. So sehr es auch den Eindruck gemacht hatte, dass die Zubereitung eines perfekten Espresso seine Aufmerksamkeit beanspruchte, hörte er doch aufmerksam zu.

»Sie hat es ja nicht wirklich verschwiegen«, sagte Madlaina und winkte Thal zu, dass er ihr auch einen Kaffee zubereiten sollte. »Sie hat in ihrer Panik den Zusammenhang nicht gesehen, so etwas kommt oft vor.«

»Ach komm!« Quandt winkte ab. »Wir haben sie mehrfach gefragt, ob in den Tagen vor dem Verschwinden des Jungen etwas Ungewöhnliches passiert ist. Sie hat das vehement bestritten.«

»Weil es ihr unangenehm war«, sagte Stephanie. »Sie hat sich geschämt, dass ihr Sohn gestohlen hat.«

»Richtig, aber es kommt noch etwas dazu.« Madlaina nahm Thal eine Espressotasse ab und sog den Duft des Kaffees ein. »Es war ihr peinlich, dass sie dem Kleinen seine Wünsche nicht erfüllen konnte.«

»Mütter«, brummte Thal.

»Na, na!«, sagte Bettina, was Thal mit einer entschuldigenden Geste erwiderte. Er setzte sich neben Madlaina, trank einen Schluck und schaute in die Runde. »Auf jeden Fall kann der aufgeflogene Diebstahl den Jungen veranlasst haben wegzulaufen.«

»Auch wenn Annika Bahr ihn nicht hart bestraft hat?«

Thal leerte die Tasse mit dem zweiten Schluck. Er hielt den Kopf gesenkt und starrte auf die Tischplatte. Bettina wusste, dass er in seinen Erinnerungen kramte, schließlich hatte er selbst einen Sohn. Der Gedanke an Tobias schmerzte sie nicht mehr, zu lange lag sein Tod zurück.

»Kinder, vor allem Jungs, reagieren in solchen Momenten nicht rational«, sagte Thal und stellte die Tasse auf den Unterteller. »Möglicherweise schämte er sich, es kann sein, dass er den Schaden wiedergutmachen wollte.«

»Das bringt uns nicht weiter«, sagte Quandt. »Viel wichtiger ist, dass die Mutter Zugang zu Morphium hatte.«

»In Tablettenform.« Madlaina schüttelte den Kopf so heftig, dass ihre Haare durch die Luft wirbelten und eine Strähne Thal an der Wange traf. Er lächelte sie an.

»Tabletten kann man zerstoßen und auflösen.« Quandt wollte sich nicht so schnell von seiner Theorie trennen.

»Hat sie aber nicht«, sagte Stephanie. »Ich habe mit Fiona Lee telefoniert, sie haben die Substanz rekonstruieren können, die Leon Bahr gespritzt wurde. Es handelt sich um eine Injektionslösung in Reinform.«

»Schade«, flüsterte Quandt.

»Keine Vorverurteilungen, bitte«, sagte Thal tadelnd, lächelte dem jungen Kollegen aber gleichzeitig zu. Bettina war froh, dass die Mutter damit entlastet war, sie mochte die Frau.

»Was ist mit diesem Reiter und seiner verschwundenen Frau«, wechselte Jonas das Thema.

»Nichts«, sagte Bettina. »Wir haben keinen einzigen brauchbaren Ansatz, um Melanie Reiter und ihren Sohn Felix zu suchen. Die beiden können sich überall und nirgends aufhalten.«

»Ganz so negativ sehe ich das nicht«, sagte Thal. »Ich glaube Reiter, dass seine Frau ihn nicht verlassen wollte.«

»Puh«, rief Madlaina. »Ich hoffe, du folgst da nicht nur deinem Gefühl, ihr Männer merkt doch meistens erst, dass eine Beziehung gefährdet ist, wenn ihr eure Frau in flagranti mit dem Nachbarn im Bett erwischt.«

»Danke, dass du mir zeigst, was du von mir und meinen Geschlechtsgenossen hältst.« Thal lachte. »Aber vielleicht glaubst du ja Bettina, sie sieht das genauso.«

Bettina nickte. »Ich bin sicher, dass es nicht um eine Ehekrise geht.«

»Glaubst du an eine Entführung?«, fragte Stephanie Bohlmann.

»Nein, dagegen spricht, dass ihr Auto verschwunden ist. Eher ist Melanie Reiter vor irgendetwas auf der Flucht.«

»Vielleicht will sie ihren Sohn schützen.« Jonas hatte den Satz mehr zu sich selbst gesagt, aber alle hielten die Luft an. Die Möglichkeit, einen Serienmörder zu jagen, stand als Menetekel im Raum.

Die Stille wurde jäh unterbrochen, als Grendel die Tür ohne anzuklopfen aufriss. Bettina wusste sofort, dass der Spurensicherer wütend war.

»Was soll der Unsinn?« Er warf die Tür schwungvoll zu. »Wollt ihr mich verarschen, oder was?«

»Hallo, Hartmut«, sagte Thal und grinste. »Schön, dass du an unserer Besprechung teilnehmen willst. Wenn du uns jetzt noch verrätst, was dich derart aus der Fassung bringt ...«

Grendel verschränkte die Arme und lehnte sich an die Wand. »Wie oft habe ich euch gepredigt, dass Tatorte vor Verunreinigung geschützt werden müssen?«

»Zu oft«, flüsterte Quandt.

Grendel schüttelte den Kopf. »Im Gegenteil, nicht oft genug. Und was für Tatorte gilt, trifft erst recht auf gesicherte Spuren zu. So eine Verwechslung von Spurenträgern kann üble Folgen haben. Ihr wisst, wie leicht man anhand von DNA-Spuren die Falschen verdächtigen kann.«

Bettina stöhnte laut auf. »Bitte, Hartmut!«

Thals Telefon läutete. Er schaute auf das Display und hob die Hand. »Einen Moment.« Thal nahm das Gespräch an und schaltete den Lautsprecher ein. Ein Kollege von der Zentrale hatte einen merkwürdigen Anruf bekommen.

»Es war ein Mann. Er behauptete, niedergeschlagen und schwer verletzt worden zu sein.«

»Ja und?«, fragte Thal.

»Von einer Frau«, sagte der Anrufer.

»Auch unter denen soll es Gewalttätige geben.« Thal verdrehte die Augen.

»Die Beschreibung des Bauern ... Also, es könnte sich dabei um die vermisste Frau handeln.«

Thals Gesicht versteinerte. »Sie meinen ...?«

»Genau. Der Mann behauptet, von Melanie Reiter niedergeschlagen worden zu sein.«

Fünfundzwanzig

Dienstag. Zwölf Uhr zwanzig

»Was für eine trostlose Gegend«, sagte Bettina und steuerte den Wagen in eine Hofeinfahrt. Thal war froh, dass die Fahrt zu Ende ging, denn Bettina hatte alle Warnungen missachtet, die Straßen könnten glatt sein. Um sie nicht weiter aufzuregen, hatte er unterwegs möglichst unverfängliche Themen angesprochen. Wie es mit Vince so ginge, zum Beispiel. Oder ob seine Enkelin Leah ihren Wortschatz erweitert hätte. Es hatte nichts genutzt, Bettina war zwar bereitwillig auf seinen Smalltalk eingegangen, allerdings ohne den Fuß vom Gaspedal zu nehmen. Er hatte nebenbei mehrmals versucht, Grendel anzurufen. Sie hatten unmittelbar nach dem Anruf das Präsidium verlassen, und er ärgerte sich, dass er den Spurensicherer derart missachtet hatte. Entweder war Grendel sauer und ignorierte seine Anrufe oder konnte tatsächlich nicht an den Apparat gehen.

Bettina nahm einen knielangen Mantel von der Rückbank, der Thal für die Kälte viel zu dünn erschien, und stapfte mit festen Schritten zum Hauseingang. Bevor sie den Klingelknopf drücken konnte, wurde die Tür geöffnet.

»Polizei?«, fragte ein Mann in Latzhose und Gummistiefeln. Auf seiner Stirnglatze klebte ein quadratisches Pflaster, durch das Blut gesickert war. Der gesamte Schädel des Mannes schien ein einziger Bluterguss zu sein.

»Herr Baldinger?«, fragte Bettina und trat von einem Bein auf das andere.

»Wer sonst?«, blaffte der Mann. Thal wandte den Kopf zur Seite. Der Kerl stank nach Schnaps, vermutlich hatte er die Schmerzen mit Alkohol bekämpft.

»Können wir reinkommen?«, fragte Bettina.

»Von mir aus.« Er trat zur Seite ohne das geringste Schwanken. Thal nickte dem Bauern kurz zu, als er an ihm vorbei die Diele betrat. Er wäre besser draußen geblieben, denn ihm schlug ein ekelhafter Gestank entgegen. Baldinger drängte sich an ihm vorbei in die Küche. In der Spüle stapelte sich schmutziges Geschirr, auf dem Herd stand eine Pfanne, in der ein undefinierbarer Speiserest vor sich hin gammelte.

»Kaffee?«, fragte der Bauer.

»Nein!« Thal sagte das barsch.

Bettina öffnete ihren Mantel. Baldinger starrte sie an, Thal fürchtete fast, der Bauer könnte zu sabbern beginnen.

»Ich brauche noch einen«, sagte der Mann. Es dauerte eine Sekunde, bis Thal begriff, dass der Bauer den Kaffee meinte. Er goss sich einen Becher voll, dessen Farbe unter den verkrusteten Kaffeeresten nicht mehr zu erkennen war. Baldinger starrte einen Augenblick in die gefüllte Tasse, ehe er nach einer halb vollen Schnapsflasche griff.

»Das ist das Einzige, was hilft«, sagte er und ließ offen, ob er die Schmerzen, die Kälte oder etwas anderes meinte. Er leerte die Tasse in einem Zug, der Kaffee musste kalt sein. Thal schüttelte es vor Ekel.

Bettina zog ein Foto aus ihrer Handtasche und hielt es dem Bauern vor die Nase.

»Kennen Sie diese Frau?«

Baldinger kniff die Augen zusammen. Kurzsichtig, dachte Thal und tatsächlich griff der Zeuge in seine Jackentasche und holte eine Brille heraus, die er umständlich aufsetzte.

»Na, sieh mal einer an«, grunzte er und nahm erneut die Flasche. Thal erwartete, dass er sie direkt an den Mund setzte, aber er schüttete einen kräftigen Schluck in die Tasse, die er direkt danach leerte. »Da haben wir sie ja, die kleine Schlampe.«

»Wie bitte?«, fragte Bettina. Thal registrierte, dass ihre Hand leicht zitterte, und nahm ihr das Foto ab, bevor sie dem Kerl eine Ohrfeige gab.

»Sie wissen, wer das ist?«

»Ordentlich vorgestellt hat sie sich zwar nicht, aber sie hat mir leidgetan.« Er schlug sich mit der rechten Hand vor die Brust. »Ich habe nämlich ein gutes Herz.« Er nickte und Thal fürchtete, der Mann könnte Krokodilstränen vergießen, aber er wiederholte nur mit bebender Stimme: »Ein viel zu gutes Herz.«

»Schluss mit dem Bauerntheater«, sagte Bettina. Thal hatte Mühe, nicht loszulachen. »Ist das die Frau, die Sie gestern Abend aufgesucht hat?«

»Das sage ich doch.« Baldingers Augen irrten zwischen Bettinas Brüsten und der Flasche hin und her, er kämpfte mit sich, welcher Gier er nachgeben sollte, und entschied sich für die erfolgversprechendere Variante. Bettina kam ihm zuvor und nahm ihm die Flasche ab. »Saufen können Sie, wenn wir gegangen sind.«

»Hoppla!«, sagte Baldinger und schwankte leicht.

»Erzählen Sie uns endlich, was gestern Abend passiert ist«, forderte Bettina ihn auf und stellte die Flasche auf den Tisch hinter ihr.

»Die Tusse tauchte plötzlich auf und bat um Strom für ihren Camper.«

»Ein Wohnmobil?«, fragte Thal.

»Kleiner«, antwortete der Bauer. »So ein Bulli, wenn Sie wissen, was ich meine. Anscheinend funktionierte die Heizung nicht ohne Strom von außen.«

»Haben Sie ihr geholfen?«

»Sehe ich aus, als könnte ich einer Frau eine Bitte abschlagen, Herr Kommissar?«

Bettina stöhnte auf. Baldinger grinste sie aus Schweinsäuglein an.

»War Frau Reiter alleine?«

»Nein, sie hatte ihren Balg dabei. Der saß die ganze Zeit im Auto, tat mir irgendwie leid, der Junge.«

»Und? Was ist passiert?« Thal deutete auf Baldingers Stirn.

Der Bauer zuckte zusammen. »Ich habe ein Stromkabel gezogen, dabei hat mich der Kleine die ganze Zeit aus so großen Augen beobachtet.« Er formte einen Kreis aus Daumen und Zeigefinger, um die Größe der Augen zu demonstrieren. »Wie gesagt, der Junge tat mir leid und ich habe immer ein Stück Schokolade in der Tasche ...«

Er fasste sich in die Hosentasche und zog einen durch die Körperwärme völlig aus der Form geratenen Schokoriegel heraus. »Möchten Sie, Frau Kommissarin?« Er grinste Bettina an.

»Kommen Sie endlich zur Sache«, sagte Thal.

Baldinger zuckte mit den Schultern und begann, das Papier von der Schokolade zu lösen. »Die Alte war auf dem Klo, ich habe die Tür aufgemacht, um dem Jungen die Schokolade zu geben, und ehe ich mich versah, lag ich auf dem Boden. Die Hexe hat mir einen mit der Schaufel übergebraten. Danach hat sie mich einfach liegengelassen und ist wie eine Wilde davongefahren.«

Thal glaubte dem Bauern kein Wort. »Ist es nicht eher so gewesen, dass Sie sich an die Frau rangemacht haben?« Thal starrte die weiß angelaufene Schokolade an, die Baldinger aus der Verpackung gepellt hatte. »Haben Sie Frau Reiter angefasst?«

Der Bauer schob sich die Schokolade in den Mund und grinste. »Ich doch nicht, Herr Kommissar!«

Thal spürte Bettinas Hand auf seinem Oberarm. »Schon gut, Alexander.« Sie drängte ihn sanft in Richtung Ausgang und drehte sich dabei zu dem Bauern um. »Wenn Sie uns angelogen haben und Melanie Reiter auch nur ein Haar gekrümmt haben, gnade Ihnen Gott.«

Baldinger schwieg. Thal riss die Tür auf und sog die frische Luft in die Lungen. »Ist das die Schaufel?«, rief er über die Schulter und deutete auf eine Schippe, die neben dem Eingang an der Wand lehnte.

»Genau«, grunzte Baldinger. »Das Blut müssten Sie doch sehen.«

»Konfisziert«, sagte Thal und stieg ins Auto.

Bettina setzte sich schweigend hinters Steuer und fuhr vom Hof. Nach ein paar hundert Metern stoppte sie und atmete tief ein. »Was für ein Ekel!«

Thal öffnete das Fenster einen Spaltbreit, als hinge immer noch der Gestank der Wohnung in der Luft. »Immerhin wissen wir jetzt, dass Melanie Reiter tatsächlich mit ihrem Sohn unterwegs ist.«

»Und dass sie das Auto gewechselt hat.«

»Sie will ihre Spuren verschleiern«, sagte Thal.

»Du meinst, Melanie Reiter hat ihren Sohn entführt?«

»Es sieht so aus, oder?«

Bettina seufzte. »Wenn ich nur wüsste, wohin uns diese Information führt.«

Thal zog sein Handy aus der Tasche. »Grendel soll sich diesen Baldinger noch mal vornehmen. Wir brauchen auch Reifenspuren des Wohnmobils.«

»Scheiße!«, sagte Bettina und schlug auf das Lenkrad. »Wir haben vergessen zu fragen, ob der Kerl sich das Nummernschild gemerkt hat.«

»Darum kann Grendel sich dann auch noch kümmern.« Thal drückte die Wahlwiederholung. Diesmal meldete sich der Spurensicherer sofort. Thal bat ihn, ein Team auf Baldingers Hof zu schicken.

»Was wolltest du uns eigentlich vorhin sagen?«, fragte er.

Diesmal kam Grendel ohne Umschweife zur Sache.

Thal drehte sich zu Bettina um.

»Gib Gas!«, sagte er.

Sechsundzwanzig

Dienstag. Zwölf Uhr fünfzig

»Wenn du willst, kannst du ein bisschen mit dem iPad spielen.«

Sie drehte sich zu ihrem Sohn um, der sie anstrahlte. Begeistert streckte er die Arme aus und nahm das Tablet in die Hand. Sekunden später war er in die bunten Bilder auf dem Bildschirm vertieft.

»Ich vertrete mir ein bisschen die Beine, okay?«

Er nickte schweigend.

Melanie Reiter kletterte aus dem Wohnmobil. Sie hatte direkt am Ufer geparkt. Irgendwo in der Schweiz. Der See plätscherte in zehn Metern Entfernung gegen die abgerundeten Steine. Vorsichtig Schritt für Schritt den Boden abtastend ging sie über die glitschigen Kiesel zum Wasser und zog die Zigarettenpackung aus der Tasche. Mit einem Blick über die Schulter versicherte sie sich, dass Felix sie nicht beobachtete. Erik hasste es, wenn sie vor dem Jungen rauchte. »Er braucht doch nicht zu sehen, dass seine Mutter drogensüchtig ist«, hatte er noch vor ein paar Tagen gegiftet.

Sie brauchte mehrere Versuche, den Glimmstängel in Brand zu setzen, vom See pfiff ihr ein kalter Wind entgegen, der ihre Ohren glühen ließ.

Wie lange wollte sie die Entscheidung noch vor sich herschieben? Im Grunde wusste sie längst, was zu tun war. Es war Zeit, dass sie zur Tat schritt, denn seit einem Jahr beschäftigte sie sich mit dem Gedanken, wie ihre Befreiung gelingen konnte. Von Anfang an hatten sie die Bedingungen ihres Vertrages gestört. Wenn man es überhaupt so nennen wollte, etwas Schriftliches gab es bis heute nicht. Er hatte es ihr vor acht Jahren im Detail erklärt, und sie war so von ihrem Wunsch beseelt, dass sie sich nicht vorstellen konnte, wie belastend seine Forderungen waren. Allein die Telefonate. Jede Woche redete sie mehrere Stunden mit dem Kerl, beantwortete die immer selben Fragen, die er mit seiner leisen, aber festen Stimme stellte. Fragen, deren Belanglosigkeit sie einlullen sollte, das hatte sie längst begriffen.

Der Friede, in dem sie sich eingerichtet hatte, war brüchig, das ahnte sie schon lange. Er konnte ihr Leben von einem auf den anderen Tag zerstören.

Sie nahm einen tiefen Zug und atmete den Rauch durch die Nase aus. Er kitzelte sie an der Oberlippe, sie leckte mit der Zunge darüber und spürte ein winziges Eiskristall. Sie durfte nicht zu lange draußen bleiben, eine Erkältung konnte sie sich nicht erlauben.

Mit dem Zeigefinger schnippte sie den Zigarettenstummel auf den See, er blieb auf der Wasseroberfläche liegen und schaukelte in der sanften Dünung.

Ihre Hand zitterte, als sie das Handy aus der Manteltasche zog.

»Ich bin es«, meldete sie sich und bedauerte, sich keinen besseren Text zurechtgelegt zu haben.

»Sie haben schon einmal versucht, mich anzurufen, richtig?« Er lachte kurz auf.

Ich durchschaue dich, dachte sie. Du willst mir sagen, dass du meine Nummer kennst. Na und? Das spielt keine Rolle mehr, du wirst damit nichts mehr anfangen können.

»Wir müssen uns treffen«, sagte sie und ärgerte sich, dass ihre Stimme belegt klang, als hätte sie eine lange, laute Debatte hinter sich.

»Warum?«

Sie lächelte. Er war es nicht gewohnt, dass sie etwas forderte. Bisher war sie die Bittstellerin gewesen und er derjenige, der gönnerhaft gewährte – und das keineswegs immer.

»Es muss ein Ende haben«, sagte sie. Kein weiteres Wort war nötig. Sie nahm das Telefon von der einen in die andere Hand und drückte es fest gegen das Ohr. Ihr sollte kein Geräusch entgehen, keine Reaktion, kein lautes Atmen, kein geflüsterter Fluch. Aber da war nichts. Der Doktor schwieg.

Erst als sie kurz davor war, ihn schreiend anzuflehen, sie nicht länger zu ignorieren, sprach er.

»Gut.« Nicht mehr, nur dieses eine Wort. Wieder horchte sie in das Rauschen des Äthers, wieder kam nichts. Er wartete. Aber worauf?

»Wo?«, fragte sie.

»In einem Bootshaus am See. Ich schicke Ihnen einen Plan, damit Sie es finden.«

Der Zigarettenstummel schwamm noch immer auf dem Wasser. Sie schaute über den See, das deutsche Ufer verschwamm im Nebel. Sie hasste den Bodensee im Winter, in dem sie monatelang gegen die Melancholie kämpfte. Erfolglos zumeist.

»Nein«, sagte sie und bewunderte ihren Mut. »Nicht direkt am See.«

Diesmal reagierte er sofort.

»Doch. Im Bootshaus oder gar nicht.«

Sie schloss die Augen. Als sie wieder aufsah, war die Zigarette verschwunden.

»Wann?«, fragte sie.

Siebenundzwanzig

Dienstag. Dreizehn Uhr zwanzig

»Stopp! Stopp!« Thal schüttelte den Kopf, als müsste er einen lästigen Kobold loswerden, der sich dort eingenistet hatte. »Ich verstehe immer noch nicht, was das zu bedeuten hat, Hartmut.«

Es ging dem ganzen Team wie ihm. Noch auf der Fahrt zurück zum Präsidium hatten sich Bettina und Thal die Köpfe heißgeredet, was sie mit Grendels Erklärung anfangen sollten.

Der Spurensicherer atmete hörbar ein. »Wie oft soll ich es euch denn noch erklären? An der Haarbürste, die euch Felix' Vater ausgehändigt hat, befindet sich Leon Bahrs DNA.«

Als Grendel dieses Untersuchungsergebnis zum ersten Mal in den Raum stellte, löste es einen Tumult aus. Jetzt herrschte betretenes Schweigen. Jeder schien sich mit irgendetwas Belanglosem zu beschäftigen: Jonas drehte eine leere Flasche Krating Daeng zwischen den Händen, Stephanie zupfte kleine Stücke von einem Papiertaschentuch und formte Kügelchen daraus, die sie auf der Tischplatte zu immer neuen Mustern zusammenlegte, Bettina betrachtete ihre Fingernägel, als brüte sie über der Wahl eines neuen Lacks.

»Das kann doch nicht sein, Hartmut.« Thal beugte sich über den Tisch und schaute Grendel in die Augen. »Reiter hat uns versichert, dass die Haarbürste nur von seinem Sohn benutzt worden wäre, das wäre ein Tick des Kleinen, der Junge würde losbrüllen, wollte jemand das gute Stück nur anfassen.«

»Das ist eine schöne Geschichte, Alexander.« Grendel rückte ein Stück von Thal ab. »Sie hat nur einen Haken: Sie kann nicht stimmen.«

»Ach komm, Hartmut. Es kommt doch immer mal wieder vor, dass Beweisstücke verunreinigt sind.«

Bettina beobachtete das Gespräch der beiden Männer, das ihr wie ein Hahnenkampf vorkam. Thal vermutete, dass Grendel nicht zugeben wollte, einen Fehler gemacht zu haben. Grendel wedelte protestierend mit den Händen.

»Ihr habt das immer noch nicht begriffen. Wenn das Beweisstück mit Fremd-DNA kontaminiert wäre, fänden wir mindestens Haare von zwei verschiedenen Spuren, richtig?«

»Klar«, sagte Quandt und stellte das Fläschchen auf den Tisch. »Haare von Felix Reiter, dem die Bürste gehört, und Fremdhaare.«

»Genau.« Grendel nickte Quandt gönnerhaft zu wie ein Quizmaster dem Kandidaten, der gerade die Fünfzig-Euro-Frage nach Einsatz eines Jokers und minutenlangem Nachdenken richtig beantwortet hatte. »In so einem Fall hätten wir viele Haare von Felix Reiter und wenige einer anderen Person. Das ist aber nicht der Fall.«

Der Spurensicherer machte eine Pause, Bettina hatte das Gefühl, dass es ihm schwerfiel weiterzusprechen.

»Wir haben reichlich Haare und alle stammen ausnahmslos von ein und demselben Menschen.«

»Jetzt weiß ich überhaupt nicht mehr, was du uns sagen willst, Hartmut. Das Beweisstück ist also gar nicht kontaminiert?«

»Wie man's nimmt. Die Haare stammen ausnahmslos von dem toten Jungen aus dem Sarg.«

Von einer Sekunde auf die andere löste sich die Anspannung in einen Tumult auf. Alle redeten durcheinander.

»Wie ich sehe, habt ihr es jetzt verstanden«, rief Grendel. Als Einziger schien er mit der Situation zufrieden zu sein.

»Ruhe bitte!« Thal schlug mit einem Aktendeckel auf die Tischplatte. »Was ist deiner Meinung nach passiert, Hartmut?«

Grendel schob den Unterkiefer nach vorne und drückte die Schneidezähne in die Oberlippe. »Auf jeden Fall hat sich zuletzt Leon Bahr mit dieser Bürste die Haare gekämmt.«

»Und wie kommt sie dann in Reiters Wohnung?«, fragte Bettina und zog sich Thals tadelnden Blick zu.

»Lasst bitte Hartmut reden.«

Grendel sackte ein paar Zentimeter zusammen, als spürte er auf einmal die Verantwortung auf seinen Schultern.

»Zwei Möglichkeiten«, sagte er und hob die rechte Hand mit nach oben gestreckten Daumen und Zeigefinger. »Erstens, Leon Bahr war kurz vor seinem Tod im Haus der Reiters.« Er beugte den Zeigefinger und hob den Daumen ein Stück höher. »Zweitens, Erik Reiter, seine Frau Melanie oder ihr Sohn Felix haben sich in den Besitz von Leon Bahrs Haarbürste gebracht.« Der Daumen verschwand in der Faust, die auf den Tisch niedersauste. »Wo, wann und warum auch immer.«

»Womit wir gleich zwei neue Verdächtige hätten«, sagte Stephanie und wischte die Papierkügelchen vom Tisch. »Möglicherweise hat Erik Reiter den Jungen getötet, seine Frau hat davon Wind bekommen und ist mit ihrem Sohn abgehauen. Oder Melanie Reiter ist selbst die Täterin und deshalb auf der Flucht.«

»Das ist doch verrückt.« Quandt schaute an die Decke, als stünde dort die Lösung des Rätsels. »Was für ein Motiv sollte Reiter haben, den Jungen umzubringen? Wir haben bisher nicht den geringsten Hinweis, dass die Bahrs und die Reiters sich überhaupt kannten.«

»Wir haben aber auch nicht intensiv danach gesucht, oder?« Stephanie Bohlmann stand auf und legte im Vorbeigehen Jonas die Hand auf die Schulter, als müsste sie sich für ihre Sachlichkeit entschuldigen.

»Dann los«, sagte Thal und schaute Stephanie nach, die einen Schokoriegel aus der Obstschale nahm, in der in all den Jahren noch nie ein Apfel oder eine Apfelsine gelegen hatte. »Bringt Reiter her! Wenn er keine plausible Erklärung dafür hat, wie Leon Bahrs Haarbürste samt Haarbüscheln in seine Wohnung kommt, brauchen wir einen Haftbefehl.«

Stephanie warf den Schokoriegel einen halben Meter hoch und fing ihn lässig wieder auf. »Der Imam wird begeistert sein. Wer erklärt ihm die Zusammenhänge?«

Alle grinsten vor sich hin. Bettina deutete auf die in Plastikfolie verpackte Schaufel und wandte sich an Grendel. »Mit dem Ding wurde der Bauer Baldinger niedergeschlagen. Schaut mal, ob ihr Spuren findet, dann wissen wir wenigstens, ob es wirklich Melanie Reiter war, die dem Lüstling eins übergebraten hat.«

Grendel nickte. »Dafür brauche ich aber Vergleichsmaterial von der Frau.«

»Das sollen die Kollegen mitbringen, die Erik Reiter vorführen.«

Achtundzwanzig

Dienstag. Vierzehn Uhr zehn

»Es werde Licht«, flüsterte er und lachte, als er die Fensterläden öffnete. Die Sonne brachte den Schmutz zutage, der Staub lag in einer dünnen Schicht auf allen Möbeln des Bootshauses. Als er vor ein paar Monaten zum ersten Mal hier gewesen war, hatte alles picobello ausgesehen, der Besitzer wollte schließlich eine viel zu hohe Miete für die Bruchbude kassieren. Der Mann war überrascht gewesen, als sein Plan tatsächlich aufging. Nein, er hatte nicht um die Miete gefeilscht, das hatte er nicht nötig. Schon gar nicht mit so einem Proleten!

Er schritt durch den Raum, warf einen Blick in die Toilette, die für seine Zwecke sauber genug war. Mit einem Kehrbesen, der jeder Hexe auf ihrem Ritt zum Blocksberg gut zu Gesicht stehen würde, befreite er die Luke vom Staub.

Alles war bereitet. Die Requisiten waren zurechtgelegt, der Ort geeignet wie kein anderer. Er hatte nicht gewollt, dass es so endete, aber die Fakten diktierten das Geschehen, er war nur ihr Erfüllungsgehilfe. Seine Wünsche hatten da keinen Platz. Am Anfang schien ihm die Zahl viel zu hoch. Zehn Kinder, was sollte da schon schiefgehen? Niemand hätte vorhergesehen, was in den ersten Jahren passierte. Wie sollte man ahnen, dass drei der zehn sterben würden? Es war gegen alle Regeln der Statistik. Natürlich ging die Theorie bis heute davon aus, dass es ein hohes Sterblichkeitsrisiko gab. Theorie – wie er dieses Wort hasste. Es waren die Theoretiker mit ihren albernen Thesen, die den Fortschritt behinderten, statt ihm zu dienen.

Er betrachtete seine Handschuhe, die von einer grauen Staubschicht überzogen waren. Er hielt die Handflächen nach oben und pustete. Wie ein feiner Nebel verteilten sich die winzigen Teilchen in der Luft und schwebten in einer von der Schwerkraft diktierten Choreografie zu Boden. Physik. Die einzige Wissenschaft, in der die Theorie etwas zu suchen hatte, aber auch nur solange, bis ein Versuch sie bewiesen oder widerlegt hatte.

Er wusste, dass er nicht der Einzige war, der aus einem Gedankenmodell Wirklichkeit hatte wachsen lassen. Keine Ahnung, wie viele es gab. Sicher mehr als vier oder fünf. Er kannte seine Mitstreiter nicht, was ihm durchaus recht war. Visionäre waren nicht immer angenehme Zeitgenossen.

Er lachte bitter.

Da waren drei tote Kinder, für die er nichts konnte. Im Gegenteil, er hatte alles getan, das Risiko zu minimieren, seine Auswahl immer weiter perfektioniert. Trotzdem war es so gekommen, bedauerlich, aber eine Laune der Natur.

Und dann die zwei, die er selbst hatte eliminieren müssen. Nummer Sechs und Nummer Sieben. Komisch, dass die beiden in der Reihe aufeinanderfolgten. Es war Zufall, natürlich, aber selbst ein Mann der Wissenschaft, der er durch und durch war, konnte sich von einem gewissen Aberglauben nicht freisprechen.

Jetzt also Nummer Neun. Er schlug die Handflächen aneinander, um auch den Rest Staub zu beseitigen. Zum Glück musste er sich um die anderen vier keine Sorgen machen. Sie waren perfekt.

Langsam drehte er sich um seine eigene Achse. Hier endete seine Reise. Er hätte sich einen würdigeren Rahmen gewünscht, aber in der Wissenschaft ging es nicht um

Glanz und Gloria, sondern um praktische Erwägungen. Spätere Generationen würden ihm einen Lorbeerkranz aufs Grab legen, würden sie von seiner Arbeit erfahren. Da aber nichts an die Öffentlichkeit dringen durfte, konnte ihm auch niemand die Frage stellen, ob es das alles wert war.

Er verzog leicht den Mund zu einem schiefen Grinsen. Komisch, dass sich diese Frage in der letzten Zeit häufiger in seine Gedanken schlich.

Nein, er bedauerte die Kollateralschäden nicht. Der Pole hatte nicht gelitten und die Erzieherin von Nummer Neun würde einen ebenso sanften Tod haben wie ihr Zögling.

Allerdings überkam ihn manchmal eine Trauer über das verpasste Leben. So viele Freuden, die er nie erlebt hatte. Könnte er das nachholen, wenn seine Arbeit getan war? Er seufzte.

Langsam verließ er den Raum, ging zum Auto und hob die Maschine aus dem Kofferraum.

Es war ein Spleen, natürlich. Ein gefährlicher zumal.

Aber auch, wenn es niemand zu Gesicht bekam, er musste sein Werk signieren.

Neunundzwanzig

Dienstag. Vierzehn Uhr dreißig

»Erkennen Sie sie?«

Thal legte den Spurenbeutel mit der Haarbürste auf den Tisch und schob sie in Reiters Richtung. Bettina wunderte sich über diese herrische Geste, Thal schien ihr gereizter, als es für die Vernehmung gut war.

Reiter stoppte die Bewegung des Beutels mit der Hand, die er sofort zurückzog, als hätte er sich an dem Beweisstück verbrannt. Er beugte sich über den Plastikbeutel.

»Sie können ihn ruhig in die Hand nehmen«, sagte Thal. »Wenn Sie wollen, können Sie sogar die Bürste rausholen, wir haben die Spuren längst gesichert.«

Reiter schaute Bettina an, als erwartete er ihre Hilfe. Sie senkte den Kopf, um ihm nicht in die Augen schauen zu müssen. Vorsichtig öffnete er den Zippverschluss und zog die Haarbürste heraus, als handelte es sich um einen kostbaren und zerbrechlichen Gegenstand. Er nickte, ohne etwas zu sagen.

»Also?«, fragte Thal.

»Ja, das ist Felix' Haarbürste.«

»Kein Zweifel?« Bettina fragte sich, was sie da in Thals Stimme hörte. Triumph oder Wut?

Reiter hob den Kopf und schaute wieder Bettina an, die dem Blick diesmal nicht auswich. »Das ist die Haarbürste meines Sohnes. Er hat dichte, sehr dicke Haare, auf die er sehr stolz ist. Er ist zwar erst sieben Jahre alt, aber schon sehr eitel. Sie sollten mal sehen, wie er morgens vor dem Spiegel steht und sich die Haare kämmt.«

»Mit dieser Bürste?« Thal ließ den Kopf in einer ruckartigen Bewegung nach vorne schnellen.

»Genau«, antwortete Reiter sichtlich irritiert von Thals Nachfragen. »Die Bürste durfte niemand außer ihm benutzen, am liebsten hätte er sie in seiner Schatzkiste verschlossen.«

Thal lehnte sich zurück, es machte den Eindruck, als entspannte er sich. Nur die Finger seiner rechten Hand klopften kaum hörbar einen schnellen Takt auf die Tischplatte. »Und wie erklären Sie sich dann, dass wir an dieser Bürste ausschließlich Haare eines Jungen gefunden haben, der einem Verbrechen zum Opfer gefallen ist?«

Reiter brauchte ein paar Sekunden, um den Satz zu entschlüsseln. Sein Blick irrte zwischen den beiden Ermittlern hin und her, bis er die Haarbürste polternd auf den Tisch fallen ließ.

»Das kann nicht sein«, sagte er. Jede Festigkeit war aus seiner Stimme verschwunden.

»Die Ergebnisse der DNA-Analyse sind eindeutig«, sagte Bettina. Sie fand es an der Zeit, das Gespräch zu übernehmen. »Auf dieser Bürste findet sich nicht ein Haar Ihres Sohnes.«

»Das kann nicht sein.«

»Das sagten Sie bereits«, giftete Thal.

Bettina fürchtete, Reiter könnte in Tränen ausbrechen. Sie beugte sich vor, schob die Haarbürste zur Seite und legte für eine Sekunde ihre Hand auf Reiters. Seine war eiskalt.

Reiter hob den Kopf und schaute Bettina direkt in die Augen. »Wer ist der Junge? Der Kleine, den man in der Leichenhalle ...?« Er senkte den Kopf und hielt die Luft an.

»Genau der«, sagte Thal, der sich anscheinend an keine der ungeschriebenen Regel eines Verhörs halten wollte, die Bettina und er in den vielen Jahren ihrer Zusammenarbeit entwickelt hatten. »Und jetzt wäre es schön, wenn Sie uns erklären könnten, wie die Haarbürste von Leon Bahr in Ihr Badezimmer kommt.«

»Ich weiß es nicht.« Bettina hörte die Verzweiflung in Reiters Stimme. Sie war geneigt ihm zu glauben, mahnte sich aber selbst, nicht vorschnell zu urteilen.

»Kennen Sie Leon Bahr?«, fragte sie. »Oder seine Mutter Annika?«

Reiter schüttelte den Kopf. »Ich habe weder den Jungen noch die Frau jemals getroffen.«

»Vielleicht ist Felix mit Leon befreundet gewesen, ohne dass Sie als Eltern davon wussten.«

Reiter schluckte. »Möglich, aber nicht sehr wahrscheinlich. Melanie ist eine Glucke, eine ... Wie heißt dieses neumodische Wort?«

»Eine Helikoptermutter«, sagte Bettina und lächelte. Sie hatte sich selbst vor Kurzem von Vince so nennen lassen müssen.

Reiter erwiderte ihr Lächeln. »Ja, so nennt man es wohl. Melanie sorgt sich wegen der geringsten Kleinigkeit. Das kann zur Manie werden, sie überwacht den Kleinen geradezu. Wenn er mit diesem Jungen befreundet gewesen ist, hätte sie das gewusst und mir garantiert davon erzählt. Ich muss mir jeden Abend bis ins kleinste Detail anhören, was Felix den Tag über getrieben hat.«

»Sie klingen nicht wie ein besorgter Vater«, mischte sich Thal ein. Bettina warf ihm einen ärgerlichen Blick zu, aber er ließ sich nicht stoppen. »Wie würden Sie Ihr Verhältnis zu Felix beschreiben?«

»Was wollen Sie damit sagen?« Reiter schob den Stuhl nach hinten. Bettina fürchtete, er könnte aufspringen und auf Thal losgehen, aber er bekam sich wieder in die Gewalt. »Ich liebe Felix, auch wenn er nicht mein leiblicher Sohn ist.«

»Ach«, sagte Thal. Auch Bettina war überrascht. Bei diesen Ermittlungen lief zu viel schief, warum wussten sie nichts von den Verwandtschaftsverhältnissen der wichtigsten Zeugen.

»Wer ist denn dann Felix' Vater?«

»Ich kenne ihn nicht, er kam wenige Tage nach der Geburt bei einem Verkehrsunfall ums Leben. Als ich Melanie traf, war Felix ein halbes Jahr alt.«

»Sie haben sich verliebt und ...«

Reiter nickte. »Ich habe Felix kurze Zeit später adoptiert. Sie wissen, was das bedeutet?«

Er schaute Thal herausfordernd an, Bettina überlegte, worauf er hinauswollte.

»Ich habe den Kleinen an Kindes statt angenommen. Und genau das ist Felix. Mein Sohn!«

Er machte eine Pause und lehnte sich über den Tisch.

»Bringen Sie ihn zurück, verdammt noch mal!«

Dreißig

Dienstag. Vierzehn Uhr vierzig

Langsam tastete sie ihren Mantel ab und atmete auf, als sie das Zigarettenpäckchen fühlte. Auch wenn das Nikotin ihre Nerven beruhigen würde, sie durfte sich auf keinen Fall eine anstecken. Der Rauch könnte sie verraten. Andererseits, war es nicht gleichgültig, ob er sie entdeckte? Sie würde eh zu ihm gehen. Kneifen kam nicht infrage.

Sie hielt beide Handflächen gegen die Rinde des Baumes. Sie hatte keine Ahnung, um was für eine Art es sich handelte. Sie kannte sich in der Natur nicht aus, war als Kind nur mit vor Angst schlotternden Knien mit ihren Brüdern durch den Wald gelaufen. Die Jungs hatten sie verlacht, aber die Furcht war so real gewesen, dass sie mehr als einmal in die Hose gemacht hatte. Ihre Mutter war jedes Mal ausgerastet.

Sie legte die Wange an das Holz und starrte zum Bootshaus. Der Doktor stand auf der Veranda und schaute auf den See. Er wirkte ruhig, wie jemand, der gelassen in die Zukunft blickte. Ihm machte das Treffen keine Angst.

Warum hatte sie kein Gewehr mitgenommen, als sie das Haus verlassen hatte? Erik war begeisterter Jäger, die Waffen standen daheim im Schrank. Verschlossen natürlich, damit der Junge keinen Unfug damit machen konnte, aber sie wusste, wo der Schlüssel lag. Sollte sie nach Hause fahren und eine Büchse holen? Sie verwarf den Gedanken sofort. Sie war eine grottenschlechte Schützin. Erik hatte immer wieder Anläufe genommen, ihr das Schießen beizubringen – vergeblich. Selbst wenn sie nur auf eine Scheibe oder eine in eine Astgabel gestellte Blechbüchse zielte, stellte sie sich vor, dass es sich um ein Tier handelte. Sofort begannen ihre Hände zu zittern. Sie konnte nicht mal eine Mücke töten, die ihr mit ihrem Summen den Schlaf raubte. Außerdem suchte man garantiert nach ihr. Vielleicht war ihr Haus umstellt und man würde sie festnehmen, wenn sie dort auftauchte. Was würde dann aus Felix werden? Nein, sie musste etwas tun, deshalb hatte sie dieses Treffen überhaupt vorgeschlagen.

Sie drückte sich vom Baumstamm ab und schaute auf die Uhr. Sie war zehn Minuten zu spät.

Langsam ging sie den Abhang hinunter, Laub knisterte unter ihren Füßen.

»Hallo, Doktor!«, rief sie, als sie noch dreißig Meter von ihm entfernt war. Er hatte ihr den Rücken zugewandt und drehte sich hastig um. Fast hätte sie laut losgelacht, das hatte es noch nie gegeben, dass sie ihm einen Schreck einjagte.

»Wo ist der Kleine?« Er fasste sich erstaunlich schnell wieder. Zu schnell, dachte sie.

»Felix ist in Sicherheit.«

»Was soll das heißen?« Er machte einen Schritt auf sie zu. Sie widerstand dem Reflex wegzulaufen. Stattdessen lächelte sie ihn an.

»Sie haben doch nicht geglaubt, dass ich mit dem Jungen hier aufkreuze?«

Seine Mimik konnte sich nicht zwischen Überraschung und Wut entscheiden. Die Atemwolken zeigten ihr, dass er hektisch nach Luft schnappte. Sie musste ihn weiter in Atem halten.

»Unsere Abmachung ist hiermit beendet. Vom heutigen Tag an fühle ich mich nicht mehr daran gebunden.«

»Was soll das heißen?« Er steckte die Hände in die Manteltaschen und ging langsam auf sie zu. Sie widerstand dem Reflex, im gleichen Tempo rückwärts zu gehen.

»Meinen Sie tatsächlich, dass Sie unsere Vereinbarung von sich aus kündigen können? Mir nichts, dir nichts sozusagen.«

Er war keine zehn Meter mehr von ihr entfernt.

»Natürlich. Unsere Vereinbarung, wie Sie das nennen, beruhte nie auf Gegenseitigkeit. Immer haben Sie bestimmt, was ich zu tun hatte.«

»Sie vergessen, dass es Ihr Wunsch war. Ich war nur der Erfüllungsgehilfe. Gegen gewisse Gegenleistungen, versteht sich.«

Sie starrte ihn an, als könnte sie ihn damit stoppen. Noch fünf Meter.

»Meine Schulden sind mehr als getilgt«, sagte sie. »Wir sind quitt!«

Noch drei Meter. Sie hielt den Atem an.

Er lachte laut. Ihr lief ein Schauer über den Rücken.

Noch einen Meter.

Sie riss die Hand hinter dem Rücken hervor und schwang das Holzscheit in die Luft.

Er stieß einen Schrei aus und sprang auf sie zu.

Sie schlug mit aller Kraft zu. Das Holzstück verfehlte seinen Kopf und landete auf seiner Schulter. Sie hatte seine Größe unterschätzt.

Er jaulte auf und stieß ihr im selben Augenblick die Faust in den Bauch. Sie japste, weil ihr die Luft wegblieb, und sackte auf die Knie.

Er griff ihr in den Nacken, zog sie in die Höhe und drehte ihren Arm nach hinten. Das Knacken hörte sich an, als wäre ein Knochen gebrochen. Vielleicht war es aber auch nur ein

Ast unter ihren Füßen. Ein stechender Schmerz in ihrer Schulter ließ sie aufstöhnen.

»Schrei nur!«, flüsterte er ihr ins Ohr. »Hier hört dich niemand.«

Er drehte sie, bis sie ihm den Rücken zuwandte. Mit einem festen Tritt holte er sie von den Beinen und schleifte sie über den Boden. Obwohl ihr Blick längst von Tränen verschleiert war, sah sie die Spur, die sie im feuchten Laub hinterließ.

Im Bootshaus ließ er sie wie ein nutzlos gewordenes Kleidungsstück auf den Boden fallen und verriegelte die Tür.

Schwer atmend beugte er sich über sie. »Wo ist der Kleine?« Sein Atem blies ihr ins Gesicht. Er roch säuerlich nach Vergorenem. Sie wollte seinen Kopf zur Seite drücken, aber er fixierte ihre Hände auf dem Boden.

»Sag mir, wo der Junge ist!«

Sie schüttelte den Kopf und sammelte Spucke in ihrem Mund.

»Ich finde ihn ohnehin«, sagte er und verstärkte den Druck. »Nur du wirst es dann nicht erleben. Ich werde dich töten, wenn du nicht sprichst!«

Sie riss die Augen so weit auf, wie sie konnte, sie wollte diesen Moment nicht verpassen. Mit aller Kraft, die ihr geblieben war, spie sie ihm ins Gesicht.

»Das ist alles, was du von mir bekommen wirst!«

Einunddreißig

Dienstag. Sechzehn Uhr zwanzig

»Dieser Fall wird immer verrückter!«

Madlaina nahm einen kräftigen Schluck aus der Colaflasche. Thal war froh, dass sie an der Besprechung teilnahm, obwohl sie in weniger als fünf Stunden auf der Bühne stehen musste. Sie brauchten ihre Erfahrung und ihre Fähigkeit, eine Ermittlung wie eine Fremde von außen zu analysieren. Das schafften die meisten Polizisten nach ein paar Jahren im Dienst nicht mehr.

»Immerhin haben wir an einem Punkt jetzt Gewissheit«, sagte Jonas und rieb sich über das Kinn. Es klang wie Sandpapier. »Melanie Reiter war auf dem Bauernhof und hat Baldinger mit einem Spaten niedergeschlagen, der Griff der Schaufel war voll mit ihren Spuren.«

»Nicht nur das«, fügte Stephanie hinzu. »Ihr Sohn Felix war bei ihr, wir können also davon ausgehen, dass beide noch leben.«

Eigentlich eine positive Nachricht, dachte Thal. Warum wirkte die Kollegin dann so ermattet? Sie schafften es bei dieser Ermittlung nicht, in einen Fluss zu kommen. Dabei brauchten sie diesen Rausch, ohne ihn gelang es ihnen nicht, die Fakten gegen den Strich zu bürsten und in einer überraschenden Wendung zuerst die Chance und dann das Problem zu sehen.

»Das ist ja alles gut und schön ...«, sagte Bettina. Thal wusste, wie sie den Satz vollenden würde, er hätte es gerne verhindert, aber ihm fehlte die Kraft, gegen den Strom zu schwimmen.

»Die wichtigste Frage haben wir immer noch nicht geklärt: Wie ist die DNA des ermordeten Leon Bahr in die Wohnung der Reiters gekommen?«

Thal schaute in die Runde. Alle saßen in sich versunken auf ihrem Platz. Wie ein Häuflein Soldaten nach der verlorenen Schlacht, dachte er. Dabei hatten sie noch gar nicht richtig begonnen zu kämpfen.

»Okay, stimmen wir ab«, rief Thal eine Spur zu laut und zu fröhlich. Immerhin hoben alle ihre Köpfe.

»Wer glaubt, dass Erik Reiter Leon Bahr getötet hat, hebe die Hand.«

»Was soll der Unsinn?«, flüsterte Quandt.

»Pssst!«, zischte Madlaina. Thal lächelte, sie verstand, worauf er hinauswollte.

»Keiner?«, fragte er. »Nun gut, kommen wir zur zweiten Abstimmung. Wer glaubt, dass Annika Bahr ihren Sohn getötet hat?«

»Absurd!«, rief Bettina. »Die Frau wird von ihrer Trauer schier erdrückt und du fragst, ob sie eine Kindsmörderin ist.«

Thal reagierte nicht auf den Einwurf, sondern schaute demonstrativ von einem zum anderen. »Wie ich sehe, ist niemand dieser Meinung. Damit haben wir keinen Mordverdächtigen. Was sagt uns das?«

»Schluss mit dem Theater, Thal!« Schober winkte ab. Thal ahnte, dass er die Fragerei beenden wollte, bevor er zu einer Stellungnahme genötigt würde. Der Imam hasste nichts mehr, als eine eigene Meinung haben zu müssen. Dafür waren seine Leute zuständig, er musste es am Schluss nur in der Öffentlichkeit vertreten. Ein Job, den er gut erledigte, das musste Thal immer wieder zähneknirschend zugeben.

»Noch mal«, fuhr Thal unbeeindruckt fort. »Kein Verdächtiger heißt, dass wir uns auf die Eckpfeiler unserer Arbeit konzentrieren müssen, die da sind ...?«

»Spuren sichern, auswerten und in ihrer Bedeutung verifizieren oder verwerfen«, warf Hartmut Grendel ein.

»Wenigstens einer, der sich noch an das kleine Einmaleins erinnert.« Thal zeigte dem Spurensicherer den erhobenen Daumen. »Gibt es noch etwas abschließend festzustellen?«

Jonas fuhr sich mit beiden Händen durch die Haare. »Die Morphin-Spur, mit der wir Annika Bahr zumindest die Möglichkeit zur Tat hätten nachweisen können, hat sich endgültig erledigt. Ich habe mich da noch mal schlaugemacht.«

Thal unterdrückte ein Grinsen. Quandt vertraute niemals einem Ergebnis, das er nicht selbst überprüft hatte.

»Wie steht es mit der Fallanalyse?« Er bedeutete Madlaina mit einer kurzen Kopfbewegung, nichts zu sagen, obwohl es ihr Metier war.

»Die Suche nach einem Muster«, sagte Bettina. »Gemeinsamkeiten zum Beispiel.«

»Sind wir hier im Kindergarten, oder was?« Schober warf sein Notizbuch auf den Tisch.

»Nein, Herr Kriminaldirektor, ganz und gar nicht. Ich versuche nur, uns alle wieder auf die Grundlagen erfolgreicher Ermittlungsarbeit einzuschwören. Wir haben hier nämlich einen Mordfall zu klären.«

Alle hielten die Luft an. Eine leichte Röte überzog Schobers Wangen, aber er schwieg, es fiel ihm wohl keine Entgegnung ein, die ihn nicht selbst unter Zugzwang gesetzt hätte.

Thal wandte sich an Bettina. »Muster und Gemeinsamkeiten. Haben wir da was?«

Bettina zuckte mit den Schultern. Auch die anderen schwiegen. Thal lächelte Madlaina an. »Dann fragen wir mal unsere Starprofilerin mit FBI-Ausbildung.« Er pokerte hoch, wenn er Pech hatte, würde Schober ihm nie mehr erlauben, Madlaina als externe Expertin einzusetzen, Erfahrung aus den USA hin oder her. Er hoffte, dass ihr etwas einfiel.

»Nun, Frau Veicht?«, fragte Schober. Thal kam es vor, als feixte er.

»Etwas gibt es tatsächlich«, sagte Madlaina. Sie war die Gelassenheit selbst. »Sowohl bei Leon Bahr wie bei Felix Reuter gibt es keinen Vater. Im ersten Fall haben sich die Eltern kurz nach der Geburt scheiden lassen und der Vater lebt seitdem in den USA ohne Kontakt zu seinem Sohn. Im zweiten Fall ist der Vater kurz nach der Geburt gestorben.«

Bingo, dachte Thal und schaute Schober mit hochgezogenen Augenbrauen an. Den kleinen Triumph musste er auskosten.

»Zufall«, brummte der Imam.

»Das glaube ich nicht«, kam Stephanie Thal und Madlaina zuvor. »Die Erfahrung lehrt, dass man solche Übereinstimmungen genau untersuchen muss und nie aus den Augen verlieren darf.«

Schober schnaubte leise und schwieg.

Thal klatschte in die Hände, eine Geste, die ihm selbst übertrieben vorkam. »Morgen können wir mit Leon Bahrs Vater reden, vielleicht bringt uns das in der Frage der Übereinstimmung der Fälle weiter. Im Moment muss die Suche nach Melanie und Felix Reiter vordringlich sein.«

»Sollen wir das Fernsehen einschalten?«, fragte Schober. Er hatte beschlossen, sich konstruktiv einzubringen.

Thal nickte ihm zu. »Gute Idee. Können Sie das übernehmen?« Die Frage war rein rhetorisch, der Imam würde niemals zulassen, dass jemand ihm seine Rolle als oberster Konstanzer Verbrechensbekämpfer streitig machte.

Schober wiegte den Kopf hin und her. »Gut«, sagte er schließlich und griff zu seinem Notizblock, als müsste er sich seine Aufgabe notieren.

»Wir sollten das Tattoo nicht vergessen«, sagte Grendel. »Macht euch das keine Sorgen?«

Die Stimmung sank von einer Sekunde auf die andere wieder unter den Gefrierpunkt.

»Doch«, sagte Quandt. »Wir durchforsten immer noch die Datenbanken.«

Für ein paar Sekunden sprach niemand.

Madlaina stand auf und schaute auf die Uhr. »Wisst ihr was? Ihr solltet euch heute Abend mal den Kopf freipusten lassen!« Sie lachte auf und griff in ihre Handtasche. »Wie wäre es mit Freikarten für unser Konzert heute Abend?«

Die Spannung entlud sich in Beifall und verhaltenen Jubel.

»Herr Kriminaldirektor?«, fragte Madlaina und hielt Schober eine Eintrittskarte entgegen.

»Danke, aber ich muss mich um die Personenfahndung im Fernsehen kümmern.«

»Könnte ich dann bitte zwei Karten haben?«, fragte Bettina.

»Ich auch«, sagte Quandt und errötete, als alle ihn anblickten.

Zweiunddreißig

Dienstag. Achtzehn Uhr fünf

Luft! Er braucht unbedingt frische Luft.

Wütend stampfte er zum Fenster und riss es auf. Frische Waldluft strömte ihm entgegen, durchmischt mit dem spezifischen Geruch des Sees, der sich von allen anderen unterschied. Es hatte angefangen zu schneien, die Flocken reflektierten das Mondlicht und tanzten wie winzige weit entfernte Sterne durch die Luft.

Er drehte sich um und lehnte sich an die Fensterbank. Melanie Reiter starrte ihn an. Sie atmete heftig, ihr Brustkorb hob und senkte sich, zwischen ihren schweren Brüsten verlief ein Blutrinnsal, das im oberen Teil bereits eingetrocknet war. Sie lag auf einer niedrigen Pritsche, die er aus der Abstellkammer geholt hatte. Das Ding starrte vor Dreck, aber das war für diesen Zweck egal.

Die Frau sah nicht gut aus. Noch immer blutete die aufgeplatzte Augenbraue heftig. Er hatte das nicht gewollt, aber sie hatte sich im falschen Moment weggeduckt. Ansonsten hatte sie sich kaum gewehrt, auch nicht, als er ihr die Kleidung vom Leib gerissen hatte. Sie hatte ihn nur aus großen, fast kreisrunden Augen angeschaut. Genau wie jetzt.

Den Slip hatte er ihr gelassen, sie sollte wissen, dass es ihm nicht um Sex ging. Nichts interessierte ihn weniger.

Er stieß sich von der Fensterbank ab und ging betont lässig zur Pritsche. Mit jedem Schritt wurde der Gestank penetranter. Sie hatte sich eingenässt, der Uringeruch überdeckte alles. Einen halben Meter vor der Liege blieb er stehen und schaute auf sie herunter, taxierte sie von Kopf bis

Fuß. Sie ließ es geschehen, verschloss nicht die Augen, wich nicht einmal seinem Blick aus, sondern suchte ihn. Sie war keine blendende Schönheit, sah aber für ihr Alter durchaus gut aus. Er schaute ihr in die Augen, sie hielt ihm stand.

Nein, sie erregte ihn nicht. Nicht ihre weiblichen Rundungen, nicht die Tatsache, dass sie ihm ausgeliefert war. Er hatte zu viele Frauenkörper in entwürdigender Haltung gesehen, als dass es seinen Trieb anregte.

Er konnte sich auf das Wesentliche konzentrieren.

Langsam ließ er sich in die Hocke nieder und umfasste ihr Kinn mit seiner Hand. »Melanie, Melanie ...« Er fuhr ihr langsam mit dem Zeigefinger über den Mund. Sie öffnete leicht die Lippen, als wollte sie ihm Bereitschaft signalisieren.

Ohne Vorwarnung schlug er sie ins Gesicht. Ihr Kopf schnellte zur Seite, sie atmete keuchend aus. Mehr nicht. Kein Schrei. Kein Flehen. Langsam wandte sie ihm wieder das Gesicht zu und schaute ihn an. Die Wange glühte.

»Wo ist dein Sohn?«

Sie lächelte.

Er schlug sie erneut, legte noch mehr Kraft hinein. Wieder fiel der Kopf zur Seite, wieder drehte sie ihn langsam, wieder fixierte sie ihn. Ihr Auge schwoll zu.

»Wo ist Felix?«

Sie schluckte.

»Du stirbst, wenn du mir nicht sagst, wo der Kleine ist.«

Sie lächelte. Er hatte Mühe, die Fassung zu bewahren. Er durfte sich nicht provozieren lassen, obwohl er sie am liebsten totgeprügelt hätte.

Er schlug mit der Faust in ihre linke Seite. Sie stöhnte.

»Na bitte, habe ich deine Achillesferse gefunden. Die hat nämlich jeder, musst du wissen. Bei dir sind es also die Nieren.« Erneut schlug er zu. Sie zog die Beine an und krümmte sich vor Schmerz.

»Wie lange wirst du das aushalten? Noch dreimal? Oder fünfmal? Mehr bestimmt nicht!«

Wieder ein Schlag. Wieder stöhnte die Frau, wandte sich aber nicht von ihm ab, sondern starrte ihn an. Ihr linkes Augen war inzwischen vollständig zugeschwollen.

»Wie spät ist es?«, fragte sie.

Er schlug. Sie stöhnte und flüsterte erneut. »Wie spät?«

Er sprang in den Stand und lachte. »Was interessiert dich die Uhrzeit? Den morgigen Tag wirst du nicht mehr erleben. Rette wenigstens deinen Sohn!«

»Wie spät?«

Er schaute auf die Uhr. »Viertel nach sechs.«

Er trat ihr in die Seite, der Körper wurde von der Wucht des Tritts fast von der Pritsche gestoßen. Die Region oberhalb ihres Beckens verdunkelte ein riesiges Hämatom.

»Gut«, sagte sie, als wollte sie ihn verhöhnen.

»Was?«, schrie er sie an und trat erneut zu.

Sie japste nach Luft, ihre Hände verkrampften sich in der dreckigen Matratze.

»Töte mich«, sagte sie. »Ich bin bereit zu gehen, denn Felix ...« Sie hustete. »Felix bekommst du nicht.«

Er beugte sich über die Pritsche und legte ihr die Hände um den Hals.

»Träum weiter!« Streichelnd fuhr er mit dem Finger über ihre eiskalte, schweißnasse Haut.

»Felix ist in Sicherheit.« Sie reckte den Kopf nach hinten und streckte ihm den Hals auffordernd entgegen.

»Für deinen Sohn gibt es keine Sicherheit«, sagte er und unterdrückte den Impuls zuzudrücken und Melanie Reiters Leben ein Ende zu setzen.

»Doch«, sagte sie.

Er spürte ihren Kehlkopf hüpfen, als sie schluckte.

»Felix ist bei der Polizei.«

Dreiunddreißig

Dienstag. Neunzehn Uhr dreißig

»Opa!«

Thal breitete die Arme aus und Leah stürmte auf ihren kurzen Beinen auf ihn zu. »Opa, schau!«, sagte sie Sekunden später, stürmte in ihr Zimmer und schleppte einen Brummkreisel heraus, der so groß war, dass sie ihn nicht umfassen konnte. »Brumm!«, sagte sie und schaute Thal auffordernd an. Er bückte sich und stöhnte auf. Sein Rücken ließ ihn hin und wieder spüren, wie alt er war.

»Brauchen Massage«, rief Pranom vom Flur. Die Thailänderin mit dem typisch badischen Nachnamen Kolb war nicht nur ein perfektes Kindermädchen, sondern auch eine wunderbare Masseurin. Sie stellte sich hinter Thal und bewegte ihren Ellbogen mit festem Druck seine Wirbelsäule entlang. »Kommen morgen Vormittag, dann mache ich die Schmerzen weg.« Sie lachte und er nickte, ohne näher auf das Angebot einzugehen. Als er in ihr fröhliches Gesicht blickte, bewunderte er einmal mehr, wie wenig Falten sie hatte, obwohl sie inzwischen schon dreiundfünfzig war. Er verkniff sich jede Bemerkung über ihre heilenden Hände, zu groß war die Sorge, dass sie eines Tages ihre Stelle bei Bettina aufgeben würde, um sich ihren Traum vom eigenen Massagesalon zu erfüllen.

»Ich freue mich so«, rief Bettina aus dem Wohnzimmer. »Ich erinnere mich gar nicht mehr, wann ich das letzte Mal auf einem Rockkonzert war. Es muss Jahre her sein.«

Thal setzte noch einmal den Kreisel in Bewegung, was Leah mit einem Jauchzen quittierte, und ging ins Wohnzimmer.

»Kann ich so gehen?«, fragte Bettina.

Thal konnte sich ein Grinsen nicht verkneifen. T-Shirt mit Jeans, er konnte sich nicht erinnern, wann er seine Kollegin zuletzt so gesehen hatte.

»Ziemlich nah an der Bullenuniform«, sagte er. Normalerweise lästerte Bettina, dass alle Polizisten gleich gekleidet wären, und trug deshalb gerne ein elegantes Kostüm oder ein Kleid.

»Ist ja auch für die Freizeit«, entgegnete sie und boxte ihn auf den Oberarm. Sie ließ sich in einen Sessel fallen und deutete auf die Flasche Rotwein, die Thal mitgebracht hatte. »Was meinst du, sollen wir es machen wie die Jungen und schon mal ein bisschen vorglühen?«

Er nahm lachend den Korkenzieher.

»Hoffentlich ist es wirklich so, wie Madlaina sagt.«

»Was meinst du?«

»Dass die laute Musik die Gedanken vertreibt, die mir keine Ruhe lassen. Die Frage, warum Leon Bahr sterben musste, geht mir einfach nicht aus dem Kopf.«

Thal füllte die Gläser, sie prosteten sich zu und tranken.

»Kindstötungen sind in der Regel Ausfluss familiärer Tragödien oder Sexualverbrechen.« Bettina stellte das Glas auf den Tisch und wischte mit dem Daumen eine Lippenstiftspur ab. »Beides können wir ausschließen, oder?«

»Ich denke schon«, sagte Thal. »Meines Erachtens können wir die Mutter von der Liste der Verdächtigen streichen. Andererseits lässt mich der Gedanke nicht los, dass es etwas mit dem Ladendiebstahl zu tun hat.«

»Du meinst, es war eine aus dem Ruder gelaufene Strafaktion.«

»Etwas in der Art wäre doch denkbar.«

»Aber wenn wir die Mutter ausschließen ...« Bettina nahm einen Schluck, der Wein war fantastisch.

»Es könnte sich doch auch ein Fremder zur Aufgabe gemacht haben, bei straffällig gewordenen Kindern ein Exempel zu statuieren.«

Bettina zog vorsichtig den Duft des Weines ein. Es gab genug Verrückte da draußen, warum sollte Thal mit seiner Theorie nicht recht haben?

»Wie passt die Tätowierung in dieses Bild.«

»Ich bin sicher, dass es ›Nummer Sieben‹ heißen soll.«

Bettina nickte, sie war derselben Meinung. »Was ist dann mit den Nummern Eins bis Sechs?«

»Vielleicht gab es schon Strafaktionen davor.«

Bettina hatte das Gefühl, ein kalter Luftzug streifte ihren Rücken. »Dann müssten wir ungeklärte Todesfälle haben und die Leichen müssten die gleiche Tätowierung aufweisen. Solche Fälle hätten wir längst in der Datenbank gefunden. Und dass es einem Täter gelungen ist, sechs tote Kinder als Beigabe in fremde Särge zu legen, ohne dass es wenigstens ein zweites Mal aufgefallen wäre, scheint mir unwahrscheinlich.«

»Wer sagt denn, dass der Täter töten wollte. Vielleicht war es nur ein Unfall und der Tod des kleinen Leon nicht geplant.«

»In dem Fall müsste es Anzeigen von Eltern geben, deren Kinder plötzlich ein Nummern-Tattoo in der Fußsohle tätowiert haben.«

Thal schwenkte den Wein im Glas und nickte. Sie drehten sich im Kreis und kamen keinen Schritt weiter.

Es läutete an der Tür. Pranom öffnete, man hörte ihr fröhliches Lachen.

Auch Thal strahlte, als er aufstand, um den Besucher zu begrüßen.

Er hatte seinen Freund lange nicht gesehen.

Vierunddreißig

Dienstag. Neunzehn Uhr fünfzig

»Verdammt!«

Zum wievielten Mal war er jetzt an diesem Abhang ausgerutscht? Er rappelte sich wieder auf und stapfte weiter. Warum musste es auch ausgerechnet an diesem Abend schneien? Der Schnee knirschte unter seinen Schuhen, an ein leises Anschleichen war nicht zu denken. Wenn Nummer Neun nicht plötzlich taub geworden war, musste er ihn hören. Er lachte leise in sich hinein. Er wusste alles von diesem Jungen, mehr als die Erzieherin als treusorgende Mutter sich erträumte. Nein, Taubheit war nicht vorgesehen. Er schaffte es, das Kichern zu unterdrücken.

Wo hatte die Erzieherin bloß ihr Auto abgestellt? Es konnte doch nicht sein, dass sie kilometerweit durch den Wald zum Bootshaus gelaufen war! Wahrscheinlich stand es in der Nähe der Straße, damit der Junge schnell Hilfe holen konnte. Er hob den Kopf und sah den Rand der Senke. Fast hatte er es geschafft.

Und wenn die Erzieherin die Wahrheit gesagt hatte? Wenn Nummer Neun tatsächlich zur Polizei gegangen war? Es wäre eine Wendung, die er nicht verhindern könnte. Seine Reise wäre zu Ende, ohne Zweifel. Sie würden Fragen stellen, auf die sie am Anfang keine Antworten bekämen. Irgendwann aber würden ihnen die Zusammenhänge aufgehen, sie würden eins und eins zusammenzählen und erkennen, was er geleistet hatte.

Mit der rechten Hand griff er nach einem dünnen Ast und zog sich die letzten Meter des Abhangs hinauf. Schnaufend blieb er stehen und schaute seiner eigenen Spur im Schnee nach.

Sollte es hier und jetzt zu Ende sein, könnte er seinen Frieden damit machen. Für einen Augenblick, der ihm vorkam wie die Ewigkeit, spürte er die Kraft, die ihn von Anfang an getrieben hatte. Es spielte keine Rolle, wenn Nummer Neun zum Verräter würde. Eins, Drei, Fünf und Zehn waren in dieser Welt. Sie waren perfekt, sie gaben Zeugnis und waren sein Vermächtnis an die Nachwelt. Die Gegenwart interessierte ihn nicht, es ging um die Zukunft.

Eins, Drei, Fünf und Zehn waren die Garantie, dass es weitergehen würde. Immer weiter. Nichts war endlich.

Er widerstand dem Drang, sich mit ausgebreitetem Arm in Kreis zu drehen oder gar in den Schnee zu legen und mit den Armen zu rudern, um das Bild eines Engels in das jungfräuliche Weiß zu zeichnen. Stattdessen folgte er dem Feldweg, der sich Richtung Landstraße schlängelte. Er hatte seine Gelassenheit zurückgewonnen, denn was auch immer passierte, war gut.

Mit federndem Schritt ging er über die dünne Schneeschicht, in die ein Nager auf der verzweifelten Suche nach Futter eine einsame Spur gezogen hatte. Er war so in seine Naturbetrachtung vertieft, dass er das Licht fast übersehen hatte. Es flimmerte zwischen den Bäumen, er glaubte zunächst an einen anderen einsamen Wanderer mit einer Taschenlampe. Vielleicht der Junge, schoss es ihm in den Kopf und er versteckte sich hinter einem Brombeerstrauch. Das Licht bewegte sich nicht, blieb starr an einem Ort. Langsam schlich er in diese Richtung. Das Flimmern hörte auf, er begriff, dass es von den Zweigen ausgelöst wurde, die sich im Wind bogen.

Als er das Wohnmobil sah, durchflutete Adrenalin seinen Körper und sorgte für einen kurzen Rausch der Allmacht. War er vielleicht doch noch nicht am Ende? Konnte er den Fehler doch noch tilgen, an dem er keine Schuld trug, für den er sich aber trotzdem verantwortlich fühlte?

Sorgsam setzte er Fuß vor Fuß, kein Geräusch sollte ihn verraten. Das Licht kam aus dem Inneren des Wohnmobils, die Scheiben waren beschlagen. Er schlich sich gebückt unter die Seitenscheibe, legte die behandschuhten Hände an das Blech des Wagens und schob den Oberkörper langsam nach oben, bis er einen kurzen Blick in das Innere werfen konnte.

»Du ungehorsamer Junge, du!«, flüsterte er und lächelte.

Ohne den Oberkörper aufzurichten, ging er zur hinteren Tür. Er legte die Hand auf die Klinke. Wäre er ein gläubiger Mensch, hätte er jetzt ein Dankgebet gesprochen.

Fünfunddreißig

Dienstag. Einundzwanzig Uhr zwanzig

»Ladies and Gentleman! Freunde! Hier kommt sie, die unvergleichliche, die großartige ... Madlaina!«

Piet sprang vom Mikrofonständer einen Meter zurück, riss sein Instrument in die Höhe und ließ kreischende Töne durch den Raum wabern. Thal kannte die Abfolge der Stücke und wusste, was folgte, trotzdem lief ihm eine Gänsehaut über den Rücken. Madlaina rannte auf die Bühne, riss das Mikrofon vom Ständer und fasste den holländischen Gitarristen um die Hüften. Sie trug ihr komplett schwarzes Bühnenoutfit: Lederminirock, Stiefel mit mörderischen Absätzen, eine eng anliegende Bluse. Die Haare hatte sie mit einem Band zu einem turmartigen Gebilde gebändigt, das sich im Laufe des Konzerts auflösen würde.

»Seid ihr bereit?«, schrie sie. Die Leute pfiffen, johlten und klatschten. »Gut! Dann fangen wir an.«

Die Band wechselte ohne Pause vom selbst komponierten Intro zu ›What's Love Got to Do with It‹. Madlaina verehrte Tina, sie einmal persönlich in Zürich getroffen zu haben, bezeichnete sie als einen der größten Momente ihres Musikerinnenlebens.

Thal schloss die Augen und gab sich der Musik hin. Er liebte Madlainas Gesang, ihre Leidenschaft, ihre vollständige Hingabe an die Musik. Ach was, er liebte diese Frau, die es schaffte, zweieinhalb Stunden lang das ganze Leben auf eine winzige Bühne zu bringen. Der Bass wühlte in seinen Gedärmen, Madlainas Stimme füllte seinen Kopf bis in den letzten Winkel.

Als das erste Stück des Konzerts zu Ende war, tobten die Zuhörer bereits. Mit zweihundert Gästen war der kleine Saal pickepackevoll – allesamt Fans, die jedes Stück kannten, in jeden Refrain einfielen und ihre Idole enthusiastisch feierten. Madlaina badete in der Liebe der Menschen zu ihren Füßen, saugte sie auf und gab sie mit ihrer einzigartigen Stimme zurück. Für alle im Saal war es ein Privileg, die ›Olsenbande‹ in so einem intimen Rahmen zu hören, auf ihrer Tournee würden sie nur in großen Hallen spielen.

Thal schaute sich um. Seine Leute standen alle nahe an der Bühne. Er hatte sich gewundert, dass Quandt Matteo Giordano mitgebracht hatte. Der Schweizer Kollege stand an seiner Seite und klatschte mit über den Kopf erhobenen Händen. Jonas schaute ihn an, er lachte über das ganze Gesicht. Thal hatte den jungen Kollegen lange nicht mehr so befreit gesehen. Es war kein Geheimnis, dass Jonas schwul war. Weder hausierte er mit seiner sexuellen Orientierung, noch versteckte er sie, im Grunde genommen war sie kein Thema. Sollten er und Matteo Giordano ein Paar sein, hatten sie ihre Beziehung bisher verheimlicht. Thal hatte das anzügliche Grinsen der anderen Teammitglieder bemerkt, als Jonas den Schweizer mit Wangenküssen begrüßte. Mehr nicht, und doch schien eine Spannung zwischen den beiden Männern zu bestehen. Jetzt allerdings gingen sie sehr diskret miteinander um, ganz im Gegensatz zu Bettina und Vince Abel. Der Anwalt hielt seine Freundin im Arm, sie wiegten sich mit geschlossenen Augen im Takt der Musik. Dabei hätte Thal gewettet, dass Abel mehr auf Klassik denn auf Rockmusik stand. Genau wie Quandt, der jetzt lieber in einer Verdi-Oper wäre. Heute schienen beide aber ihren Spaß zu haben.

»Hey Leute, ich muss euch was sagen ...« Madlaina wischte sich mit einem schwarzen Handtuch den Schweiß von der Stirn. »Ihr seid ein großartiges Publikum.«

Johlen und Pfeifen. Madlaina hob beide Hände.

»Ich bin so glücklich, dass ihr alle da seid!« Der Gitarrist ließ sein Instrument kurz aufjaulen, als wollte er sagen: Nun hör doch endlich auf mit dem Gequatsche!

»Ich liebe euch alle«, rief Madlaina. »Und ganz besonders dich!« Sie hielt sich die Hand wie einen Schirm über die Augen.

Thal spürte, wie ihm die Hitze in den Kopf stieg. Zum Glück war es dunkel, und niemand konnte sehen, dass er rot wurde.

»Hier ist er«, rief Fiona Lee und reckte beide Hände nach oben. Ihr rot glitzerndes Oberteil rutschte hoch, der Mann neben ihr bekam Stielaugen. Die Atmosphäre im Saal war aufgeladen, das war es, was gute Rockmusik schaffte: prickelnde Champagnerluft zu erzeugen. Madlaina gab mit ihrer Stimme den Sex dazu.

»Kann er sich nicht selbst melden«, rief ein Spaßvogel von hinten.

»Er ist ein bisschen schüchtern«, sagte Madlaina. Sie drehte sich kurz zu ihren Musikern um. Der Bassist begann mit seinem Intro.

»Du weißt, was kommt, Alex.« Madlaina fuhr sich durch die Haare und schaute in Thals Richtung. Er reckte die rechte Hand nach oben. Die ersten Akkorde von ›Fast Car‹ erklangen. Normalerweise spielten sie das Stück als letztes und angeblich nur, wenn Thal im Publikum war. Es war ihr Song und er wippte mit dem Kopf im Takt. Neben ihm tanzte Fiona Lee wie eine Wilde, als hätte jemand die Fesseln gelöst und sie konnte endlich sie selbst sein.

Thal war so in die Musik versunken, dass er erst am Ende des Stücks spürte, dass sein Handy in der Hosentasche vibrierte. Er zog es hervor und las die Nachricht. Drei Sekunden später bahnte er sich einen Weg zu Bettina und hielt ihr das Display entgegen. Sie informierte Grendel, der begeistert im Takt wippte, obwohl er sich bisher stets abwertend über den Krach geäußert hatte, den die ›Olsenbande‹ in seinen Ohren produzierte.

Quandt hatte es mitbekommen und tippte Thal auf die Schulter. »Was ist los?«, brüllte er.

»Leichenfund.« Thal formte das Wort nur mit den Lippen, es sollte niemand mitbekommen. Quandt verstand und flüsterte Matteo Giordano ins Ohr.

Thal schaute zur Bühne. Madlaina stieß ihre Absätze im wilden Takt des nächsten Stücks auf den Bühnenboden. Er hob sein Smartphone in die Höhe und winkte damit.

Madlaina nickte in seine Richtung.

Sechsunddreißig

Dienstag. Dreiundzwanzig Uhr fünfzehn

»Vorsicht!«

Grendel breitete beide Arme aus. Er war genervt von den vielen Leuten, die um das weiße Paket herumstanden.

»Ich komme mir vor wie auf dem Jahrmarkt!«

Nach den Erfahrungen mit der Haarbürste, besser gesagt mit den unerklärlichen DNA-Spuren, war der Spurensicherer noch mehr bedacht, jegliche Verunreinigung zu vermeiden.

Der Katamaran namens ›Constanze‹, eine von drei Schnellfähren, die Konstanz und Friedrichshafen im Stundentakt verbanden, war an der Kaimauer vertäut. Die Techniker hatten starke Schweinwerfer aufgestellt, die das Heck des Schiffs in grelles Licht tauchten und sogar noch die Imperia beleuchteten, die sich im Hintergrund majestätisch drehte und einen langen Schatten auf den Steg warf.

»Helfen Sie mir mal, Frau Lee.« Grendel nickte der Rechtsmedizinerin zu, die in eine zu dünne Jacke gehüllt an der Reling stand.

»Fiona«, sagte sie und trat an das gut verschnürte Paket.

Grendel schaute nach oben und lächelte. »Hartmut.«

Bettina amüsierte sich über Grendel, der Techniker schien stets auf Distanz bedacht zu sein, freute sich aber sichtlich, dass ihm die Rechtsmedizinerin das Du angeboten hatte.

»Nun packt doch endlich aus«, sagte Thal. Er trat von einem Fuß auf den anderen, die feuchte Kälte machte allen zu schaffen.

Bettina suchte den Kapitän. Er stand etwas abseits, starrte aber dennoch auf den mit einer weißen Plastikfolie umwickelten Packen. Sie stellte sich neben ihn. »Wo haben Sie das Ding gefunden?«

Wie alle großen Männer – er überragte sie um dreißig Zentimeter – beugte er sich leicht zu ihr herunter, die Stellung machte einen servilen Eindruck, zu dem die weiße Uniform in einem eigenartigen Gegensatz stand. »Wir sind in Friedrichshafen kurz vor einundzwanzig Uhr zu unserer letzten Fahrt für heute gestartet.«

»Wie viele Passagiere waren an Bord?«

»Genau kann ich Ihnen das gar nicht sagen, aber in dieser Jahreszeit sind die Abendfahrten nicht stark frequentiert. Fünfzehn, höchstens zwanzig würde ich meinen.«

Bettina schaute sich um. An Deck stand gerade mal eine Handvoll Menschen, die anderen zogen es vor, in der Wärme des Salons darauf zu warten, endlich nach Hause gehen zu dürfen.

»Wo haben Sie das Paket gefunden?« Sie deutete mit dem Kopf nach unten und sah in den Augenwinkeln, dass Grendel und Lee begonnen hatten, die Folie aufzuschneiden.

»Drei Minuten nachdem wir den Hafen verlassen hatten, sah ich etwas auf der Wasseroberfläche. Die weiße Folie reflektiert das Restlicht gut, das konnte man nicht übersehen. Ich ging längsseits und wies meine Bootsleute an, das Paket an Deck zu holen.«

»Haben Sie sofort die Polizei verständigt?«

Der Kapitän senkte den Kopf, als würde er seine Schuhe anschauen. »Nu ja ...«

»Sie haben es erst nicht so wichtig genommen, richtig?« Bettina vermutete, dass der Mann um seinen Feierabend gefürchtet hatte.

Er nickte. »Mein Bootsmann meinte aber, das Ding hätte die passende Größe ....«

Er schaute immer noch nach unten, die Hände hatte er ineinander verschränkt.

»Die passende Größe einer Leiche«, halft ihm Bettina auf die Sprünge.

Er nickte. »Also haben wir die Wasserschutzpolizei in Konstanz informiert. Wir konnten ja nicht ahnen, dass die gleich die ganz große Show in Gang setzen.« Er deutete seufzend auf die Scheinwerfer.

»Nils«, rief Grendel zum Fotografen und deutete auf den sauberen Schnitt, mit dem er die Folie an der gesamten Längsseite aufgeschnitten hatte. Kröning kniete sich neben den Techniker und schoss eine Serie von Fotos.

»Dann wollen wir mal!« Grendel nickte Fiona Lee zu, gemeinsam zogen sie mit einem Ruck die Plastikverpackung zur Seite.

»Heilige Scheiße«, flüsterte der Kapitän und legte die Hand vor den Mund. Er schaffte es gerade noch bis zur Reling, ehe er sich übergab.

Der tote Körper sah unappetitlich aus, für eine Wasserleiche war er allerdings in einem gar nicht so schlechten Zustand. Die Haut wies die typischen Verfärbungen und blasenähnlichen Aufblähungen auf, am schlimmsten waren die Verletzungen.

Grendel hob die Leiche ein paar Zentimeter an und zog einen Stein hervor. »Da wollte jemand auf Nummer sicher gehen«, sagte er. »Wir sollten den Mann hier nie zu Gesicht bekommen.«

Thal ging neben Fiona Lee in die Hocke, die Arme hatte er um den Oberkörper geschlungen. »Was ist schiefgelaufen?«

Grendel wies auf einen langen Riss in der Folie. »Ich nehme an, dass die verpackte und beschwerte Leiche schnell gesunken ist. Die Strömung hat sie über den Seegrund gezogen, dabei ist die Folie an einer Stelle aufgerissen und ein Teil des Ballasts herausgefallen.«

»Ist der Mann dann sofort aufgetaucht?«, fragte Thal.

Fiona Lee ergriff seinen Oberarm und zog sich aus der Hocke in den Stand. Sie schüttelte ihre Beine aus, es sah aus wie eine anmutige Tai-Chi-Übung. »Das glaube ich nicht, ganz genau erfahrt ihr das nach der Obduktion. Aber wenn ich mir die Verletzungen am Kopf des Mannes ansehe ...«

»Ziemlich übel«, sagte Bettina und stellte sich neben Fiona Lee. »Die Nase ist total zertrümmert, die Verletzung am Schädel sieht auch nicht gut aus. Ist er zu Tode geprügelt worden?«

Fiona Lee schüttelte vorsichtig den Kopf. »Ich glaube, dass die Leiche eine Weile über den Grund des Sees getrieben wurde.«

»Die Verletzungen sind also postmortal.«

Die Rechtsmedizinerin seufzte. »Restle würde euch kein Wort dazu sagen, aber ich lehne mich mal aus dem Fenster: die meisten, ja. Ein toter Körper treibt meistens in Bauchlage im Wasser, die physikalischen Gesetzmäßigkeiten dahinter brauchen uns jetzt nicht zu interessieren. Auf jeden Fall hängen der Kopf und die Gliedmaßen nach unten.« Die zierliche Asiatin demonstrierte, was sie meinte, und ließ Arme, Hände und Kopf ohne Körperspannung hängen. »Dadurch können postmortale Verletzungen entstehen, denn die Wasserbewegungen führen durch Abschleifen zu Verletzungen an Kopf, Händen, Knien und Fußspitzen.« Sie machte eine kurze Pause und atmete geräuschvoll aus.

»Genau solche Verletzungen haben wir hier. Bis auf das allerdings.« Sie deutete auf ein Loch in der hinteren Schädelwand.

»Und warum taucht eine solche Leiche dann wieder auf?«, fragte Thal und erhob sich ebenfalls. »Es waren ja noch einige Steine in der Verpackung.«

»Dafür sorgen die Fäulnisgase.« Fiona Lee rieb sich die Nase. »Der Auftrieb kann so stark sein, dass sogar ein mit größeren Gewichten beschwerter Körper wieder an die Oberfläche kommt.«

»Der Mann kommt mir bekannt vor«, sagte Quandt, der sich bisher im Hintergrund gehalten hatte. Jetzt ging er an den anderen vorbei und kniete sich neben den Kopf der Leiche. Er zog sein Smartphone aus der Manteltasche, tippte auf dem Display herum und hielt es dann neben die Wange des Toten.

»Bingo!«

»Du hast recht«, sagte Thal. »Er könnte es sein.«

»Von wegen könnte«, sagte Quandt. »Ich verwette ein Monatsgehalt. Vor uns liegen die sterblichen Überreste von Bartek Wójcik, ehemaliger Angestellter des Bestattungsunternehmens Leitner.«

Siebenunddreißig

Mittwoch. Null Uhr fünfzig

»So eine coole Identifizierung einer Wasserleiche hatten wir noch nie.«

Quandt warf seine Wollmütze auf den Tisch und holte eine Flasche Krating Daeng aus der Manteltasche.

»Du gehst wohl nie ohne das Zeug aus dem Haus«, sagte Stephanie, die beide Handflächen an die Wangen drückte, um sie zu wärmen.

»Solange mein Lieferant in Thailand mich nicht im Stich lässt ...« Quandt grinste und öffnete das Fläschchen. »Prost!«

Der Bestattungsunternehmer Boris Leitner hatte die Wasserleiche zweifelsfrei als seinen Mitarbeiter Bartek Wójcik identifiziert. Berufsbedingt hatte es ihm nichts ausgemacht, sich den Toten genauer anzusehen.

»Hej!«, rief Madlaina und stapfte in den Besprechungsraum. Sie ging auf Thal zu und hauchte ihm einen Kuss auf die Wange. Ihre Haare waren verklebt vom Schweiß, ihre Wimperntusche verlaufen, ihr Lippenstift nicht mehr vorhanden, dafür roch ihr Atem erdig und erinnerte an Medizin. Thal tippte auf das eine oder andere Glas Absinth.

Grendel schaffte es nicht, den Blick von Madlaina zu nehmen. Sie sah aber auch hinreißend aus, wobei der Begriff nicht annähernd das beschrieb, was Thal in diesem Moment fühlte.

»Habt ihr die Leute ordentlich geschafft?«, fragte Bettina. »Da gehe ich das erste Mal seit einer halben Ewigkeit mal wieder in ein Konzert und dann ...« Sie machte eine wegwerfende Handbewegung.

»Es war ein Riesen-Gig.« Madlaina öffnete den kleinen Kühlschrank und nahm eine Flasche Cola heraus. »Die wollten uns gar nicht von der Bühne lassen. Die Tour kann kommen!« Sie trank einen Schluck und hakte sich bei Thal ein. »Ich habe im Radio gehört, dass ihr eine Wasserleiche habt.«

Thal nickte und setzte sie mit kurzen Sätzen ins Bild.

»Wo ist die Leiche jetzt?«, fragte Madlaina.

»Unterwegs nach Freiburg«, sagte Stephanie. »Noch eine Obduktion außer Haus würde Restle nicht genehmigen. Fiona ist sich aber sicher, dass der Pole erschlagen wurde. Es gibt eine Wunde am Hinterkopf, die nicht vom Treiben über den Seegrund stammen kann.«

»Genaueres natürlich erst nach der Obduktion«, murmelte Grendel, den Blick noch immer auf Madlaina gerichtet.

»Wir können aber davon ausgehen, dass Wójcik ermordet wurde.«

»Und ob«, sagte Quandt und lachte. »Er wird sich ja wohl kaum selbst in die Folie gewickelt und im See versenkt haben.«

Stephanie Bohlmann setzte sich auf die Kante des Schreibtisches, schlug die Beine kokett übereinander und stützte sich nach hinten gelehnt auf die Hände. Für einen Moment glaubte Thal, sie wollte ihre Figur zur Geltung bringen, als gäbe es einen Wettbewerb zwischen ihr und Madlaina um die aufreizendste Präsentation. »Wisst ihr, was ich glaube?«, fragte sie, wartete aber keine Antwort ab. »Der Mörder von Leon Bahr hat einen Mitwisser beseitigt.«

»Vielleicht mehr als das«, sagte Thal.

»Du meinst einen Mittäter?«

»Zumindest einen Helfershelfer beim Beseitigen der Leiche. Der Pole hat den Täter in den Abschiedsraum gelassen, ihm möglicherweise sogar geholfen, die Leiche in den Sarg zu legen.«

»Und dann bekam er ein schlechtes Gewissen, und der Täter beschloss, dass es besser war, diesen Zeugen zum Schweigen zu bringen.« Stephanie richtete sich mit einem Ruck auf.

»So könnte es zumindest gewesen sein.«

»Haben wir denn wenigstens Spuren an der Leiche oder am Verpackungsmaterial?«, fragte Jonas.

Hartmut Grendel schüttelte den Kopf. »Ich glaube kaum, dass wir noch etwas Brauchbares finden. Das Wasser dürfte alles weggespült haben.«

»Was ist mit dem Auffindeort, soweit man davon sprechen kann?«

»Darüber werde ich morgen mit den Kollegen von der Wasserschutzpolizei reden. Vielleicht können wir über die Strömungsverhältnisse in diesem Teil des Sees herausfinden, wo die Leiche ins Wasser geworfen wurde. Außerdem untersuchen wir die Steine, die zum Beschweren dienten. Es sind Bruchsteine. Wenn man etwas über die Herkunft erfahren könnte ...«

Grendel ließ offen, wie ihnen eine solche Information helfen könnte, und Thal fehlte die Fantasie, es sich auszumalen. Die Müdigkeit schlich sich in jede Faser des Körpers, und dann war da noch Madlaina, die ihn ablenkte.

»Genug für heute«, sagte er. »Wer holt morgen Leon Bahrs Vater am Flughafen in Zürich ab?«

Quandt zeigte auf und ging schnurstracks zur Tür.

Bettina sah ihm grinsend nach. »Wo wohnt Matteo noch mal? Und wie weit ist es von da zum Flughafen?«

Achtunddreißig

Mittwoch. Ein Uhr fünfzehn.

»Hör auf zu wimmern!«

Er drehte den Kopf zur Pritsche, zwischen den Zähnen das eine Ende der Binde, mit der er die Wunde an der Hand versorgte. Der Kleine hatte sich erstaunlich kräftig gewehrt. Die Tür war verschlossen gewesen, und er hatte es nicht geschafft, das Schloss geräuschlos zu knacken. Der Junge war aufgewacht und wie ein Löwe auf ihn losgegangen. Er lächelte bei dem Gedanken, wie mutig Nummer Neun sein konnte. Ein Schwächling war er nicht, das stand fest. In dem Punkt hatte er sich geirrt. Er führte die beiden Enden der geteilten Mullbinde zusammen und verknotete sie. Die Hand schmerzte noch immer, der Junge hatte mit aller Kraft zugebissen.

Er drehte sich zu Nummer Neun um. Er kauerte mit Fesseln um die Knöchel an der Wand und schaute ihn aus Augen an, in denen er nichts als Hass erkennen konnte. Ein Mundwinkel war vom vertrockneten Blut verschmiert. Seinem Blut. Konnte er ihn doch am Leben lassen? Hatte so ein tapferer Krieger keine Chance verdient?

Er seufzte. Nein, er durfte keine Schwäche zeigen, mochte ihn der Junge auch noch so beeindruckt haben. Er war eine Gefahr, genau wie seine Erzieherin.

Melanie Reiter lag noch immer auf der dreckigen Pritsche. Sie hatte einen Knebel im Mund, er konnte ihr Flehen, wenigstens den Jungen am Leben zu lassen, nicht länger ertragen. Jetzt war sie still, sah man von einem gelegentlichen Wimmern ab. Ihre Hände und Füße hatte er an die Eisenverstrebungen der Liege gefesselt, sie hatte nur noch einen Bewegungsspielraum von wenigen Zentimetern.

Wieder dieses Wimmern.

»Hast du Durst?«, fragte er.

Das Wimmern wurde lauter und sie hob den Kopf, was wohl ein Nicken sein sollte.

Er stand auf und nahm eine Wasserflasche aus der Kiste. Ihr den speicheldurchtränkten Knebel aus dem Mund zu ziehen, verursachte zum ersten Mal eine Art Lustgefühl. Es war kein überbordendes sexuelles Verlangen, eher eine Sehnsucht nach etwas lang Vermisstem. Er legte der Erzieherin einen Finger auf die Lippen. »Pssst«, sagte er und setzte ihr vorsichtig die Flasche an den Mund. Sie trank gierig und leckte mit der Zunge noch den letzten Tropfen auf.

»Lassen Sie Felix leben, bitte.« Sie flüsterte leise genug, dass der Junge es nicht hören konnte. »Sie können alles von mir haben. Alles, was Sie sich wünschen.«

Sie atmete tief ein und drängte ihm ihre schweren Brüste auf, die seinen Oberarm berührten.

Aus der anderen Ecke des Raums wimmerte der Junge, als spürte er, dass seine Mutter Hilfe brauchte.

Er nahm den Knebel, sie bog den Rücken, als könnte sie ihr Schicksal damit abwenden. Seine rechte Hand drückte ihren Mund auf und mit der linken schob er ihr das feuchte Stück Stoff zwischen die Zähne. Ihr Gesicht war vor Wut verzerrt, die Augen traten aus den Höhlen und die Nasenflügel bebten.

Er streichelte ihr über den Kopf und sie beruhigte sich wieder.

»Und nun zu dir, mein Kleiner.«

Er stand auf und ging auf den Jungen zu, der noch immer auf dem Boden kauerte, und löste die Fußfesseln. »Steh auf und geh ein paar Schritte.«

Der Junge schüttelte den Kopf.

»Du tust, was ich sage! Oder willst du, dass ich deine Mutter schlage?«

Nummer Neun erhob sich, es schien ihm schwerzufallen.

»Geh auf und ab!«

In Trippelschritten ging der Junge auf die gegenüberliegende Wand zu.

»Größere Schritte«, befahl er. »Schneller.«

Der Junge gehorchte.

Da war es, er konnte es nicht übersehen. Der Junge hinkte. Fast hätte er dem Gott, an den er nicht glaubte, dafür gedankt. Nummer Neun zu eliminieren, würde ihm jetzt leichtfallen.

»Komm her!«

Er ging in die Hocke und wartete auf den Kleinen. Was wohl die Ursache seiner Behinderung sein mochte? Entzündungen schloss er aus, dann hätte er häufiger Fieber, darüber hatte die Erzieherin nie berichtet.

Der Junge blieb einen Meter von ihm entfernt stehen.

Er streckte einen Arm aus, winkte ihn zu sicher heran und legte ihm die Hand auf die Stirn. Keine erhöhte Temperatur.

Morbus Perthes, schoss es ihm in den Kopf. Der Junge hatte keine Präposition für diese Krankheit, aber das war nicht zwingend nötig. In seinem Fall war es eine Laune der Natur, die dem einen Menschen eiserne Gesundheit schenkte und den anderen mit Durchblutungsstörungen bedachte, die schon im Kindesalter das Knochengewebe im Hüftkopf absterben lassen.

Er ließ seine Hand zum Hinterkopf des Jungen gleiten und fasste ihn fest im Nacken. Nummer Neun schrie auf, als der Doktor aufstand und den Kleinen wie einen nassen Sack hinter sich herzog.

»Eine Sache haben wir noch zu erledigen, Nummer Neun!«

Er warf den Jungen auf den Boden, griff nach seinem rechten Fuß und umschloss das Fußgelenk wie ein Schraubstock. Der Junge wand sich unter dem Griff und brüllte wie am Spieß.

»Schrei du nur, hier hört dich niemand.«

Er setzte sich auf den Holzschemel und zog den Jungen zu sich heran. Den Fuß im Schoß fixiert, schaltete er die Maschine ein. Das Brummen erinnerte ihn an den längst überfälligen Zahnarztbesuch. Er verdrängte den Gedanken und wischte mit einem feuchten Lappen über Nummer Neuns Fußsohlen.

Im Grunde genommen war es gleichgültig, wie präzise er diese letzte Arbeit verrichten würde. Niemand würde sie zu Gesicht bekommen, aber das spielte keine Rolle. Es ging um Perfektion – und Nummer Neun war alles andere als perfekt.

Er setzte eine Nadel in die Halterung und beugte sich über den Fuß. Der Junge starrte mit aufgerissenen Augen nach oben.

Vorsichtig setzte er die Nadel an und stach die erste Linie.

Neununddreißig

Mittwoch. Fünf Uhr zwanzig

»Alex! Alex!«

Thal schlug um sich. Was wollte seine Mutter von ihm? Wie lange hatte er sie nicht gesehen? Und warum schrie sie seinen Namen?

»Alex! Telefon!«

Thal drehte sich auf den Rücken, irgendetwas kitzelte ihn an der Nase. Er öffnete die Augen einen Spalt. Madlaina beugte sich über ihn, ihre Haare hingen ihm ins Gesicht. »Das Telefon läutet schon seit einer Minute, ich denke, du sollest rangehen.«

Murrend rollte er sich über sie hinweg und stieg aus dem Bett. »Und ...«, brummte Madlaina, als wäre sie schon wieder im Halbschlaf. »Ich bin nicht deine Mutter, verstanden.«

Nein, er verstand kein Wort. Die Kälte zog von seinen Fußsohlen hinauf, er beeilte sich, das Telefon aus der Ladeschale zu nehmen und meldete sich mit einem undeutlich artikulierten »Was gibt's?«

»Alexander?«, fragte Stephanie Bohlmann.

»Wer denn sonst«, sagte er und ging zurück ins Schlafzimmer.

»Wer ist es?«, fragte Madlaina, ohne die Augen zu öffnen.

»Stephanie.«

Seine Freundin atmete tief ein, drehte sich auf den Rücken und ließ die Arme auf die Bettdecke fallen. »Stell den Lautsprecher an.« Es klang gottergeben.

»Hallo, Madlaina«, sagte Stephanie. Ihre Stimme klang dumpf, Thal hatte das Telefon auf das Bett gelegt und das Kissen dämpfte den Ton. »Tut mir leid, dass ich euch geweckt habe, aber ich bin da auf etwas gestoßen.«

»Jetzt?«, fragte Thal und Madlaina ergänzte: »Mitten in der Nacht?«

»Ich hätte eh nicht schlafen können. So ein Leichenfund wühlt mich immer noch auf.«

Thal wusste, was sie meinte. Er selbst hatte auch nur schwer zur Ruhe gefunden. Sein Schlaf war nur leicht gewesen, sein Bewusstsein hatte die ganze Zeit knapp unter der Oberfläche getrieben wie ein Schnorchler, der jeden Moment auftauchen können musste, um Luft zu holen. Dazu kamen die wirren Träume, die noch immer an ihm zerrten, als wollten sie ihn nicht in die Wirklichkeit entlassen. Seine Mutter hatte ihn nicht mehr belästigt, seit er sie vor Jahren zu Grabe getragen hatte.

Er krabbelte aufs Bett und beugte sich über Madlaina, um die Wasserflasche vom Boden auf ihrer Seite zu angeln. Sie kniff ihn in den Hintern, was ihn schlagartig in die Realität katapultierte. Er unterdrückte einen keineswegs schmerzgeplagten Aufschrei.

»Also«, sagte Madlaina und lächelte ihn an. »Was hast du herausgefunden, Stephanie?«

»Ich habe mir noch mal die Vermisstenfälle der letzten Jahre vorgenommen. Und zwar nur die aus der näheren Umgebung.«

»Ich denke, das hattet ihr schon erledigt«, sagte Thal und trank gierig aus der Flasche.

»Stimmt, aber da haben wir uns auf äußerliche Übereinstimmungen konzentriert.«

»Und jetzt?«

»Habe ich mir jede Akte genau angesehen. Dabei bin ich auf etwas Seltsames gestoßen.«

Stephanie senkte beim letzten Satz ihre Stimme, als graute ihr vor der Wahrheit, die sie aussprechen musste. Thal lief ein Schauer über den Rücken. Als brauchte er Beistand, nahm er Madlainas Hand.

»In Bregenz gibt es einen Vermisstenfall. Ein Junge, er verschwand vor sieben Monaten.«

Stephanie schwieg. Aus dem Lautsprecher kam nur ein dumpfes Geräusch wie vom Wind, der sich in einem Kamin fing.

»Ein Junge in Bregenz«, sagte Thal. »Wie alt?«

»Sieben Jahre.«

»Genau wie Leon Bahr.«

»Das ist noch nicht alles«, flüsterte Stephanie.

Thal schaute Madlaina an. Sie hatte die Lippen aufeinandergepresst und hielt die Luft an.

»Der vermisste Junge aus Bregenz ...« Stephanie räusperte sich.

»Er ist der Zwillingsbruder unseres Toten.«

Vierzig

Mittwoch. Fünf Uhr fünfunddreißig

»Ich lege mich ein bisschen aufs Ohr.«

Sie beobachtete aus den Augenwinkeln, dass er zur Tür ging. Den Kopf hielt sie starr, keine Bewegung sollte den Verdacht nähren, in seiner Abwesenheit könnte etwas geschehen, das seine Pläne durchkreuzte.

Der Doktor öffnete die Tür, ein eiskalter Luftstrom strich über ihren Bauch, die Muskeln verkrampften sich. Er blickte noch einmal zurück.

»Macht keinen Unsinn, ich will keine Klagen hören.«

Sein Lachen dröhnte in ihren Ohren. Mit einem lauten Rums schlug er die Tür zu, sie hörte, wie er den Schlüssel zwei Mal drehte.

Sie schloss die Augen, Blitze zuckten über ihre Lider. Sie musste sich beruhigen und die letzten Kräfte sammeln, die ihr noch zur Verfügung standen. Langsam drehte sie den Kopf auf die rechte Seite und bewegte ihre Wange auf der rauen Matratze auf und nieder. Begonnen hatte sie damit, als der Doktor anfing, sich mit Felix' Fuß zu beschäftigen. Sie hatte nicht sehen können, was er tat, es musste schmerzhaft sein, der Junge wimmerte ohne Unterlass, aber sie konnte ihm nicht helfen, also nutzte sie die Zeit, in der ihr Peiniger nicht auf sie achtete. Sie spürte, dass das Klebeband über ihrem Mund lockerer wurde. Dafür hatte sie beim Versuch, die Fesseln zu lösen, jedes Gefühl in den Händen verloren. Es kam ihr vor, als wären sie straffer als zuvor, sie vermutete, dass die Handgelenke geschwollen waren.

Die Schmerzen in der Wange wurden stärker. Sie zog den Kopf ein paar Zentimeter zurück und sah das Blut auf der Matratze. Sie hatte sich die Wange aufgeschürft, aber es war ihre einzige Chance. Langsam rieb sie weiter, verstärkte sogar den Druck.

Ein paar Minuten später spürte sie, dass das Klebeband sich löste. Nur noch ein paar Bewegungen, dann war es geschafft. Sie spuckte den Knebel aus und würgte. Ihr Mund war trocken, die Lippen rissig.

Luft, dachte sie. Erst einmal Luft holen. Sie lag mit geschlossenen Augen da und konzentrierte sich auf ihren Bauch, der sich bei den tiefen Atemzügen hob und senkte.

»Felix«, krächzte sie und räusperte sich. »Felix!«

Der Junge stöhnte.

Sie drehte den Kopf, so weit sie konnte. Zwei in einer Schlinge hängende und aneinandergefesselte Füße kamen in ihr Blickfeld. Die Konstruktion sah wie der Galgen an einem Krankenhausbett aus. Mehr konnte sie nicht sehen.

»Bist du gefesselt?«

Der Junge stöhnte und versuchte zu antworten. Er war geknebelt.

»Wenn du nicht ans Bett gefesselt bist, musst du dich auf den Boden fallen lassen und zu mir robben!«

Sie lauschte. Keine Antwort.

»Hörst du mich? Komm irgendwie zu mir.«

Felix stöhnte.

Sie sah, dass die Füße sich bewegten und aus der Schlinge gezogen wurden.

Wieder stöhnte der Junge, laut und herzzerreißend.

»Felix, sei tapfer, bitte!«

Sie hörte einen dumpfen Schlag. War der Junge aus dem Bett gefallen?

Es dauerte eine halbe Minute, ehe schlurfende Geräusche darauf hindeuteten, dass er es geschafft hatte. Sie neigte den Kopf nach unten. Felix zog sich mit den Armen Zentimeter für Zentimeter über den Fußboden, den Kopf krampfhaft nach oben gebogen, als müsste er ihn über Wasser halten.

Ihre Augen füllten sich mit Tränen, sie zwang sich, keinen Laut von sich zu geben. Erst nach einer kleinen Ewigkeit erreichte ihr Sohn die Pritsche. Kraftlos lag er neben ihr. Ihr Gehirn arbeitete fieberhaft daran, einen Ausweg zu suchen. Die Füße des Jungen waren mit einem Kabelbinder gefesselt, die Hände hielt ein verknotetes Seil zusammen.

»Du musst deinen Kopf auf mein Bett legen, mein Kleiner.«

Er schloss für einen Moment die Augen und lag einfach nur da, schwer atmend, als fehlte ihm die Kraft für die kleinste Bewegung. Melanie Reiter erschrak, als er aus dieser entspannten Haltung nach oben schnellte und einen furchterregenden Grunzlaut von sich gab, den man diesem kleinen Körper gar nicht zutrauen würde. Er verfehlte die Matratze knapp.

»Prima!«, sagte sie. »Noch ein Mal! Du schaffst es!«

Wieder erholte sich der Junge ein paar Sekunden, ehe er mit allerletzter Kraftanstrengung seinen Oberkörper anhob. Diesmal brachte er den Kopf auf die Pritsche und konnte sich in eine stabile Lage manövrieren.

Melanie Reiter schob ihren Kopf an seinen, schaute ihm fest in die Augen und begann, an dem Klebeband über seinem Mund zu knabbern. Es dauerte nicht lange und sie hatte es gelöst. Felix spuckte den Knebel aus.

»Mama!« Tränen rannen sturzbachartig seine Wangen herunter.

»Alles wird gut, mein Kleiner.« Sie bedeckte sein Gesicht mit Küssen, schmeckte das Salz und war froh, selbst einem Heulkrampf zu entkommen. »Aber wir müssen uns beeilen, hörst du?«

Er nickte.

»Ich will versuchen, deine Hände freizubekommen. Rutsch ein bisschen höher!«

Felix mobilisierte seine letzten Kräfte. Er ächzte und stöhnte, schaffte es aber, seinen Oberkörper über ihren zu legen. Für eine Sekunde war es der Mutter peinlich, dass ihr Sohn mit seinem Mund ihre nackten Brustwarzen streifte. Was für ein Blödsinn, sagte sie sich. Vor sieben Jahren habe ich ihn schließlich gestillt.

Es dauerte eine Stunde, bis sie mit den Zähnen den Knoten an den Händen gelöst hatte. Der Strick war blutig, Lippen und Zahnfleisch waren an mehreren Stellen aufgeplatzt.

Felix schlang die Arme um sie und begann erneut zu schluchzen.

»Ganz ruhig, mein Schatz.« Sie genoss die Wärme seines Körpers.

»Was ist mit deinem Fuß?«, fragte sie.

»Er tut doll weh.«

Felix drehte sich auf ihr, damit sie seine Fußsohle sehen konnte.

Ein Tattoo! #9 – was sollte das sein? Sie konnte sich keinen Reim darauf machen, trotzdem verstärkte das Zeichen ihre Angst.

»Du musst die Fesseln an meinen Händen losmachen«, sagte sie.

Felix drehe sich erneut auf ihr, sie bemerkte seinen scheuen Blick auf ihre Brüste.

»Ich schaffe es nicht«, sagte er nach ein paar Minuten.

»Wir brauchen eine Schere.« Sie hatte gesehen, dass der Doktor das Seil für die Handfessel des Kleinen zerschnitten hatte, die Schere lag in der Schublade einer verdreckten Kommode neben der Tür.

»Da hinten«, sagte sie, »Meinst du, dass du das schaffst?«

Er drehte den Kopf und nickte. Wie ein Affe bewegte er sich erstaunlich behände durch den Raum. Es dauerte keine Minute, bis er mit der Schere zurück bei seiner Mutter war. Zwanzig Sekunden später waren auch ihre Hände frei und sie zerschnitt die Kabelbinder an seinen Füßen.

Blieben ihre Fußfesseln. Sie waren aus Eisen und sahen aus wie große Handschellen. Den Schlüssel hatte der Doktor in die Jackentasche gesteckt. Sie riss an den Dingern. Keine Chance.

»Was war das?« Felix zog den Kopf zwischen die Schultern und flüsterte. »Hast du das auch gehört?«

Sie hielt den Atem an. Tatsächlich. Es war, als kratzte jemand an der Hütte. Oder spielten ihre überreizten Sinne verrückt? Egal!

»Du musst zuerst gehen, Felix!«

Sein verzweifelter Blick riss eine Wunde in ihre Seele, die niemals heilen würde.

»Ich komme nach, die Dinger dauern ein bisschen länger.«

Sie bewegte die Füße, dass die Fesseln klirrten. Felix starrte sie an.

»Keine Sorge, ich schaffe das schon.«

»Wohin soll ich gehen?«, fragte der Junge.

Sie nahm seinen Kopf zwischen beide Hände. »Lauf am See entlang, hörst du! Wenn du ein Haus siehst, klingelst du und trommelst gegen die Haustür. Die Leute werden schlafen, du musst sie wach machen. Und dann rufst du Papa an. Du kennst die Telefonnummer?«

Er nickte.

»Wenn er nicht zu Hause ist, sagst du den Leuten, dass sie die Polizei holen sollen. Okay?«

Er nickte erneut, sein Blick strahlte so viel Entschlossenheit aus, wie einem verängstigten Siebenjährigen zur Verfügung stand.

Sie drückte ihm einen Kuss auf den Mund, was er normalerweise nur widerwillig geschehen ließ, jetzt drängte er sich ihr eine Sekunde entgegen.

»Und jetzt kletterst du durchs Fenster und läufst, so schnell du kannst.«

Sie sah ihm nach. Sein Hinken war kaum zu sehen.

Einundvierzig

Mittwoch. Fünf Uhr fünfundfünfzig

»Tut mir leid, aber ich musste erst Pranom aus dem Bett klingeln. Vince fährt in einer halben Stunde nach Stuttgart und ich kann Leah nicht allein lassen.«

Bettina hasste diese Entschuldigungen einer alleinerziehenden Mutter. Aber vielleicht gehörte das bald der Vergangenheit an.

Thal, Bohlmann und Grendel saßen bereits um den Tisch in Thals Büro. Das grelle Licht der Neonleuchte jagte einen Schmerz in ihren Kopf.

»Wo ist Jonas?«, fragte Bettina. Sie ging zum Schreibtisch, knipste die dortige Leuchte an und löschte das Deckenlicht.

Stephanie zuckte mit den Schultern. »Wir haben ihn nicht erreicht, er hat sein Handy ausgeschaltet.«

Das sieht ihm gar nicht ähnlich, dachte Stephanie, während Thal »Wo die Liebe hinfällt« brummte.

»Was ist jetzt mit diesem Vermisstenfall in Bregenz?«, fragte Bettina und überlegte, ob sie einen Kaffee oder eine Erdbeermilch trinken sollte.

»Der Junge heißt Benjamin Denz. Er verschwand vor sieben Monaten auf dem Weg zur Schule, bis heute fehlt jede Spur von ihm. Die österreichischen Kollegen haben DNA-Material des Jungen gesichert und in der Datenbank hinterlegt. Hartmut und ich haben das heute Nacht mit der DNA von Leon Bahr verglichen und ...«

»Sie sind Zwillinge, das hast du uns ja schon am Telefon gesagt.« Thal war die Müdigkeit anzusehen, vermutlich war sie der Grund für seine Gereiztheit.

Stephanie Bohlmann schluckte und schüttelte den Kopf. »Im Prinzip ja ...«

»Was denn nun?« Thal schlug mit der Hand auf den Tisch. »Bei Zwillingen gibt es doch nur ein Ja oder Nein. Ich habe jedenfalls noch nie etwas von halben Zwillingen gehört.«

Bettina entschied sich für den Kaffee und bat Thal, ihr einen Espresso zu bereiten. Vielleicht beruhigte ihn die routinierte Handhabung der Maschine.

»Die Sache ist in der Tat rätselhaft«, sagte Grendel. Er sprach ruhig und sachlich, als müsste er die junge Kollegin verteidigen.

»Wenn kein Fehler vorliegt, ist die DNA der beiden Jungen identisch.«

»Wie bei Zwillingen allgemein üblich«, schnaubte Thal.

»Nun ja ...« Bettina registrierte Grendels spöttisches Grinsen. »Zwillinge werden gewöhnlich am selben Tag geboren.«

»Ja und?« Thal drehte sich abrupt um, während die Kaffeemühle leise brummte.

»Benjamin Denz kam im Februar zur Welt und Leon Bahr ...« Grendel nickte Stephanie zu, als wollte er ihr den Triumph gönnen.

»Leon Bahr wurde im Juni geboren.«

»Stopp!«, rief Bettina. Das ging über ihren Verstand. »Zwillinge, die im Abstand von vier Monaten geboren werden ...« Sie schluckte.

»Gibt es nicht«, nahm Grendel den Faden auf. »Genauso ist es.«

Thal stellte eine Tasse unter den Siebträger und startete die Pumpe, eine Sekunde später atmete Bettina den verführerischen Duft ein. Thal wartete, bis der Espresso fertig war, reichte ihn Bettina und setzte sich kopfschüttelnd.

»Langsam und zum Mitschreiben«, sagte er. »Der vermisste Junge aus Bregenz ...«

»Benjamin Denz«, warf Stephanie ein.

»Gut, dieser Benjamin Denz hat dieselbe DNA wie Leon Bahr, der tote Junge aus dem Sarg?«

Stephanie Bohlmann und Hartmut Grendel nickten.

»Obwohl sie also eineiige Zwillinge sein müssten, liegen ihre Geburtstermine Monate auseinander. Richtig?«

Wieder nickten die beiden.

»Gibt es dafür eine Erklärung?«

Für einen Moment herrschte eine gespenstische Stille, die das Dämmerlicht der Schreibtischlampe noch verstärkte.

Grendel wagte sich als Erster aus der Deckung. »Wir können es nicht mit einer natürlichen Befruchtung zu tun haben, die einzige Erklärung wäre eine In-vitro-Zeugung.«

Bettina trank einen Schluck, nickte Thal anerkennend zu und wandte sich an Grendel. »Das musst du mir genauer erklären.«

»Angenommen in einer darauf spezialisierten Klinik befruchtet man die Eizelle einer Frau mit den Spermien eines Mannes, bringt die befruchtete Zelle zur Teilung und friert die daraus entstandenen Embryonen ein, dann ...«

Grendel machte eine kurze Pause und schaute von einem zu anderen, als wollte er sich der ungeteilten Aufmerksamkeit versichern.

»Dann könnte man diese Embryonen mit identischer DNA zu unterschiedlichen Zeiten verschiedenen Frauen einpflanzen, die damit eineiige Zwillinge austragen.«

Wieder war es still im Raum. Bettina hatte immer noch Mühe, sich das Gehörte in der Wirklichkeit vorzustellen.

»Dabei gibt es nur ein Problem, sagte Grendel.« Er schaute auf Bettinas Tasse.

»Wenn du auch einen Kaffee möchtest, dann sag es halt«, brummte Thal.

Grendel schüttelte den Kopf. »Nein, danke, das Zeug ist mir viel zu stark.«

»Und wo liegt jetzt das Problem?« Bettinas Kopfschmerzen nahmen zu. »Kinder aus dem Reagenzglas gibt es viele, oder?«

»Schon«, sagte Stephanie, die sich entspannt zurückgelehnt und Grendels Vortrag gelauscht hatte. »Wenn der Mutter die eigene Eizelle eingepflanzt wird, nachdem die Eizelle mit dem Samen eines Mannes befruchtet worden ist, ist alles in Ordnung. In unserem Fall haben wir es aber mindestens bei einem der beiden Jungs mit einer Leihmutterschaft zu tun.«

»Moment mal!« Thal sprang auf und riss das Fenster auf. »Ich erinnere mich dunkel an eine öffentliche Diskussion zu dem Thema. Ist Leihmutterschaft nicht verboten?«

»Ist sie«, sagte Grendel. »1991 trat das Embryonenschutzgesetz in Kraft. Danach sind alle ärztlichen Handlungen im Zusammenhang mit Leihmutterschaften Straftaten, die mit Freiheitsstrafen bis zu drei Jahren geahndet werden können. Die Vermittlung von Leihmüttern ist in Deutschland nach dem Adoptionsvermittlungsgesetz ebenfalls verboten.«

»Und was ist mit den Müttern?«, fragte Bettina und rieb sich die Schläfen.

»Eine Frau, die ihre Gebärmutter zur Verfügung stellt und einen fremden Embryo austrägt, wird nicht bestraft.

Genauso wenig die Auftraggeber. Im Gegensatz zu den Ärzten, die den Eingriff durchführen.«

»In Deutschland wäre so etwas also nicht möglich«, sagte Thal und schloss das Fenster wieder, die Temperatur im Raum war gefühlt um mehrere Grad gefallen. »Wie sieht es bei unseren Nachbarn aus?«

»In Österreich und der Schweiz gelten ähnliche Bestimmungen.« Grendel lehnte sich zurück und nickte Stephanie zu, die ihn zufrieden anlächelte.

»Rund um den Bodensee darf also kein Arzt einer Leihmutter einen Embryo einpflanzen«, fasste Bettina mehr für sich selbst zusammen.

»Richtig«, sagte Stephanie. »Im Gegensatz zu einigen anderen Ländern. Nichtkommerziell ist es beispielsweise in Holland erlaubt, unter bestimmten Voraussetzungen auch in Belgien. Und in einigen Bundesstaaten der USA, in Russland, in Indien ...«

Thal winkte ab. »Das bringt uns nicht weiter.«

»Wir müssen uns mit den Familienverhältnissen unserer Opfer beschäftigen«, sagte Bettina und griff nach einer Flasche Mineralwasser. »Jonas holt in ein paar Stunden Leon Bahrs Vater vom Flughafen ab, da kann er ihn gleich befragen.«

»Vorher soll er Erik Reiter aufsuchen«, sagte Thal. »Junge Liebe hin oder her«, setzte er dazu und grinste. »Bettina und ich reden mit Annika Bahr. Stephanie, du nimmst Kontakt zu den Vorarlberger Kollegen auf und sprichst mit den Eltern von Benjamin Denz. Bis heute Mittag sollten wir Ergebnisse haben. Ich schlage vor, wir treffen uns um ein Uhr bei Donato.«

Er schaute in die Runde. »Einverstanden?«

Alle nickten. Endlich gab es einen Ermittlungsansatz, mochte er auch noch so rätselhaft sein.

Zweiundvierzig

Mittwoch. Sechs Uhr zehn

»Wo ist der Junge?«

Er schrie Melanie Reiter an. Seine Wut richtete sich genauso gegen sich selbst wie gegen die Erzieherin. Wie konnte sie es schaffen, ihre Handfesseln zu lösen? Und Nummer Neun? Ihn musste sie komplett befreit haben, sonst wäre es ihm nicht gelungen, durch das Fenster zu klettern, das immer noch offen stand.

Die Frau schaute ihn herausfordernd an.

Er schlug ihr mit aller Kraft ins Gesicht. Der Kopf flog nach hinten, aus der aufgeplatzten Lippe spritzte das Blut.

»Felix ist in Sicherheit.« Sie spuckte die Worte aus wie ein Stück verdorbenes Fleisch. In ihrem Blick erkannte er nackten Hass.

»Das glaubst du!«, sagte er und schaute auf seine Hand. Er zog ein Taschentuch aus der Tasche und wischte sich das Blut ab.

»Ich werde ihn finden«, sagte er und bemühte sich, ruhig zu sprechen. Erst musste er den Jungen aufspüren, dann würde er sich um sie kümmern.

Ohne ein weiteres Wort lief er aus dem Bootshaus. Es hatte schon wieder leicht geschneit, eine frische weiße Schicht überzog den Boden. Die Fußspuren des Jungen waren deutlich zu sehen, er war in den Wald gelaufen.

Er beschleunigte seine Schritte und rannte zum zweiten Mal innerhalb weniger Stunden den Abhang hinauf. Die Augen starr auf die kleinen Fußabdrücke gerichtet, stolperte er über Wurzeln und Äste.

Was war das? Plötzlich brach die Spur ab. Er schaute nach oben, hatte sich Nummer Neun auf einen Baum verkrochen? Schnee rieselte von den Ästen, ein paar Flocken fielen ihm ins Auge und brannten.

Nein, der Junge musste einen anderen Ausweg gefunden haben. Er suchte den Boden ab. Ein paar Augenblicke später lachte er kurz auf. Es sah aus, als hätte jemand den Boden gefegt. Nummer Neun war klug, intelligenter als er gedacht hatte. Vielleicht sollte er der körperlichen Behinderung nicht so viel Gewicht beimessen.

Er schaute der verwischten Spur nach, die zurück zum See führte und spürte, dass seine Entschlossenheit ins Wanken geriet. Es fiel ihm nicht leicht zu töten. Gut, der Pole war kein Problem gewesen. Aber die Frau? Das Bild ihres nackten Körpers erschien vor seinem inneren Auge wie eine Verheißung auf ein besseres Leben. Er schlug sich mit den Händen ins Gesicht. Schluss jetzt! Die Erzieherin musste sterben, das Urteil war gesprochen. Aber erst war der Junge dran.

Langsam ging er den Abhang hinunter. Die beiden anderen kamen ihm in den Sinn. Nummer Sechs und Nummer Sieben. Es waren genauso schreckliche Stunden gewesen, als er beschließen musste, sie zu eliminieren. Auch damals hatte er seine gesamte Willenskraft aufbringen müssen. In dieser Zeit war ihm endgültig klar geworden, dass biologisches Überleben kein Wert an sich war. Es ging um viel mehr als das. Um die Zukunft und um die Unsterblichkeit.

Da! Wieder sah er die Spur, der Junge musste irgendetwas hinter sich hergezogen haben, um seine Fußspuren zu verwischen, hatte dabei aber eine neue Fährte gelegt. Weit würde er sicher nicht laufen, denn die Stapfen im Schnee zeigten, dass er barfuß aus dem Bootshaus gerannt war.

Der Uferweg war schmal und glitschig. Er hatte Mühe, nicht auszurutschen.

Fast hätte er das Geräusch überhört, so sehr war er auf seinen eigenen Weg konzentriert. Der Junge hatte ihn ebenfalls bemerkt. Den Kopf panisch nach hinten gedreht rannte er am See entlang.

Der Doktor beschleunigte und glitt aus.

»Verdammt!«

Er rappelte sich auf. Der Junge war aus seinem Blick verschwunden. Was lag hinter der Biegung? Er versuchte, sich zu erinnern. Richtig! Dort stand ein einsames Haus am See, er hatte vor ein paar Wochen die weinumrankte Veranda bewundert.

Nummer Neun durfte die Villa nicht erreichen!

Dreiundvierzig

Mittwoch. Sieben Uhr dreißig

»Kann das nicht noch ein paar Stunden warten?«

Annika Bahr hatte die Tür erst geöffnet, nachdem Thal Sturm geklingelt und gerufen hatte. Bettina war froh, als sie das Haus betraten. Die Kälte lähmte ihre Gedanken. Oder war es die Müdigkeit, die sie alles wie durch einen Schleier wahrnehmen ließ? Sie sehnte sich nach einem Bett.

Annika Bahrs Bademantel war abgewetzt. Bettina vermutete, dass es sich um ein Lieblingsstück handelte, von dem man sich nicht trennt, auch wenn man sich damit niemals einem Fremden zeigen konnte.

Die Frau zog den Gürtel fester und schlurfte in die Küche. »Da muss noch Kaffee sein«, murmelte sie. Ihre Pantoffeln im Marienkäfer-Design erzeugten auf den Fliesen ein klatschendes Geräusch. Sie nahm die Glaskanne von der Kaffeemaschine, hielt sie hoch und prüfte den Inhalt. »Na bitte«, sagte sie, goss einen Becher voll und stellte ihn in die Mikrowelle.

Während sich der Kaffeebecher im beleuchteten Inneren des Geräts drehte, schaute sie die beiden Ermittler an.

Sie hatte keine gute Nacht, dachte Bettina. Die Augen waren gerötet und von breiten schwarzen Ringen umrahmt. Die Haut schien noch fahler geworden zu sein.

Bettina räusperte sich. »Wir müssen Sie zu Ihrer Schwangerschaft befragen, Frau Bahr.«

Ein schrilles Ping signalisierte, dass der Kaffee erwärmt war. Leons Mutter nahm den Becher und trank einen

Schluck. Bettina spürte, wie Magensäure ihre Speiseröhre heraufstieg.

Annika Bahr starrte die beiden Ermittler über den Rand der Tasse an. »Was hat das mit dem Mord an meinem Sohn zu tun? Anstatt mich mit so einem Unsinn zu belästigen, sollten Sie lieber Leons Mörder aufspüren. Tun Sie endlich Ihre Arbeit!«

»Genau das machen wir«, sagte Thal. Er starrte auf die Kaffeetasse in der Hand der Frau. »War es eine normale Schwangerschaft?«

Annika Bahr lachte auf. »Ja, so normal wie sie nur sein kann. Achtunddreißig Wochen voller Glück, Sorgen, Ängste. Der ganz normale Wahnsinn eben.«

Sie führte den Becher an den Mund und stürzte den Rest Kaffee hinunter.

»Wenn Sie von Ängsten sprechen«, sagte Thal, den Blick immer noch auf die Tasse gerichtet. »Waren die besonders groß, weil es sich um eine In-vitro-Befruchtung handelte?«

Annika Bahr drehte sich abrupt um und knallte den Porzellanbecher auf die Anrichte. Sie stützte sich mit beiden Händen ab.

»Was geht Sie das an?«, flüsterte sie und krümmte ihren Rücken.

Die Frau hat Schmerzen, dachte Bettina. Thal schien das nicht zu bemerken, er nahm zumindest keine Rücksicht darauf.

»Ob etwas wichtig für unsere Ermittlungen ist, entscheiden wir allein. Auf jeden Fall müssen wir Sie bitten, uns eine DNA-Probe zu geben.«

»Und wir brauchen Namen und Adresse der Praxis oder der Klinik, in der man Ihnen die Eizelle eingepflanzt hat«, ergänzte Bettina und fühlte sich elend dabei.

Annika Bahr drehte sich um, ohne den Oberkörper aufzurichten. Sie sah zum Erbarmen aus.

»Ich war in der Felicitas-Klinik.«

»In dieser sauteuren Konstanzer Privatklinik?«, entfuhr es Bettina.

Bahr schluckte und richtete den Blick auf den Boden. »Sie waren die Einzigen, die uns helfen konnten. Wir sind vorher von Pontius zu Pilatus gelaufen. Mein Mann konnte keine Kinder zeugen, müssen Sie wissen. Also brauchten wir eine Samenspende, aber das klappte komischerweise nie.«

Sie machte eine Pause, als müsste sie genau überlegen, wie viel sie preisgeben sollte.

Bettina wäre am liebsten gegangen, sie hasste es, in das Intimleben anderer Menschen einzudringen.

Annika Bahr drückte ihren Rücken gerade und fixierte Bettina. »Die Ärzte in der Klinik sind absolute Koryphäen.« Sie nickte langsam, ohne den Blick abzuwenden. »Und Menschen mit Herz sind sie auch.«

»Was soll das heißen?«, fragte Thal viel zu schneidend für Bettinas Geschmack.

In Annika Bahrs Gesicht schlich sich ein Lächeln. »In der Felicitas-Klinik gibt es ein Programm, das nicht vermögenden Paaren hilft, ihren Kinderwunsch zu erfüllen. Einen gewissen Prozentsatz ihrer Behandlungen machen sie ...« Sie schaute Thal herausfordernd an. »Wie nennt man das?«

»Pro bono«, antworte Thal.

Annika Bahr nickte. »Genau. Sie behandeln einige Frauen gratis.«

»Und Sie gehörten dazu?«, fragte Thal.

»Ja! Unglaublich, dass Menschen wie wir auch einmal Glück haben, nicht wahr?«

Bettina verstand die Verbitterung in diesen Worten. Dank eines Zufalls waren Annika Bahr und ihr Mann in den Genuss einer barmherzigen Stiftung, oder was auch immer es war, gekommen. Und das nur, um am Ende den herbeigesehnten Sohn durch Mord zu verlieren. Das Schicksal war ein Idiot!

Thal zog das Teststäbchen für die DNA-Probe aus der Tasche.

Bettina drehte sich um und ging zum Ausgang. Niemand sollte ihre Tränen sehen.

Vierundvierzig

Mittwoch. Sieben Uhr vierzig

»Nein!«

Melanie Reiter schrie, so laut sie konnte.

»Nein!«

Wieder und wieder dieses eine Wort.

»Halt den Mund!«, brüllte ihr der Doktor entgegen. Seine Haare standen wirr vom Kopf ab, sein Blick irrlichterte durch den Raum. Er hatte den rechten Arm um den Hals des Jungen gelegt, hielt ihn wie in einer Schraubzwinge und zog ihn hinter sich her ins Bootshaus.

Er trat gegen die Tür, die krachend zufiel.

»Habt ihr wirklich geglaubt, dass ihr mir entkommen könnt?«

Er warf den Jungen mit einem kräftigen Stoß in den Raum. Der Kleine landete stöhnend auf dem Boden. Sofort versuchte er, zu seiner Mutter zu krabbeln. Der Doktor packte ihn am Kragen und zog ihn zurück.

»Hiergeblieben, Bürschchen! Du läufst mir nicht mehr davon. Du nicht!«

Er öffnete einen Lederkoffer, der die ganze Zeit unbeachtet neben der Kommode gestanden hatte, und wühlte darin herum. Als er gefunden hatte, was er suchte, heulte er triumphierend. »Da haben wir dich ja!«

Mit einer Hand drückte er den Jungen auf den Boden, ehe er sich auf seine Oberarme kniete. Eine Spritze zwischen die Zähne gesteckt, zerriss er mit einem Ruck das linke Hosenbein des Jungen.

Melanie Reiter starrte wie im Schock auf die blau verfärbten Füße des Jungen. Tränen stiegen hoch, dieses Mal konnte sie das Schluchzen nicht unterdrücken. Es beeindruckte den Doktor nicht, er schien es nicht wahrzunehmen. Mit angsteinflößender Kraft jagte er die Nadel in den Oberschenkel des Jungen, der wie am Spieß schrie.

Zehn Sekunden nachdem der Doktor den Kolben der Spritze heruntergedrückt hatte, erstarb das Schreien und der kleine Körper erschlaffte auf dem nackten Holzboden.

Melanie Reiter hatte in vielen schlaflosen Nächten darüber nachgedacht, wie es wäre, ihren Sohn zu verlieren. Sie hatte sich Szenarien ausgemalt, in denen sie schreiend und wie eine Furie auf jeden losgehen würde, der ihrem Felix etwas antun wollte.

Durch die Fesseln zur Untätigkeit verdammt schaute sie dem Geschehen wie einem Theaterstück zu. Kein Wort des Protests kam über ihre Lippen. Erst als der Doktor die Spritze aus dem Oberschenkel ihres Sohnes zog und langsam aufstand, fand sie die Sprache wieder.

»Warum?«, fragte sie. »Warum tun Sie ihm das an?«

»Weil ich muss«, antwortete der Doktor und kam langsam auf sie zu.

»Warum zum Teufel?« Sie erhob die Stimme und hielt dem Blick des Mannes stand.

»Du hast dafür gesorgt, dass Felix auf die Welt kam. Ist es das? Geht es darum, dass du dich wie Gott fühlen willst? Nach dem Motto: Der Herr hat es gegeben, der Herr nimmt es auch wieder?«

Sie stützte sich auf die Unterarme. Der Blick des Doktors flackerte gierig.

»Nein«, sagte sie und lachte laut auf. »Jetzt sehe ich es. Du bist nicht Gott. Du bist der Teufel.«

Fünfundvierzig

Mittwoch. Acht Uhr zwanzig

»Dann wollen wir mal.«

Inspektor Christian Lechner vom Bezirkspolizeikommando Bregenz lächelte Stephanie Bohlmann an. Sie hatte vom ersten Augenblick an gespürt, dass sie ihm gefiel und nickte ihm mit starrem Gesichtsausdruck zu, nicht dass sich der Kollege noch Hoffnungen machte. Lechner war nicht ihr Typ, fünfzehn Zentimeter zu klein und fünfzehn Kilo zu schwer. Außerdem war sie vergeben, auch wenn sie Fridolin viel zu selten sah.

Lechner zog seinen Dienstausweis aus der Tasche und hielt ihn sich vor die Brust, bevor er den Klingelknopf drückte. Stephanie hatte Mühe, nicht loszulachen.

Eine Frau mit wirrem Haarschopf und unförmiger Brille öffnete die Tür. Lechner stellte sich und Stephanie vor, und der Blick der Frau wurde unstet, schweifte hektisch zwischen den beiden Menschen vor ihrer Tür hin und her.

»Gibt es etwas Neues?«, fragte sie atemlos, drehte sich um und rief in die Wohnung: »Ronald, Polizei!«

Sie trat einen Schritt zurück, ohne ihre Besucher hereinzubitten.

»Ronald, nun komm doch!«

Hastig wandte sie sich wieder den Ermittlern zu und schaute Stephanie an, die das Gefühl hatte, binnen Sekunden taxiert zu werden.

»Haben Sie Benjamin gefunden?« Hinter der Frau tauchte ein Mann auf und legte ihr die Hand auf die Schulter.

Sie lieben sich nicht mehr, dachte Stephanie. Liebende nutzten intimere Gesten, hielten weniger Distanz. Aber immerhin sprach der Mann aus, was seine Frau sich nicht getraut hatte. Ihr Blick verschleierte sich, sie hielt die Luft an und wirkte wie versteinert.

»Nein, wir haben keine neuen Informationen«, sagte Lechner.

Die Frau atmete pfeifend aus und sackte in sich zusammen. Sie war das Sinnbild für ein Leben zwischen Hoffen und Bangen. Hoffen auf eine glückliche Heimkehr ihres Sohnes und die Angst, der Polizist könnte ihr die Todesnachricht überbringen.

»Kommen Sie rein«, sagte Herr Denz und machte eine einladende Geste.

Stephanie streichelte der Frau kurz über den Arm, die für eine Sekunde ihren Kopf auf die Schulter der Besucherin legte, ehe sie versuchte, Normalität zu heucheln. »Gehen Sie nur hinein, ich koche uns schnell einen Kaffee.«

»Das ist nicht nötig«, mischte sich Lechner vom Wohnzimmer aus ein. »Wir haben nur ein paar Fragen.«

Stephanie sah sich in der Wohnung um. Die machte einen aufgeräumten Eindruck, die Möbel waren alt, aber stilvoll, an den Wänden hingen Gemälde, vermutlich von Ronald Denz. Er war Kunstmaler, »talentiert, aber erfolglos«, hatte Lechner gesagt.

»Sie sind aus Deutschland?«, fragte Ronald Denz und bot Stephanie und Lechner einen Platz auf dem Sofa an.

»Die Kollegin ermittelt in einem Mordfall«, antwortete der Bregenzer Kollege. Stephanie warf ihm einen vernichtenden Blick zu, sie verabscheute Männer, die für sie sprechen wollten.

»Mord?«, fragte Isabell Denz, ihre Stimme kippte in ein schrilles Falsett.

»Ja«, beeilte sich Stephanie, die fürchtete, Lechner könnte erneut vorpreschen. »Es geht um einen Jungen im gleichen Alter wie Benjamin.«

»Sie glauben doch nicht etwa ...?« Isabell Denz konnte nur noch flüstern.

»Wir wissen nicht, ob es einen Zusammenhang zwischen dem Verschwinden Ihres Sohnes und unserem Fall gibt, aber wir möchten ein paar Fragen klären.«

Stephanie schaute kurz zu Ronald Denz, der in sich gekehrt auf der Sessellehne saß.

»Wie verlief Ihre Schwangerschaft, Frau Denz?«

Die Frau schien für einen Augenblick irritiert, fing sich aber schnell. »So normal wie jede andere«, sagte sie.

»Sie meinen, wie jede natürlich entstandene Schwangerschaft.«

»Also hören Sie!« Ronald Denz erwachte aus seiner Lethargie. »Nur weil die Befruchtung des Eis außerhalb des Körpers stattfand, ist es keine unnormale Angelegenheit. Was bilden Sie sich ein?«

Lechner wollte aufspringen, aber Stephanie stoppte ihn mit einem gezischten »Nicht!«

Er brummte etwas Unverständliches und ließ sich zurück in seinen Sessel fallen.

»Waren Sie in der Felicitas-Klinik?«, fragte Stephanie ins Blaue.

Isabell Denz nickte. Sie schien Vertrauen zu fassen zu der ein paar Jahre jüngeren Frau aus Deutschland.

Fünf Minuten später kannte Stephanie ihre Geschichte. Ronald Denz konnte keine Kinder zeugen. Bevor sie zur Felicitas-Klinik kamen, hatten sie eine Odyssee von Arzt zu Arzt hinter sich. Die Ärzte in der Klinik versprachen, ihnen zu helfen. Und das zu ihrem großen Glück unentgeltlich.

»Wir sind nämlich nicht reich«, beendete Isabell Denz ihren ohne Pause erteilten Bericht.

Ronald Denz nahm ihre Hand. »Jedenfalls nicht vermögend genug für diese Privatklinik.«

Seine Frau lächelte ihn an und Stephanie zog die Möglichkeit in Betracht, sich hinsichtlich der Liebe zwischen den beiden getäuscht zu haben.

»Nun gut«, sagte Lechner, der plötzlich zur Eile drängte, wahrscheinlich wartete ein gemeinsames Frühstück mit Kollegen. »Wir brauchen noch eine DNA-Probe von Ihnen.«

Stephanie sah den erschrockenen Blick der beiden Eheleute. »Warum das denn?«, fragte der Ehemann.

»Reine Routine«, sagte Stephanie und kam sich vor wie die Ermittlerin in einem zweitklassigen Fernsehkrimi.

Sechsundvierzig

Mittwoch. Neun Uhr fünfundvierzig

»Die Kollegen von der Wasserschutzpolizei haben mir das mal ausgerechnet.«

Grendel heftete eine Karte an die Pinnwand. Thal konnte im ersten Moment nur undeutliche Linien und Schraffierungen sowie winzige Ziffern erkennen, die er selbst aus geringster Entfernung nur mit einer Lupe lesen konnte. Bettina und er waren nach dem Besuch bei Annika Bahr direkt ins Präsidium gefahren, um die DNA-Probe ins Labor zu bringen. Sie hatten keine Zeit für Sentimentalitäten. Er schluckte und ärgerte sich über diesen Gedanken. Das Gespräch mit der trauernden Frau hatte Bettina mitgenommen. Als Mutter empfindet man da sicher anders, dachte Thal und beobachtete die Kollegin. Sie schien sich gefangen zu haben, auch wenn sie wortkarger war als sonst. Das Reden besorgte im Moment ohnehin Grendel, der in seinem Element war.

»Wenn wir herausfinden wollen, wo Bartek Wójcik in den See geworfen wurde, müssen wir uns die Strömungsverhältnisse genauer ansehen. Selbst geschwommen ist er jedenfalls nicht, erstens weil er das wohlverschnürt und mit Steinen beschwert nicht gekonnt hätte, und zweitens weil er tot war, bevor man ihn ins Wasser warf. Fiona Lee hat mir vor einer Viertelstunde bestätigt, dass er erschlagen wurde. Der berühmte stumpfe Gegenstand.«

Grendel lachte kurz auf, was selten vorkam. Normalerweise war er die Seriosität in Person, allerdings mit einer Neigung zu ausführlichen Sachvorträgen.

»Sehr interessant, Hartmut. Aber wo hat man den Polen nun versenkt?«

»Gut ...« Der Spurensicherer wandte sich zur Karte an der Pinnwand. »Zieht man Wassertemperatur, Strömung, Windgeschwindigkeit und -richtung in Betracht, kommt man zu dem Ergebnis, dass die Leiche zwischen Meersburg und Hagnau in den See geworfen worden ist. Mit großer Wahrscheinlichkeit von einem Boot aus und in eineinhalb Kilometer Entfernung vom Ufer.«

Thal versuchte, die Erkenntnisse einzuordnen, naturwissenschaftliche Betrachtungen waren nie sein Ding gewesen. Bettina schien sich erholt zu haben, vielleicht klammerte sie sich auch nur an die Fakten, um die Albträume loszuwerden. Auf jeden Fall ergriff sie das Wort.

»Wenn jetzt im Winter jemand mit einem Boot aus einem Jachthafen fährt, fällt das auf. Der Bodensee ist ein Schönwetterrevier, da sind bei so einem Wetter kaum Freizeitskipper unterwegs.«

»Sieht man von den Berufsfischern ab«, wandte Grendel ein. »Außerdem könnte der Täter ein Boot von einem Trailer zu Wasser gelassen haben.«

»Möglich, aber auch das könnte jemandem aufgefallen sein.« Bettina schaute Thal an, der sofort verstand.

»Ich werde Schober bitten, einen Aufruf in der Presse zu lancieren. Vielleicht findet sich ein braver Bürger, der etwas Verdächtiges bemerkt hatte.«

»Welche Laus ist dir denn über die Leber gelaufen?«, fragte Grendel. Thal winkte ab.

»Was ist mit Bootshäusern?«, fragte Bettina. »Davon gibt es zwar nicht viele am Bodensee, aber ...«

»Daran habe ich auch schon gedacht.« Grendel strahlte die Kollegin an. »Das ist die zweite Spur, der wir nachgehen müssen, und dank der geringen Zahl ist das nicht chancenlos.« Er drehte sein Notebook, sodass Berg und Thal auf den Bildschirm schauen konnten. Grendel zoomte die Satellitenansicht von Google Maps und grenzte mit dem Zeigefinger eine Region ein.

»Gehen wir davon aus, dass der Täter kein Aufsehen erregen will, sollte der Ort, von dem er mit dem Boot aufbricht, in einer unbewohnten Ufergegend liegen. Ich tippe darauf, dass er ein Ruderboot benutzt hat, also dürfte der Startpunkt nicht weit von der Stelle entfernt sein, an der die Leiche ins Wasser fiel.«

Grendel fuhr mit dem Finger die Uferlinie entlang. »Das Stück sollten wir uns näher ansehen.«

Thal klopfte auf den Tisch. »Gute Arbeit, Hartmut. Setz dich mit den Kollegen in Übersee in Verbindung, fahr aber auch selbst rüber.«

Grendel strahlte wegen des Lobs. »Und ihr?«

»Wir kümmern uns um die Klinik.«

Siebenundvierzig

Mittwoch. Zehn Uhr vierzig

Bettina brauchte eine Weile, bis sie wusste, was sie irritierte. In der Felicitas-Klinik fehlte der typische Krankenhaussound. Keine klatschenden Sohlen auf Resopalböden, kein Piepen eines Notknopfs, kein Klappern von Tellern oder Tassen. Und es roch anders, eher wie in einem Hotel, mindestens vier Sterne.

Seit geschlagenen fünf Minuten saßen sie im Vorzimmer des Klinikleiters. Die Sekretärin hatte Mineralwasser und Espresso gebracht, der nach Thals Gesichtsausdruck genießbar zu sein schien. Bettina schaute aus dem Fenster, die Klinik lag an einem Hang, unten zogen Nebelschwaden über den grauen See. Im Sommer musste es ein traumhafter Blick sein.

Das Telefon klingelte, die Vorzimmerdame schaute kurz auf das Display und setzte ein strahlendes Lächeln auf. »Der Herr Professor hat jetzt Zeit für Sie.«

Der Klinikleiter Professor Doktor Winfried Basedow begrüßte Bettina mit einem kräftigen Händedruck und nickte Thal zu. Er stand kurz vor der Pensionierung, möglicherweise hatte er das Alter schon überschritten, in dem man normalerweise in den Ruhestand trat. Alles an ihm strahlte Seriosität aus, ein Mann, dem verzweifelte Frauen ihr Vertrauen schenkten. Die Nachricht, dass es um einen, möglicherweise sogar um mehrere Mordfälle ging, brachte ihn nicht aus der Fassung.

»Wie läuft es ab, wenn ein Paar mit unerfülltem Kinderwunsch zu Ihnen kommt?«, fragte Bettina.

Basedow lehnte sich in seinem Schreibtischstuhl zurück, dessen Design an die Kommandozentrale eines Raumschiffs in einem Science-Fiction-Film erinnerte. Er legte die Hände wie auf Dürers berühmtem Gemälde zusammen und stützte das Kinn darauf. »Meistens kommen die Patienten mit einer Diagnose ihres Arztes, leider ist die nicht immer stichhaltig und wir müssen viele Tests wiederholen.«

Damit ihr sie abrechnen könnt, dachte Bettina, behielt es aber für sich.

»Was passiert, wenn das Problem beim Mann liegt? Wie läuft die Befruchtung ab?«

Basedow legte die Stirn in Falten. »Wir sprechen davon, dass wir der Zeugung assistieren.«

»Ganz wie Sie wollen«, brummte Thal.

Die Bemerkung schien den Klinikchef zu irritieren, er brauchte einen Augenblick, sich zu fangen.

»Zunächst versuchen wir alles, die Vaterschaft zu ermöglichen. Unter Laborbedingungen klappt oft, was auf natürlichem Weg nicht funktioniert hat.«

Basedow hatte seine Selbstsicherheit zurück, er lächelte Bettina an und würdigte Thal keines Blicks.

»Wir bereiten die Spermien auf, trennen gute von schlechten, damit letztere die anderen nicht am Fortkommen hindern. Sollte das nicht zum Ziel führen, versuchen wir es mit einer In-vitro-Fertilisation.«

»Die Befruchtung im Reagenzglas.«

»So nennt man es gerne, ja. In Wirklichkeit ist das ein hochkomplexer Prozess und es gibt sehr unterschiedliche Verfahren.«

»Geschenkt«, sagte Thal. »Wir sind nicht für eine Vorlesung in Reproduktionsmedizin hier. Wenn Sie uns bitte einen knappen Überblick geben!«

Basedow atmete hörbar aus. Thal nervte ihn, das war unübersehbar.

»Kurz gesagt, wir geben den Spermien Starthilfe, damit sie das Rennen überstehen.«

Er grinste Thal an. »Kurz genug?«

»Perfekt. Wenn Sie uns jetzt noch erklären, was Sie tun, wenn all das nicht fruchtet?«

»In diesen Fällen gibt es noch die Möglichkeit einer Samenspende.«

»Wie läuft das ab?«, fragte Bettina und überlegte, ob sie ihren Notizblock aus der Tasche nehmen sollte.

»Als Spender kommen gesunde Männer zwischen achtzehn und vierzig Jahren infrage. Sie geben ihren Samen in einer Samenbank ab, dort werden einige Tests auf Erb- und Infektionskrankheiten durchgeführt. Ist alles in Ordnung, werden die Spermien in flüssigem Stickstoff tiefgefroren.«

»Wer entscheidet, welcher Samen für eine Befruchtung benutzt wird?«

»Die Paare oder Frauen können nach bestimmten Kriterien auswählen: Haar- und Augenfarbe, Größe, Gewicht, Bildungsstand und Blutgruppe zum Beispiel.«

Bettina fragte sich, ob jemals eine Frau den Samen eines übergewichtigen, glatzköpfigen Hilfsarbeiters angefordert hatte.

»Und wie geschieht die Befruchtung?«, fragte Thal.

»Als Erstes wird der Eisprung durch eine hormonelle Stimulation ausgelöst. Sechsunddreißig Stunden später führt der Arzt einen dünnen Schlauch in die Gebärmutter der

Frau ein, durch den er das aufgetaute und aufbereitete Sperma überträgt. Und dann heißt es: warten.«

Bettina hatte Mühe, die vor ihrem Auge erscheinenden Bilder zu verdrängen. Hätte sie sich einer solchen Behandlung unterzogen? Ehe sie eine Antwort fand, stellte Thal die nächste Frage.

»Wenn wir genetisches Material des Kindes und der Eltern haben, können wir auf jeden Fall feststellen, ob das Kind mit dem Samen des Vaters gezeugt wurde oder mit Spendersamen, richtig?«

»Selbstverständlich.«

Bettina spürte, dass Basedow begann, sich zu langweilen. Deshalb kam sie zum Kern ihres Problems.

»Angenommen die Ursachen für die Kinderlosigkeit eines Paares liegen bei der Frau. Ihre Eizellen ...«

Der Arzt ließ sie nicht weitersprechen.

»Theoretisch ist das kein Problem. Die In-vitro-Fertilisation mit Spendereizelle und Samen des Partners ist eine gut erforschte und erfolgreich angewandte Labormethode. Allerdings ist das Verfahren in Deutschland, Österreich und der Schweiz verboten, deshalb müssen sich die verzweifelten Paare an unsere Kollegen in Spanien, Belgien oder Frankreich wenden. Wer es sich leisten kann ...« Er ließ den Satz unvollendet und schaute auf seine Armbanduhr. Die Audienz war bald beendet.

»Könnte auch beides, also Samen und Eizellen, von einem Spender stammen, der mit der Frau in keiner Verbindung steht?«

»Natürlich geht das, ist aber auch verboten.«

»Und wird bei Ihnen selbstverständlich nicht angewendet?«

Bettina beugte sich leicht nach vorne und schaute Basedow herausfordernd an.

»Natürlich nicht.«

»Es gibt aber Kliniken ...«

»Ja, im Ausland.«

»Was kostet so eine Behandlung?«

»Vier- bis achttausend Euro. Pro Eingriff, versteht sich.«

»Was heißt das?«

»In der Regel klappt es nicht beim ersten Mal, man braucht mehrere Versuche, bis sich der Embryo in der Gebärmutter der Frau einnistet. Da kommt schnell eine mittlere fünfstellige Summe zusammen.«

»Die Preise sind bei Ihnen ähnlich?«, fragte Bettina und schob hinterher: »Für die legalen Therapien versteht sich.«

Basedow lächelte sie an. »Achttausend Euro ist ein guter Preis, dafür bekommen Sie bei uns die beste Behandlung, die Sie in Deutschland finden.«

Basedow schob seinen Stuhl zurück und machte Anstalten aufzustehen.

»Eine Frage haben wir noch«, sagte Thal in einem Tonfall, der keinen Zweifel daran ließ, dass sie ohne eine Antwort diesen Raum nicht verlassen würden.

»Waren Annika Bahr, Melanie Reiter und Isabell Denz Ihre Patientinnen?«

Basedow schob seinen Stuhl zurück an den Schreibtisch und tippte auf der Tastatur seines Notebooks herum. »Wann soll das gewesen sein?«

»Vor sieben Jahren.«

Er gab einige Daten ein und schüttelte den Kopf. »Nein, die Namen stehen nicht in unserer Patientendatenbank.«

»Kann es sich um einen Fehler im Computersystem handeln?«

»Möglich wäre es.« Basedows Gesichtsausdruck zeigte deutlich, wie unangenehm ihm das war. »Wir haben zum Glück alle Akten archiviert. Ich kann gerne nachsehen lassen, das dauert aber einige Zeit.«

Thal sprang auf und zog eine Visitenkarte aus der Jackentasche.

»Melden Sie sich bitte bei mir. Und lassen Sie sich nicht zu viel Zeit, es stehen Leben auf dem Spiel.«

Achtundvierzig

Mittwoch. Elf Uhr fünfundvierzig

British-Airways-Flug BA 712 aus London würde in Kürze landen. Zehn Minuten früher als geplant, jedenfalls sagte das die Anzeigetafel.

Quandt lehnte sich an eine Säule dem Ausgang direkt gegenüber. Matteos Duft stieg ihm in die Nase, er hatte am Morgen das Deo seines Freundes benutzt. Es kam ihm vor, als stünde er direkt hinter ihm und würde im nächsten Moment die Arme um ihn schlagen.

Jonas war verliebt wie noch nie zuvor. Und Matteo liebte ihn auch. Alles wäre perfekt – bei einem heterosexuellen Paar. Und bei ihnen? Sie hatten gestern nach dem Sex lange darüber gesprochen. Klar, Deutschland und die Schweiz waren aufgeklärte Länder, die meisten Menschen akzeptierten Homosexuelle. Tatsächlich? Er stöhnte auf und sah sich erschrocken um. Zum Glück hatte es niemand mitbekommen. Ja, nach außen gaben sich die Leute tolerant, trotzdem gehörten Diskriminierungen zum Alltag.

Genau wie Matteo hatte Jonas seine Homosexualität gegenüber den Kollegen nicht verheimlicht. Allerdings hatten sie ihn noch nie Arm in Arm mit einem Geliebten gesehen. Geschweige denn beobachtet, wie er einen Freund küsste. Alle freuten sich, dass Bettina mit Vince endlich einen Mann an ihrer Seite hatte, sie lächelten, wenn die beiden Zärtlichkeiten austauschten. Wie wären die Reaktionen bei Matteo und ihm. Sie hatten sich gestern zurückgehalten, wie gerne hätten sie zur Musik der ›Olsenbande‹ getanzt, sich bei den langsamen Stücken Arm in Arm im Takt gewiegt. Jonas spürte einen Stein im Magen, wenn er an Matteos und seine eigene Feigheit dachte. Oder war es berechtigte Vorsicht? Beides war gleich unerträglich.

Die automatische Schwingtür öffnete sich und ein Schwung Passagiere strebte heraus. Jonas reckte sich. Da! Robert Bahr blickte sich um.

Jonas winkte, Sekunden später begrüßten sich die beiden Männer. Bahr sah mitgenommen aus. Die Trauer um seinen Sohn war in sein Gesicht gegraben, dazu kam die Müdigkeit nach einem langen Flug.

Auf dem Weg zum Parkhaus und während der ersten Viertelstunde der Fahrt Richtung Konstanz fragte Bahr den Ermittler aus, er wollte jedes Detail wissen. Jonas bemühte sich, so ehrlich zu antworten, wie es die Ermittlungstaktik zuließ. Solange nicht hundertprozentig ausgeschlossen war, dass Bahr seinen Sohn getötet hatte, musste er Täterwissen zurückhalten.

»War Leon ein Wunschkind?« Jonas warf dem Mann auf dem Beifahrersitz einen schnellen Blick zu. Er ließ keine Reaktion erkennen.

»Mehr als die meisten anderen Kinder, denke ich.«

»Warum das?«

»Wir haben das Kind herbeigesehnt. Annika mehr als ich, keine Frage, mir machte die Vorstellung, Vater zu sein, anfangs Angst. Später freute ich mich riesig auf meinen Sohn, aber da war unsere Ehe schon am Ende. Wir waren dem Stress nicht gewachsen, als es mit der Schwangerschaft nicht klappte. Jeden Monat das bange Warten, die Hoffnung, wenn die Menstruation nicht pünktlich einsetzte, am Ende die Verzweiflung, wenn es wieder nicht funktioniert hatte. Diese Achterbahn der Gefühle hat unsere Liebe zerstört.«

»Trotzdem haben Sie weiter dafür gekämpft.«

Bahr nickte und nahm sich Zeit für die Antwort. »Wir waren so damit beschäftigt, schwanger zu werden, dass wir nicht bemerkten, wie uns die Grundlage dafür abhandenkam.«

»Und irgendwann klappte es doch.«

»Es war ziemlich schnell klar, dass es an mir lag, anfangs machten uns die Ärzte Hoffnung, es gäbe Möglichkeiten, dass ich Vater werden könnte. Es war wie ein Spießrutenlauf von Arzt zu Arzt, bis uns endlich ein Weißkittel die Wahrheit sagte. Ich war absolut nicht zeugungsfähig. Für mich war das Thema damit erledigt, aber nicht für Annika.«

Bahr senkte den Kopf und atmete schwer. Jonas ließ ihm die Zeit, seine Erinnerungen im Zaum zu halten.

»Ich fand die Idee einer Samenspende absurd, wissen Sie. Dabei ist es kein Problem, als ich Leon zum ersten Mal im Arm hatte, spielte die biologische Abstammung überhaupt keine Rolle.«

»Wenigstens lief das dann glatt, oder?«

Bahr lachte auf, die Verbitterung war unüberhörbar.

»Von wegen. Wir mussten noch immer von Pontius zu Pilatus laufen. Immer neue Versuche mit immer neuem Spendersperma. Alle erfolglos. Wir waren finanziell ruiniert, als wir endlich zur Felicitas-Klinik kamen. Dort hat man uns wirklich geholfen.«

»Auf welche Weise?«

»Sie haben uns in das Pro-bono-Programm aufgenommen. Ich habe keine Ahnung, warum wir ausgewählt wurden, aber es war der Glücksfall unseres Lebens.« Er lehnte den Kopf an die Lehne und schloss die Augen. »Annikas Glück.«

Jonas spürte, dass Bahr trauerte. Könnte auch ihm das passieren? Konnte es sein, dass er sein Leben eines Tages als missglückt bewerten würde? Ein Schauer lief ihm den Rücken herunter.

»Ist Ihnen nicht gut?«, fragte Bahr.

»Alles in Ordnung. In zwanzig Minuten sind wir in Konstanz.«

»Ich möchte meinen Sohn sehen.«

Jonas nickte. »Später. Erst bringe ich Sie zum Hotel. Und ich brauche eine DNA-Probe von Ihnen.«

Neunundvierzig

Mittwoch. Zwölf Uhr dreißig

»Verdammt!«

Er lehnte den Kopf gegen die warme Holzwand. Die Sache lief aus dem Ruder. Was wollte die Polizei hier?

Er schob sich nach links, achtete darauf, von draußen nicht gesehen zu werden. Tatsächlich, ein Streifenwagen schlich im Schritttempo über die Landstraße oberhalb des Bootshauses. Was hatten die hier zu suchen? Besser, er rechnete mit dem Schlimmsten.

Die Klappe erwies sich als harter Brocken. Er hatte sie bisher nur einmal geöffnet, damals war es ihm leicht gefallen. Heute rührte sie sich anfangs keinen Zentimeter, erst beim dritten Versuch, als er brachiale Gewalt anwendete, ließ sie sich nach oben ziehen.

»Was soll das?«, schrie die Erzieherin. Hastig schaute er zum Fenster. Hoffentlich waren die Polizisten weiter gefahren und nicht auf dem Weg herunter zum Bootshaus.

»Willst du uns dort unten lebendig begraben?«

»Keine schlechte Idee«, murmelte er, sammelte den Stoffknebel vom Boden auf und beugte sich über die Frau. Sie wand sich unter seinem Blick, gab aber keinen Laut mehr von sich. Er ließ den vor Dreck starrenden Stofffetzen über ihren Körper gleiten.

»Mit deiner Schönheit ist es nicht mehr weit her«, flüsterte er. Tatsächlich war das Gesicht der Frau zur Fratze entstellt. Aufgeplatzte Lippen, geronnenes Blut, Blutergüsse und Schwellungen. Allenfalls ein Sadist hätte daran Freude haben können.

Er drückte gegen ihre Wangen, sie schrie vor Schmerz.

»Mach den Mund auf, dann ist alles vorbei.«

Als wollte sie seinen Anweisungen folgen, wehrte sie sich kaum gegen die Knebelung. Er stopfte ihr das Tuch in den Mund und verschloss es mit doppelt so viel Klebeband wie beim letzten Mal.

Fast hätte sie ihm einen Faustschlag versetzt, als er die Fesseln von der Pritsche löste, um ihr die Hände hinter dem Rücken zu fixieren. Er sah den Schlag kommen und wich aus. Wütend riss er sie an den Haaren, schleppte sie zur Bodenklappe und stieß sie hinunter.

»Fahr zur Hölle!«

Er hörte den Aufprall, sie musste hart auf den Boden geschlagen sein. Sie stöhnte leise. Wenn sie dort unten sterben würde, hätte er nichts dagegen.

Der Junge war noch bewusstlos von dem Schlafmittel. Die Dosis war wohl etwas zu groß gewesen, vielleicht wachte er nie wieder auf. Auf jeden Fall musste er ihn spurlos beseitigen wie Nummer Sechs. Einen Fehler wie zuletzt bei der Sieben durfte es nicht noch einmal geben. Blöd nur, dass der Pole nicht mehr zur Verfügung stand.

Er unterdrückte ein Kichern, das eher seiner Panik entsprang als unbeschwerter Fröhlichkeit.

Mit dem Jungen auf dem Arm trat er ans Fenster. Der Streifenwagen parkte an der Straße. Wo waren die Insassen? Er konnte niemanden sehen.

Panisch lief er im Raum auf und ab, schaute durch die Luke in den dunklen Keller. Sollte er Nummer Neun zur Erzieherin legen? Nein, das war keine gute Idee. Er stieß mit dem Fuß gegen die Klappe, sie fiel krachend nach unten. So leise wie möglich entriegelte er die schmale Tür an der Seite des Bootshauses. Zum Auto waren es drei Schritte, das Risiko musste er eingehen.

Den Kofferraum entriegelte er mit der Fernbedienung, der Deckel schwang geräuschlos nach oben. Den Jungen an sich gepresst rannte er aus dem Haus und legte das Bündel Mensch in den Wagen. Als er den Kofferraumdeckel schloss, atmete er erleichtert auf.

»Guten Tag!«

Der Doktor war starr vor Schreck. Er ließ beide Hände auf dem Heck des Autos ruhen und beugte den Kopf nach unten.

»Entschuldigung, wir haben nur ein paar kurze Fragen.«

Langsam drehte er sich um. Zwei Männer, einer in Uniform, der andere in einem abgewetzten Lodenmantel. Der in Zivil stellte sich vor als »Grendel, Kripo Konstanz«. Was hatte die Polizei von der anderen Seeseite hier zu schaffen? Sein Gehirn suchte verzweifelt nach einer harmlosen Erklärung.

»Ist das Ihr Bootshaus?«

»Gemietet.« Er war froh, dieses eine Wort ohne Stottern herausbekommen zu haben, so wie er am ganzen Leib zitterte.

»Scheiß Kälte«, sagte der Uniformierte und nickte ihm zu. Es war aufmunternd gemeint, und er versuchte, ein Lächeln zustande zu bringen.

»Sind Sie oft hier?«, fragte der Typ aus Konstanz.

Er schüttelte den Kopf. »Nein, sehr selten. Vor allem im Winter. Ich wollte nach dem Rechten sehen.« Es beruhigte ihn zu reden. Solange er etwas sagte, waren die Polizisten still und rührten sich nicht vom Fleck. »Sie wissen ja, wie das ist. Man liest so viel von Einbrüchen, da dachte ich mir, sieh mal nach, ob im Bootshaus alle Türen und Fenster verriegelt sind.«

»Apropos ...«, sagte der Uniformierte, »... das vordere Fenster hängt windschief in den Angeln. Das sollten Sie dringend reparieren lassen, so kann das jeder mit einem Finger aufdrücken.«

»Wird gemacht, Wachtmeister«, sagte er und ärgerte sich über die flapsige Anrede. Wenn der Typ Wert auf den korrekten Dienstgrad legte, hatte er jetzt verschissen.

»Ist Ihnen irgendetwas aufgefallen?«, fragte der Zivile. »Zum Beispiel ein Boot, das rausgefahren ist. Möglicherweise sogar spätabends oder in der Nacht.«

Er schüttelte kräftig den Kopf. Zu kräftig. »Wie gesagt, ich war lange nicht mehr hier.«

»Darf ich mich im Haus umsehen?« Wieder war es der Zivile.

»Natürlich«, sagte er. Kalter Schweiß klebte ihm am Rücken. Der Polizist bückte sich, als er durch die Seitentür ging. Eine typische Angewohnheit von großen Menschen, selbst wenn der Eingang hoch genug war.

Sollte er dem Mann nachgehen? Oder machte er sich damit verdächtig? Würde der Polizist in seinem Beisein gründlicher nachsehen? Möglich, in seiner Abwesenheit traute er sich vielleicht nicht, alles zu durchwühlen.

Der Uniformierte trat ungeduldig von einem Bein aufs andere.

Was tat der andere so lange im Bootshaus? Sein Kollege machte schon Anstalten, ihm zu folgen.

Endlich kam der Konstanzer heraus. Er nickte ihm mit versteinertem Gesichtsausdruck zu. »Wenn Sie irgendetwas entdecken, rufen Sie die Kollegen an. Die Nummer kennen Sie?«

»Eins eins null«, murmelte er.

»Das ist auch okay«, rief der Uniformierte und winkte mit erhobener Hand, ohne sich noch einmal umzudrehen.

Er hockte sich auf den Kofferraum und schloss die Augen.

Fünfzig

Mittwoch. Dreizehn Uhr fünf

»Ist er nicht ein süßer Spatz!«

Donato hob seinen Enkelsohn in die Höhe.

»Hey, vorsichtig mit dem Kleinen«, rief Manuel.

Maria strahlte übers ganze Gesicht. »Ganz der stolze Onkel, mein Manuel.« Sie begrüßte Bettina und Alexander mit Wangenküssen. »Wunderbar, so ein Kind! Aber wem sage ich das.« Sie drückte Bettinas Hand.

»Pasta?«

»Natürlich«, sagte Bettina.

»Pasta für alle«, rief Quandt. Er trat an den Tisch und schüttelte sich. »Die Kälte macht mich fertig.«

Thal schaute Donato zu, der seinen Enkel von Tisch zu Tisch trug. Er hatte ihn lange nicht mehr so ausgeglichen gesehen. Der kleine Sonnenschein war der Mittelpunkt des Lokals, alle wollten ihn knuddeln.

»Wenn man das sieht, versteht man, warum viele Paare sich so dringend ein Kind wünschen.« Bettina holte Thal aus seinen Gedanken.

»Du meinst, sie geraten unter Druck, wenn sie das Glück anderer beobachten?« Er nickte in Richtung des glücklichen Opas.

»Oder sie wollen sich als Familie vollständig fühlen.«

»Das ist aber eine eingeschränkte Sicht der Welt«, sagte Stephanie.

Die anderen drei wandten abrupt die Köpfe. Niemand hatte die Kollegin kommen gehört, sie stand neben Donato und strahlte das Kind an.

»Wie meinst du das?«

Stephanie schälte sich umständlich aus dem Mantel und legte ihn über den letzten freien Barhocker. »Ich glaube nicht, dass Kinder zum Glück einer Beziehung notwendig sind. Wenn es so wäre, könnten ältere Menschen keine glücklichen Partnerschaften eingehen.« Sie schaute in die Runde, Thal hatte das Gefühl, die junge Kollegin wollte sie provozieren.

»Oder Jonas«, legte sie nach. »Kann er etwa nicht glücklich werden mit seinem Freund?«

»Oh«, sagte Maria und stellte zwei Teller voll dampfender, wunderbar duftender Nudeln auf den Tisch. »Habe ich was verpasst?« Sie strahlte Jonas an, dem die Situation unangenehm zu sein schien.

»Zur Hochzeit wirst du eingeladen«, sagte Stephanie. »Oder, Jonas?«

»Ihr alle oder keiner«, antwortete Quandt.

»Wer heiratet?«, fragte Manuel und brachte zwei weitere Teller.

»Niemand«, brummte Quandt. Er wartete, bis Maria und Manuel gegangen waren. »Ein Kind ist für schwule Paare kein unerfüllbarer Wunsch, das solltet ihr wissen.«

Warum sind alle so gereizt, fragte sich Thal und versuchte, die Wogen zu glätten. »Ich finde es gut, dass schwule Paare ein Kind adoptieren können.«

»Nicht nur adoptieren«, sagte Quandt. »Wir brauchen halt eine Leihmutter.«

»Womit wir beim Thema wären«, sagte Bettina. »Was glaubt ihr, wozu sind Eltern bereit, wenn sie keine Kinder bekommen?«

»Zu fast allem«, antwortete Stephanie mit vollem Mund. »Ich habe über die Reproduktionsmedizin und ihre Angebote recherchiert. Es ist unglaublich, was alles möglich ist. Spanische Kliniken zum Beispiel bieten offen auf ihren Internetseiten an, Spendersamen mit gespendeten Eizellen zusammenzubringen, um sie einer Frau einzupflanzen, die sich nach einem Kind sehnt.«

»Das ist verrückt«, sagte Jonas eine Spur zu laut. Er schaute sich kurz um und fuhr leiser fort. »Das Kind, das diese Frau zur Welt bringen wird, ist genauso fremd wie bei einer Adoption.«

»Nicht ganz«, sagte Bettina. »Haarfarbe, Größe und so weiter kann man sich aussuchen und die Kliniken haben ein Interesse an gesundem Erbgut.«

»Das hört sich für mich nach Auslese an. Die Guten ins Töpfchen, die Schlechten ins Kröpfchen. Ich finde das ...« Er schüttelte den Kopf.

»Wenn eine Frau sich nach einem Kind sehnt, warum soll sie diesen Weg nicht gehen?« Stephanie schaute Jonas herausfordernd an.

»Warum adoptiert sie kein Kind?«, fragte Quandt. Er war aufgebracht. »Dann tut sie einem Wesen, das schon auf der Welt ist, etwas Gutes.«

»Und bekommt erst recht eine ›Blackbox‹, denn sie weiß nicht das Geringste von den Anlagen des Adoptivkindes.« Stephanie spießte die letzte Nudel auf. »Ein Kind aus Spendereizelle und Spendersamen mag genetisch der Mutter völlig fremd sein, sie hat es aber achtunddreißig Wochen ausgetragen, da entsteht automatisch eine Bindung.«

»So! Willst du damit sagen, dass Adoptiveltern keine guten Eltern sein können!« Quandt schob den erst halb geleerten Teller von sich.

»Bitte!« Thal hob beide Hände. »Könntet ihr die moralischen Fragen rund um die Elternschaft ein anderes Mal diskutieren?«

Er schaute von einem zum anderen. Bettina nickte ihm dankbar zu, Stephanie und Jonas hatten ihre Köpfe gesenkt.

»Gut«, sagte Thal. »Wer fasst zusammen, was wir bis jetzt konkret wissen?«

Bettina atmete tief durch. »Auch wenn die letzte Bestätigung noch fehlt: Der getötete Leon Bahr, der anscheinend von seiner Mutter entführte Felix Reiter und der seit Monaten vermisste Benjamin Denz sind Ergebnisse einer In-vitro-Befruchtung in der Felicitas-Klinik.«

»Damit haben wir das, was jeder Ermittler zuerst sucht: eine Übereinstimmung in allen Fällen.«

»Was dem Tattoo eine neue Bedeutung geben könnte«, sagte Stephanie fast tonlos. Der Satz hing wie ein unabwendbares Schicksal über ihnen, niemand wusste, was er dazu sagen sollte. Thal fürchtete, sie könnten erneut in eine Starre fallen, aber es nahte Erlösung. Manuel trat an den Tisch und setzte eine verschwörerische Miene auf. »Tiramisu?«, fragte er flüsternd. »Ich habe noch genau vier Portionen.«

Alle stöhnten auf, aber niemand lehnte ab. Manuels Desserts waren in Konstanz weltberühmt.

»Wann bekommen wir die Ergebnisse des DNA-Abgleichs«, fragte Thal. »Das kann doch nicht ewig dauern.«

»Das haben wir gleich.« Stephanie zog ihr Smartphone aus der Tasche. »Ich frage im Labor nach.«

Eine Minute später legte sie das Handy auf den Tisch.

»Bis jetzt steht fest, dass Annika Bahr nicht die Mutter des toten Jungen ist. Der Schnelltest mit der Probe von Robert Bahr läuft noch, genauso die Untersuchung im Fall des vermissten Jungen aus Bregenz.«

»Moment, Moment ...!« Bettina ergriff Stephanies Hand und atmete schwer. »Das heißt, dass wir es mit einem in Deutschland illegalen Eingriff zu tun haben.«

»Wie jetzt ...?« Jonas zog die Stirn kraus und nahm das letzte Stück Brot aus der Schale, um die Sauce vom Teller zu tunken.

»Wenn Annika Bahr nicht die genetische Mutter von Leon Bahr ist, ihn aber ausgetragen und zur Welt gebracht hat, müssen wir es mit einer Eizellenspende zu tun haben und die ist in Deutschland nicht erlaubt.«

»Was bedeutet das für die Mutter?«, fragte Jonas.

»Nichts, sie geht straffrei aus.« Bettina klopfte auf den Tisch. »Aber die Ärzte dieser feinen Felicitas-Klinik haben ein Problem.«

»Wir müssen noch mal mit diesem Basedow reden«, sagte Thal und griff nach seinem Mantel.

»Moment!«, sagte Maria. »Auf Verbrecherjagd geht ihr erst, nachdem ihr Manuels Tiramisu gegessen habt.«

Niemand widersprach. Schweigend löffelten sie die köstliche Süßspeise.

Thal leckte den Löffel genussvoll ab. »Wir teilen die Arbeit auf. Bettina und ich fahren in die Klinik. Stephanie und Jonas, ihr kümmert euch um die DNA-Ergebnisse. Wir müssen wissen, was exakt vorgegangen ist. Und redet mit den Kollegen in Bregenz, wir sollten alle Ergebnisse ihrer Ermittlungen kennen.«

Er schlüpfte in seinen Mantel, verabschiedete sich von Donato und stürmte zur Tür. »Ach, noch etwas ...«, rief er über die Schulter. »Ruft Grendel an! Wir brauchen ihn hier und nicht bei der Suche nach einem versteckten Bootsliegeplatz. Das soll er den Kollegen von der anderen Seeseite überlassen.«

Einundfünfzig

Mittwoch. Dreizehn Uhr fünfunddreißig

»Hey! Sind Sie eingeschlafen?«

Er schreckte hoch. Durch das Fenster schaute er in das feiste Gesicht eines Mittvierzigers, das von der Kälte krebsrot angelaufen war. Der Mann ruderte mit den Armen.

»Nun machen Sie schon, Sie sind dran! Oder wollen Sie hier überwintern?«

Er hob entschuldigend den Arm und drehte den Zündschlüssel. Erst beim dritten Versuch sprang der Wagen an. Das hätte ihm jetzt auch noch gefehlt. Langsam rollte er auf die Fähre. Außer ihm standen nur fünf weitere PKW auf der Plattform, dazu drei Laster.

Er bezahlte die Überfahrt von Friedrichshafen nach Romanshorn und stieg aus dem Wagen. Die Fahrtzeit betrug vierzig Minuten, so lange wollte er nicht im kalten Auto sitzen bleiben. Er stieg die Treppe ins Oberdeck, betrat das Bistro und setzte sich an einen freien Tisch am Fenster. Als die Serviererin ihn nach seinen Wünschen fragte, bemerkte er, wie hungrig er war, und bestellte eine Gulaschsuppe und eine Bratwurst mit Kartoffelsalat. Der Wind peitschte Graupel gegen die Fensterscheibe, der See zeichnete sich kaum noch gegen das Grau des wolkenverhangenen Himmels ab.

Er löffelte die Suppe und genoss die Wärme, die sich langsam in ihm ausbreitete. Das Leben konnte schön sein, vor allem das einfache, das auf das Wesentliche konzentrierte. Er sehnte sich nach einem Leben, in dem er sich nicht um die großen Dinge kümmern musste, in dem nicht elementare Fragen der Menschheit zu klären waren. Woher kommen wir? Was dürfen wir tun? Was können wir hoffen? Was kommt nach dem Tod?

Er wischte sich mit der dünnen Papierserviette den Mund ab. »Nach dem Tod«, flüsterte er.

»Hat es Ihnen geschmeckt?«

Er hob ruckartig den Kopf und starrte die Serviererin an. Hatte sie verstanden, was er gerade gemurmelt hatte? Sie lächelte ihn freundlich an. Er nickte.

Er musste sich davor hüten, ein seltsamer Kauz zu werden. Der Weg zum Freak war schnell beschritten. Dabei interessierte es ihn nicht einmal, was nach dem Tod geschah. Er machte sich zu Lebzeiten unsterblich. Was spielte es für eine Rolle, dass Nummer Neun ein Ausfall war. Er hatte den Jungen vor der Abfahrt sicherheitshalber geknebelt und gefesselt. Sollte er da unten im kalten Kofferraum aufwachen, hatte er keine Möglichkeit, auf sich aufmerksam zu machen.

»Bratwurst mit Kartoffelsalat, der Herr.« Die Bedienung stellte den Teller auf den Tisch, sein Blick fiel in ihren Ausschnitt.

»Wohl bekomm's!«

Bald hätte er sein Leben zurück. Ein Leben, in dem er mit einer Serviererin auf einer Autofähre flirten könnte. Ohne Hintergedanken, einfach so. Um den Tag zu feiern, so beschissen er auch sein mochte.

Er zerteilte die Bratwurst in mundgerechte Stücke und begann zu essen. Nichts brachte ihn so in eine meditative Stimmung wie ein wenig schmackhaftes Essen, das ihn in keiner Weise stimulierte. Er brauchte einen neuen Plan. Der alte war perfekt gewesen ... Nein, natürlich nicht, im

Gegenteil. Bei Nummer Sieben hatte er sich als anfällig erwiesen. Diesmal musste er auf Nummer sicher gehen.

Er aß das letzte Stück Bratwurst, ehe er sich an den Kartoffelsalat machte. So handhabte er das immer. Eins nach dem anderen.

»Fräulein, einen Kaffee bitte«, rief er in Richtung Theke. Sie zuckte zusammen. Wahrscheinlich wegen des ›Fräulein‹, wer sagte das heute noch.

»Tasse oder Haferl?«, fragte sie.

Er wusste nicht, was sie meinte, antwortete aber »Haferl«, weil ihm das Wort gefiel.

Er schaute hinaus. Wasser war immer eine Lösung. Er könnte Nummer Neun dem Wasser übergeben, wie er es mit dem Polen gemacht hatte. Ihn im See versenken. Der Gedanke missfiel ihm. Er mochte das Wasser nicht.

»Ein Kaffee«. Die Serviererin stellte einen Becher auf den Tisch. »Sie sind nicht von hier, oder?«

Jetzt wäre der Zeitpunkt, dachte er. Im nächsten Leben würde er ihr den Stuhl unter dem Tisch hervorziehen. Sie fragen, ob er sie zu etwas einladen darf, es wären ja eh kaum Gäste zu bedienen. Am Ende hätte er vielleicht ihre Telefonnummer, wenigstens aber ihre E-Mail-Adresse.

Stumm schüttelte er den Kopf. »Ich möchte zahlen.«

»Dreiundzwanzig Franken fünfzig.«

»Und in Euro?«

»Dasselbe.« Sie lachte. Er schaute auf und spürte, wie traurig er war. Er legte dreißig Euro auf den Tisch. »Stimmt so.«

Sie machte einen albernen Knicks, mit dem sie fast alles zerstört hätte, versöhnte ihn aber mit einem mehr gehauchten als gesprochenen »Dankeschön«.

Er trank den Kaffee. Er war bitter, aber das passte und er verzichtete auf Zucker.

Er brauchte einen Plan, der nichts mit Wasser zu tun hatte.

»Asche zu Asche, Staub zu Staub«, flüsterte er. Ängstlich schaute er auf.

Die Serviererin stand am anderen Ende des Raumes. Sie flirtete mit einem der Brummifahrer.

Zweiundfünfzig

Mittwoch. Vierzehn Uhr dreißig

»Wenn Sie mir nicht glauben wollen ...«

Basedow hob beide Arme in die Höhe wie ein Priester, der um himmlischen Beistand flehte. Diesmal hatte er Berg und Thal nicht warten lassen. Sie hatten ihren Besuch telefonisch angekündigt und er war ihnen schon auf dem Flur entgegengekommen.

»Was heißt, nicht glauben?«, sagte Thal. »Wenn Sie uns erzählen, dass es im Archiv keine Akten zu den Patientinnen Bahr, Denz und Reiter gibt, lässt uns das an Ihrem Unternehmen zweifeln.«

Der Professor ließ die Arme herunterfallen und beugte leicht den Rücken, als wollte er den Polizisten vor ihm abkanzeln. »Der Mitarbeiter hat das Archiv gründlich durchforstet, mehr kann ich Ihnen nicht sagen.«

»Trotzdem kann es nicht wahr sein«, mischte sich Bettina ein. »Die Aussagen der Frauen sind eindeutig.«

»Sie glauben nicht, mit welchen Behauptungen wir in unserer Fachrichtung zu kämpfen haben. Einfache Lügen sind da das kleinere Problem.«

»Moment!« Thal war auf hundertachtzig. »Sie bezichtigen drei Frauen, die Sie nicht zu kennen behaupten, der Lüge? Lehnen Sie sich da nicht ein bisschen zu weit aus dem Fenster, Herr Professor?«

Basedow verzog den Mund zu einem Lächeln, die Augen blieben starr auf Thal gerichtet. Der Mann wurde Bettina immer unsympathischer. Das Gefühl von Sicherheit, das er ihr anfangs vermittelt hatte, war Misstrauen gewichen. Sie hatte das Gefühl, von dem Arzt gescannt zu werden. Prüfte er, ob sie eine potenzielle Kundin war? Sie unterdrückte den Impuls, von Leah zu erzählen.

Der Klinikchef nahm eine Glaskugel vom Schreibtisch, in die eine Pusteblume eingeschlossen war. Bettina starrte fasziniert auf diesen Briefbeschwerer.

»Sie glauben nicht, mit wie vielen Lügen wir jeden Tag von Patientinnen und deren Partnern konfrontiert werden. Ihre ...« – er machte eine kurze Pause und ließ die Glaskugel von einer Hand in die andere rollen – »Ihre Mütter zum Beispiel. Vielleicht wollen sie verschleiern, dass sie sich in Spanien behandeln ließen. Wer weiß ...« Er schaute versonnen auf die Kugel. Sie bedeutet ihm etwas, dachte Bettina.

Thal ließ sich nicht ablenken. »Oder Sie selbst wollen etwas verschleiern, Herr Professor. Etwa, dass Sie in dieser Klinik illegale Reagenzglasbefruchtungen mit gespendeten Eizellen durchführen.«

Basedows Hände verkrampften sich um den Briefbeschwerer, als wollte er ihn im nächsten Augenblick Thal vor den Kopf schleudern. »Das ist eine infame Unterstellung. Kliniken wie die unsere unterliegen strengsten Kontrollen. Selbst wenn wir wollten, könnten wir keine illegalen Fertilisationen durchführen. Abgesehen davon widersprechen sie meinen ethischen Prinzipien und eines kann ich Ihnen versichern: In der Felicitas-Klinik geschieht nichts ohne meine Zustimmung.«

»Getreu dem Motto ›Die Klinik bin ich‹.« Thal gab sich keine Mühe, den Spott in seiner Stimme zu verbergen. »Es gibt viele Chefs, die sich maßlos überschätzen und keine Ahnung haben, was ihre Mitarbeiter hinter ihrem Rücken treiben. Können Sie ausschließen, dass Ärzte in diesem Haus ...«

Thal kam nicht dazu, den Satz zu vollenden. Basedow ließ den Briefbeschwerer krachend auf die Tischplatte fallen. »Natürlich könnte es sein, dass ein Angestellter etwas Illegales tut. Aber stellen Sie sich das nicht so einfach vor. Eine Fertilisation ist etwas komplizierter, als daheim ein Rührei zuzubereiten.«

Bettina hatte nicht gedacht, dass der Mann Humor hatte und den sogar in einer Stresssituation zum Besten geben könnte. »Was ist daran schwierig?«, fragte sie.

Basedow lachte kurz auf. »Erst einmal brauchen Sie Eizellen, richtig?«

Bettina nickte und ärgerte sich, dass sie auf die rhetorische Frage reagiert hatte. Basedow hatte es aber nicht bemerkt.

»Die Spenderinnen müssen in die Klinik kommen, und zwar nicht für eine halbe Stunde, sondern für zehn bis vierzehn Tage.«

»Warum so lange?«

»Weil die Eizellenproduktion mit Hormonen angeregt werden muss. Es folgen weitere medikamentöse Behandlungen, damit die Zellen endgültig reifen, bevor sie mit einer durch die Scheidenwand eingeführten Nadel unter Ultraschallkontrolle entnommen werden können. Das ist ein Eingriff unter Vollnarkose, das macht man nicht im Vorbeigehen.«

»Da haben wir Männer es deutlich einfacher«, sagte Thal.

»Stimmt, da reichen ein kleines Gefäß und ein Pornoheft.« Basedow schnaubte, Thal schien ihm auf die Nerven zu gehen, er wandte sich wieder an Bettina.

»Wenn die Eizellen endlich gewonnen sind, müssen sie aufgehoben werden, und zwar tiefgekühlt. Das alles ist mit hohem Aufwand verbunden, das kann man in einem Klinikbetrieb wie dem unseren nicht heimlich tun.«

»Und nun?« Bettina lehnte sich auf dem Fahrersitz zurück und umklammerte das Lenkrad. Auf dem Klinikparkplatz war reichlich Verkehr, ein Kommen und Gehen von Paaren in Autos, die schon auf Kinderzuwachs gekauft waren.

»Was hältst du von Basedow?« Thal drehte sich Bettina zu und lehnte sich an die Tür.

»Ich glaube ihm. Wenn in der Klinik etwas Illegales abgelaufen ist, hat er es nicht gewusst. Außerdem hat der Herr Professor Humor.«

»Das disqualifiziert ihn nicht als Lügner.«

Bettina klopfte Thal auf die Schulter. »Dir als Mann haben seine Späße nicht gefallen, ist schon klar.«

Thal lachte auf und nickte. »Ich frage mich, ob die Eltern der Kinder lügen oder ob da noch etwas anderes vorgeht, von dem wir keine Ahnung haben.«

»Warum sollte zum Beispiel Annika Bahr nicht die Wahrheit über ihre Schwangerschaft mit Leon sagen? Wenn sie vor dem Jungen verbergen wollte, dass sie nicht seine leibliche Mutter ist, spielt das jetzt keine Rolle mehr.«

Bettinas Handy brummte in der Handtasche. Sie kramte es hervor.

»Stephanie«, informierte sie Thal.

»Hallo, Bettina«, meldete sich die Kollegin. »Das Ergebnis der DNA-Probe von Robert Bahr ist da.«

»Ja und?«, fragte Bettina.

»Die Sache wird immer verrückter.« Sie machte eine Pause. »Er ist nicht der Vater von Leon Bahr.«

Dreiundfünfzig

Mittwoch. Vierzehn Uhr fünfundvierzig

Wenn nur diese Schmerzen nicht wären.

Melanie Reiter versuchte eine Stellung zu finden, in der es erträglich war. Ihr Becken schien bei dem Sturz etwas abbekommen zu haben, das linke Bein konnte sie nicht bewegen, es fühlte sich an, als gehörte es nicht mehr zu ihrem Körper. Am schlimmsten war der Knebel. Das Schwein hatte ihr das Tuch tiefer in den Rachen geschoben als beim ersten Mal, es erzeugte einen permanenten Würgereiz. Sie hatte mal gelesen, dass ein entführter Mann an seinem eigenen Erbrochenen erstickt war, weil der Knebel zu tief im Hals steckte. Sie musste es noch einmal schaffen, das Klebeband zu lösen, und rieb die Wange über den Steinboden. Die Schmerzen trieben ihr die Tränen in den Augen, die Haut musste schon in Fetzen hängen. Wenn sie den Kopf zur anderen Seite drehte, lief ihr das Blut in die Nase. Sie konnte ihn riechen, ihren Tod.

Schaute sie nach oben, hatte sie das Gefühl, von der Decke erdrückt zu werden. Der Raum war zu niedrig, um aufrecht zu stehen. Als ob sie stehen könnte! Der Gedanke löste einen Lachkrampf aus. So sehr sie sich auch ihre ausweglose Lage vor Augen führte, der Anfall war stärker. Er entsprang einem Teil ihrer Seele, der sich nicht unterkriegen lassen wollte. Vielleicht war es der von allen Religionen beschworene unsterbliche Teil ihres Innenlebens, der ihren Oberkörper beben ließ. Sie atmete angestrengt durch die Nase, während der Rest ihres Körpers Geräusche von sich gab, die jemand anders kaum als fröhlich interpretiert hätte.

Sie bemühte sich, ruhig zu atmen, und schaffte es schließlich. Als der Schmerz aus der Hüfte wie ein gleißendes Licht in ihrem Hirn aufblitzte, kam sie zur Ruhe. Zum Glück! Andernfalls hätte sie die Stimmen überhört. Und die Schritte über ihr. Als marschierte jemand in Stiefeln über die Holzdielen des Bootshauses.

Er war zurückgekommen, um sie zu holen. Ihr Hirn arbeitete auf Hochtouren und kreiste dennoch nur um eine Frage: Was hatte das zu bedeuten? Würde der Doktor sie zu ihrem Sohn bringen? Oder würde er sie töten? Die Klappe öffnen, die Pistole auf sie richten und ... Peng! Mehr war nicht nötig. Eine Sache von zehn Sekunden. Ach was, weniger! Danach die Klappe zuwerfen und niemand würde etwas bemerken. Klar, irgendwann würde sie anfangen zu stinken. Spätestens im Frühjahr, wenn der Besitzer ein Segelboot am Steg festmachte, um an sonnigen Wochenenden mit Freundin und einer Kühlbox voller Weißwein hinauszufahren, käme die Mordtat ans Tageslicht. Oder hatte sich der Gestank bis dahin schon verflüchtigt? Wie war das mit der Verwesung? Es würde ja nicht ewig riechen. Sie erinnerte sich, dass ihr Bruder eines Tages den Teil eines menschlichen Schädels vom Spielplatz mitgebracht hatte. Später erfuhren sie, dass an dieser Stelle vor Jahrzehnten noch ein Friedhof gewesen war, man hatte bei der Umbettung der Toten auf den neuen Gottesacker wohl nicht gründlich gearbeitet. Von dem Schädelknochen ging kein Geruch aus. Nichts. Er wirkte klinisch rein. Vielleicht würde sie hier unten ihr Grab finden, in dem sie ungestört die Jahrhunderte überdauerte, bis eines fernen Tages ein Archäologe käme. Wie würde er den Fund interpretieren? Als Opfertod? Ritualmord? Oder simple Familientragödie?

Sie hielt den Atem an, um dem Geräusch der Schritte über ihr zu lauschen. Der Doktor war nicht allein! Sie hörte gleichzeitig Schritte links und rechts von ihr. Mindestens zwei Personen gingen durchs Bootshaus. Hatte der Doktor einen Gast mitgebracht? Jemanden, dem er prahlerisch von der Frau erzählte, die im Keller vor sich hin moderte?

Oder waren es Fremde? Spaziergänger, die zufällig vorbeigekommen waren. Hatte der Doktor vergessen, die Tür zu schließen und die Leute wollten nachschauen, wie es im Inneren eines solchen Bootshauses ausschaute?

Sie hatte keine Antwort auf ihre Fragen, und das hieß, dass sie sich still verhalten musste. Sie wagte kaum zu atmen, versuchte, die Position der Menschen im Raum über ihr zu bestimmen. Die Stimmen waren zu leise, um etwas zu verstehen. Es waren Männer, da war sie sich sicher.

Ruhe!, befahl sie sich. Oder nicht? Wenn sie sich nicht bemerkbar machte, hatte sie keine Chance, Leon zu helfen. Es gab keinen Zweifel, dass der Doktor ihren Sohn töten wollte. Vielleicht hatte er es längst getan, aber wenn nicht ...

Sie atmete tief ein, wollte ihr Gehirn mit Sauerstoff fluten.

Es gab nur die Hoffnung, dass Fremde im Bootshaus waren. Männer, die nichts mit dem Doktor zu tun hatten. Die sie befreien und ihr helfen würden, Leon zu finden. Ihn zu retten.

Sie stöhnte, so laut sie konnte.

Vierundfünfzig

Mittwoch. Vierzehn Uhr fünfundvierzig

»Leon Bahr ist weder mit seiner Mutter noch mit seinem Vater verwandt?«

Thal stellte die Frage, obwohl er und Bettina auf der Fahrt ins Präsidium über nichts anderes geredet hatten. Als ob eine andere Antwort vom Himmel gefallen wäre. Eine, die ihm weniger Angst machte.

»Genau so ist es.« Stephanie Bohlmann war die Gelassenheit in Person.

»Und das heißt was?« Schober zappelte auf seinem Stuhl hin und her, schaffte es nicht, länger als drei Sekunden ruhig zu sitzen.

»Das heißt, dass Annika Bahr in der Felicitas-Klinik die Eizelle einer Spenderin eingepflanzt worden ist, die zuvor mit dem Samen eines Spenders befruchtet worden war.«

»Und was sagen Annika Bahr und ihr geschiedener Mann dazu?«

»Sie beharren auf ihrer Aussage, dass sie in der Felicitas-Klinik im Rahmen eines Pro-bono-Programms behandelt wurden, das es laut Aussage der Klinikleitung überhaupt nicht gibt und auch nie gegeben hat.«

»Würde mich auch wundern«, brummte Thal »Wann gibt es in einem Krankenhaus was umsonst?«

»Geschenkt, Thal.« Schober winkte ab.

»Ich sehe keinen Grund, warum wir den Bahrs nicht glauben sollten.« Bettina hatte ihren Mantel nicht ausgezogen und sah verfroren aus. »Laut ihrer Aussage hat die Klinik bei Annika Bahr eine In-vitro-Befruchtung der eigenen

Eizelle mit dem Samen ihres Mannes durchgeführt. Der Grund für die Unfruchtbarkeit lag in der zu geringen Spermiendichte bei Robert Bahr.«

»Mir schwirrt der Kopf von diesen medizinischen Fachbegriffen.« Der Imam rieb sich mit den Händen durchs Gesicht.

Stephanie schlug eine dünne Handakte auf. »Leider kann ich Ihnen das nicht ersparen.« Sie blätterte einige Seiten vor. »Hier hab ich's: Zur Anwendung kam nach Bahrs Aussage die sogenannte Intrazytoplasmatische Spermieninjektion, kurz ICSI. Dabei wird ein einzelnes Spermium unter dem Mikroskop in die vorbereitete Eizelle injiziert.«

»Was vor allem eins bedeutet ...« Jonas räusperte sich, als wollte er seine Stimme auf den entscheidenden Akkord vorbereiten. »Die Eltern wurden belogen – vorausgesetzt, sie sagen uns die Wahrheit.«

»So sieht es aus.« Stephanie schlug die Akte zu. »Und zwar nicht nur in einem Fall. Vermutlich entstanden bei der Manipulation der Eizellen mehrere Embryonen.«

»Zwillinge«, flüsterte Thal.

»Eineiige«, ergänzte Stephanie. »Die Embryonen wurden eingefroren und im Laufe der Zeit mehreren Frauen eingepflanzt. So erklären sich die Zwillinge, deren Geburtsdaten Wochen auseinanderliegen.«

»Wo liegt das Motiv?«, fragte Bettina. Sie hatte die Arme verschränkt und ließ den Kopf hängen.

»Ich würde wetten, dass es um Geld geht«, sagte Thal, der sich Sorgen um seine Kollegin machte. Sie gehörte eindeutig ins Bett, zumindest aber nach Hause.

»Da könntest du recht haben«, sagte Quandt. Wenigstens er machte einen frischen Eindruck, hatte sich endlich rasiert. »Wenn man auf einen Schlag mehrere überlebensfähige Embryonen hat, spart man Kosten.«

»Wie dem auch sei«, sagte Stephanie und goss sich eine Tasse Tee ein. »Wir haben es auf jeden Fall mit mehreren Fällen zu tun. Ich gehe von mindestens sieben aus.«

»Wie kommen Sie darauf?«, fragte Schober. Die Zahl machte ihm hörbar Angst.

»Das Tattoo«, sagte Stephanie. »Nummer Sieben.«

»Jemand will die Spuren beseitigen.« Unvermittelt stellte Quandt eine These wie eine Tatsachenbehauptung in den Raum. Niemand widersprach, im Gegenteil, Thal nickte Jonas zu.

»Das wäre ihm auch fast perfekt gelungen. Hätte das Mädchen ihrem Opa nicht den Eisbären in den Sarg legen wollen ...«

Thal konnte den Satz nicht zu Ende sprechen, weil eine Art Tumult im Raum ausbrach. Auf einmal, als hätte jemand ein schwarzes Tuch von einer Lampe gezogen, schien der Fall hell erleuchtet wie auf einem Seziertisch vor ihnen zu liegen.

Thal klopfte auf den Tisch. »Ruhe, Leute!« Er wartete ein paar Sekunden, bis alle ihre Fassung wiedergewonnen hatten. »Die Hypothese ist ein erster Ansatz, mehr nicht. Wenn sie richtig ist, hat der Täter auch Benjamin Denz getötet und einem anderen Toten als Grabbeigabe in den Sarg gelegt.«

Schober stöhnte auf und Thal wusste warum. Wie viele Bestattungen es wohl rund um den Bodensee täglich gab?

Schober sprach es aus. »Wir können unmöglich alle Toten exhumieren lassen, die rund um den Tag beerdigt worden sind, an dem der Junge aus Bregenz verschwunden ist. Wir finden niemals einen Richter, der das anordnet.«.

»Müssen wir auch nicht«, sagte Stephanie. Alle Augen waren auf sie gerichtet. Sie lächelte.

»Angenommen, der tote polnische Bestattungsgehilfe hat dem Täter geholfen. Vermutlich gegen Bezahlung. Warum soll er das nur einmal getan haben? Wir sollten die Erdbestattungen des Bestattungsunternehmens von Boris Leitner überprüfen, sagen wir mal, bis zu sieben Tage nach dem Verschwinden von Benjamin Denz.«

»Das wären wie viele?«, fragte Schober.

Stephanie zuckte mit den Schultern und griff zum Telefonhörer. »Das lässt sich herausfinden.«

Fünfundfünfzig

Mittwoch. Vierzehn Uhr fünfzig

Er sollte sich auf den Weg zurück nach Konstanz machen!

Thal hatte ihn unmissverständlich ins Präsidium beordert. Auch wenn der Chef kein autoritärer Typ war, sondern die Eigeninitiative seiner Ermittler schätzte, sah er Alleingänge nicht gerne. Klaus Büchner, der Meersburger Kollege, drängte ebenfalls zur Eile, das Ende seiner Schicht nahte.

Grendel warf einen letzten Blick in das Bootshaus. Irgendetwas hatte ihn bei seinem ersten Besuch gestört, dummerweise konnte er es nicht benennen. Es war nur ein Gefühl, ungewöhnlich für ihn, der sich gerne auf Fakten verließ.

In den letzten Stunden waren sie zwei Mal den Uferstreifen abgefahren, von dem aus der Täter gestartet sein musste, um die Leiche des polnischen Bestattungshelfers in den See zu werfen. Nichts! Keine verlassenen Gebäude, keine im Schilf versteckten Boote. Zeitverschwendung, dachte er. Trotzdem stand er jetzt in diesem Bootshaus und wurde das Gefühl nicht los, etwas übersehen zu haben. Allein die Tatsache, dass die Tür nicht verschlossen war, irritierte ihn. Je länger er darüber nachdachte, desto verdächtiger kam ihm der Typ vor, den sie bei ihrem ersten Besuch getroffen hatten. Warum hatten sie seine Personalien nicht aufgenommen? Grendel ballte die Fäuste. Die Antwort war klar: Sie hatten keinen Grund dazu gehabt. Er durfte sich nicht verrennen.

Büchner räusperte sich. Grendel warf einen letzten Blick in den Raum und ging zur Tür.

Was war das?

Er hob den Kopf und sah den Kollegen an, der sich gelangweilt an den Türrahmen lehnte und seine Fingernägel betrachtete.

Da! Schon wieder. Es klang wie ein Stöhnen.

»Hörst du das auch?«

Büchner hob den Kopf.

»Da!«, flüsterte Grendel und hob einen Zeigefinger. »Was zum Teufel ist das?«

»Vermutlich eine Katze auf der Jagd nach einer Ratte. Laufen genug davon hier rum.«

Grendel schüttelte den Kopf. »Das ist kein Tier, das ist ein Mensch, der stöhnt.«

Büchner neigte den Kopf leicht zur Seite, als könnte er so besser lauschen. »Na, ich weiß nicht. Woher soll das kommen?«

Eine gute Frage. Grendel versuchte, alle anderen Sinneseindrücke auszublenden und sich auf das Geräusch zu konzentrieren. Das Stöhnen schien von unten zu kommen.

»Hat das Bootshaus einen Keller?«

»Kann ich mir nicht vorstellen«, sagte Büchern. »Oder siehst du eine Treppe?«

Grendel dachte an die Bauernkate seiner Oma. Er und sein Bruder hatten sich häufig in dem geheimnisvollen Kriechkeller versteckt, die enge Stiege verbarg sich unter einer Bodenklappe. Er richtete den Blick nach unten und scannte den Fußboden. Ein Lächeln stahl sich in sein Gesicht. Wie bei der Großmutter!

Er schob den abgewetzten Teppichläufer mit dem Fuß zur Seite. Der Eisenring an der Klappe war verrostet.

»Hilf mir mal!«

Büchner stellte sich neben ihn. »Dürfen wir das überhaupt, so ohne Durchsuchungsbeschluss.«

»Gefahr im Verzug«, sagte Grendel und schaute den Kollegen ärgerlich an.

Endlich bückte er sich und packte mit an. Die Bodenklappe schwang ächzend auf. Das Stöhnen wurde lauter.

Grendel zog sein Smartphone aus der Tasche und startete die Taschenlampen-App. Die Frau sah schrecklich aus. Ihre Augen waren aufgerissen, die Pupillen geweitet.

Sie hat Todesangst, dachte Grendel.

»Polizei«, rief er in das nur einen Meter hohe Verlies hinunter. »Alles ist gut!«

Er kletterte die drei Stufen hinab. Erst jetzt sah er die Verletzungen der Frau. Sie blutete im Gesicht, an einer Wange hatte sich die Haut fast vollständig vom Fleisch gelöst, dazu kamen weitere Kopfwunden. Ein Bein befand sich in einer unnatürlichen Stellung.

Grendel riss ihr das Klebeband ab, das den Knebel hielt. Die Frau schrie auf. Er griff ihr in den Mund und entfernte den Stofffetzen. Sie hustete und versuchte gleichzeitig, so tief Luft zu schöpfen wie möglich.

»Mein Sohn ...«, krächzte sie. »Er hat meinen Sohn!«

»Frau Reiter? Melanie Reiter?«

Sie nickte immer noch hustend.

»Ruf den Notarzt, Klaus!«, rief er nach oben.

»Dafür haben wir keine Zeit«, sagte Melanie Reiter. »Er wird Felix töten.«

»Wer?«

»Der Doktor.«

Grendel überlegte, ob er die Frau in den Arm nehmen sollte, um sie zu beruhigen. Er hatte zu wenig Erfahrung mit solchen Situationen, normalerweise waren es die Ermittler, die mit Zeugen in Ausnahmesituationen sprachen. Er war für die Fakten zuständig. Vorsichtig streichelte er Melanie Reiters Arm.

»Was für ein Doktor?«

»Haider. Doktor Stephan Haider.«

»Hat der Ihnen das angetan?« Grendel deutete auf ihre Kopfwunden.

Sie nickte. »Das ist nicht wichtig. Er hat Felix, wir müssen ihn finden, bevor ...«

Sie beendete den Satz nicht, ein Heulkrampf überwältigte sie.

Grendel wunderte sich, dass er so ruhig blieb. Er musste seine Arbeit tun, nichts anderes war jetzt wichtig.

»Um Ihren Sohn kümmern sich meine Kollegen, die sind ihm schon auf den Fersen.« Erstaunlich, wie leicht ihm diese Lüge fiel. »Wir müssen alle Beweise sichern, damit wir diesen Kerl hinter Gitter bekommen.«

Melanie Reiter schniefte, nickte aber.

Sie versuchte tapfer zu sein, dachte Grendel. »Gibt es irgendetwas, das dieser Doktor berührt hat?«

»Das Klebeband«, presste sie heraus.

Grendel wiegte den Kopf hin und her. »Sonst noch was?«

Sie senkte den Kopf und dachte nach. Plötzlich atmete sie laut ein. »Auf einem Hocker müsste seine Armbanduhr liegen.«

Grendel stand auf und steckte den Kopf durch die Bodenluke.

Die Armbanduhr lag auf einem schiefen Holzschemel.

Grendel lächelte.

Sechsundfünfzig

Mittwoch. Sechzehn Uhr zwanzig

Wie sich die Situation verändert hatte! Bettina genoss Basedows Verlegenheit. Von seiner Selbstsicherheit war nicht mehr viel zu spüren. Anfangs hatte er noch einen Versuch gemacht, die Befragung ins Lächerliche zu ziehen. Als Thal ihn mit dem von Grendel übermittelten Namen Haider konfrontierte, hatte der Klinikleiter grinsend gefragt: »Meinen Sie den österreichischen Politiker?«

Thal hatte sich nicht aus der Fassung bringen lassen, sondern ruhig geantwortet. »Nein. Dr. Stephan Haider. Der Mann ...«

»Hören Sie auf! Ich bin froh, dass ich von diesem Schuft lange nichts mehr gehört habe. Das muss jetzt ...«

»Sieben Jahre?«, warf Bettina ein, was Basedow überraschte. Bettina wusste, was in ihm vorging. Er fragte sich, wie viel die Polizisten noch über die Klinik wussten und ob ihm das gefährlich werden konnte.

»Ja.« Der Professor nickte bedächtig. »Das muss in der Tat sieben Jahre her sein.«

»Damals war er in der Klinik beschäftigt.« Thal ließ offen, ob es sich um eine Frage oder eine Tatsachenbehauptung handelte.

Basedow wurde immer nervöser. »Ja. Er war ein guter Mediziner, erst Ende dreißig. Trotz dieses für einen Arzt jugendlichen Alters gehörte er zu den Koryphäen unter den Reproduktionsmedizinern. Bevor er zu uns kam, hat er in den besten Kliniken in den USA und in Frankreich gearbeitet.«

»Dort ist mehr erlaubt als in Deutschland«, sagte Bettina mehr zu sich selbst. Basedow ging trotzdem darauf ein.

»Genau das war sein Problem. Haider wollte forschen und nicht nur helfen. Die Forschung gehört aber nicht zu unseren Aufgaben.«

»Um was ging es da genau?«

Basedow starrte den Briefbeschwerer auf seinem Schreibtisch an. Bettina wettete, dass er ihn in die Hand nehmen würde, das Ding hatte für ihn eine Bedeutung, war vermutlich das Geschenk eines lieben Menschen. Sie verlor die Wette, denn Basedow stand auf, ging zu einem niedrigen Schränkchen und holte eine Karaffe heraus. »Auch einen Cognac?«

Bettina schüttelte den Kopf und Thal winkte mit beiden Händen ab.

»Verstehe, Sie sind im Dienst.« Er schaute auf die Armbanduhr. »Ich gebe mir jetzt frei.« Er grinste und goss schwungvoll einen Dreifachen in einen Cognacschwenker, den er in einem Zug leerte.

»Haider hat angeblich an verschiedenen Dingen gleichzeitig gearbeitet, genau haben wir das aber nie herausgefunden. Wie gesagt, ich habe ihn seit sieben Jahren nicht mehr gesehen.«

Er goss sich einen zweiten Drink ein.

»Wie und wann bekamen Sie von seinen Aktivitäten Wind?«

Basedow stellte die Karaffe zurück in den Schrank und setzte sich wieder an den Schreibtisch. Das Glas drehte er zwischen den Handflächen.

»Es gab Gerüchte, Kollegen haben ihn beobachtet, wie er nachts an den Hochleistungsmikroskopen gearbeitet hat.«

Innerbetriebliche Denunziation, dachte Bettina. Was wären Ermittler ohne schlechte Charaktereigenschaften wie diese.

»Wofür braucht man diese Mikroskope?« Thal war hoch konzentriert.

»Sagt Ihnen Intrazytoplasmatische Spermieninjektion etwas?«

Berg und Thal nickten synchron.

Basedow hob die Augenbrauen. »Respekt! Sie haben sich wirklich in die Sache eingearbeitet, was?« Er lachte und trank einen Schluck.

»Haider hat unter dem Mikroskop Eizellen befruchtet«, sagte Thal. »Waren es Spenderzellen?«

»Möglich«, sagte Basedow und schaute in das Glas.

»Was kann man damit machen?«, fragte Bettina.

»Embryonenforschung ist ein weites Feld.« Wieder trank Basedow. Es kam Bettina vor, als versinke er in einer anderen Welt.

»Und Haider hat auf eigene Rechnung gearbeitet, richtig?« Thal stützte sich auf seine Ellbogen und beugte den Oberkörper vor. Er wollte Basedows Aufmerksamkeit auf sich ziehen. Vergeblich, der Arzt stierte weiter in das Cognacglas.

»Wir konnten es nicht beweisen.«

»Aber Sie haben ihn entlassen.«

Basedow nickte. »Negative Presse kann sich ein Unternehmen wie die Felicitas-Klinik nicht leisten.«

»Wenn ich Sie richtig verstehe, ist es denkbar, dass Haider auf eigene Rechnung Frauen ohne ihr Wissen Spendereizellen eingepflanzt hat, die zudem mit fremden Spermien befruchtet worden waren?«

Basedow riss den Kopf nach oben. Seine Lethargie war verflogen.

»Sie wollen doch nicht behaupten ...? Nein, davon war nie die Rede. Das wäre ja ...«

»Ist es möglich oder nicht?«

Basedow schien mit sich zu ringen. »Es würde bedeuten, dass Haider eine Vielzahl von Dokumenten hätte fälschen müssen.«

Der Professor stemmte sich gegen die Erkenntnis, dass Haider kein missverstandenes Genie gewesen war.

»Ist es möglich oder nicht?« Thals Stimme war schneidend.

»Unter bestimmten Voraussetzungen ...«

Der Professor legte die Hand auf den Briefbeschwerer. »Wissen Sie eigentlich, was wir in Deutschland vielen Patienten antun mit unserer restriktiven Haltung zur Embryonenforschung?« Er schaute erst Thal und dann Bettina an. Wann hatte sie zuletzt so viel Trauer in den Augen eines Menschen gesehen? Sie hatte das Gefühl, jemand stach ihr mit einem Stilett in die Seele.

Basedow rollte die Glaskugel über die Schreibtischplatte. »Meine Frau ist an Bauchspeicheldrüsenkrebs gestorben. Sie hatte keine Chance. Dabei könnten wir längst Organe züchten ...« Er stoppte die Kugel. »Aber was erzähle ich Ihnen das.« Er stand auf und schwankte leicht, als er Berg und Thal zur Tür begleitete.

»Der Mann tut mir leid.« Bettina schluckte den Kloß hinunter, der ihr seit einer Minute im Hals steckte. Wie sehr musste Basedow seine Frau geliebt haben. Sie hatte ihm den Briefbeschwerer geschenkt und er behandelte ihn noch immer wie einen unbezahlbaren Edelstein.

»Vielleicht ist er auch nur ein guter Schauspieler«, sagte Thal.

Bettina hätte den Kollegen am liebsten geschüttelt und ihn gefragt, wo seine Menschenkenntnis geblieben war. »Stell dir vor, Madlaina ist unheilbar krank, könnte aber gerettet werden, wenn unsere Politiker nicht ihre von den Kirchen beeinflussten Moralvorstellungen zum Maß aller Dinge machten.«

Thal atmete schwer. Sie spürte, wie er neben ihr verkrampfter und kleiner zu werden schien. Sie schämte sich. Wie konnte sie ihn mit dieser Frage konfrontieren? Er würde alles für Madlaina tun, nachdem seine erste Frau Leah bei einem Attentat ums Leben gekommen war, das ihm gegolten hatte.

»So einfach ist das nicht«, sagte Thal. »Und du weißt das auch.«

»Tut mir leid«, sagte Bettina und fasste ihn am Arm.

Er lächelte sie traurig an. »Schon gut. Wir müssen uns auf Haider konzentrieren.«

Bettina nickte. »Der feine Doktor Haider hat in der Felicitas-Klinik den Frauen Embryonen eingepflanzt, die er aus Spendereizellen und Spendersamen gezüchtet hat. Und das vermutlich mindestens in sieben Fällen. Die entsprechenden Patientenakten, so es überhaupt welche gegeben hat, ließ er nach seiner Entlassung mitgehen.«

»Ich sehe immer noch kein Motiv«, sagte Thal. Er schien sich langsam zu fangen.

»Es geht doch fast immer ums Geld.«

»Das glaube ich in diesem Fall nicht.« Thal hakte sich bei Bettina ein. Sie hatte sich selten mehr über diese Geste gefreut. »Alle Frauen haben berichtet, dass sie im Rahmen eines Pro-bono-Programms der Klinik gratis behandelt worden seien.«

»Eines Programms, das es nie gab. Trotzdem muss es Haider irgendetwas gebracht haben. Ich kann mir nicht vorstellen, dass er völlig uneigennützig gehandelt hat.«

Bettinas Handy signalisierte den Eingang einer SMS.

»Grendel«, sagte sie und hielt Thal das Display hin.

»Kommt bitte ins Präsidium. Hier ist der Teufel los, aber endlich geht es voran.«

Siebenundfünfzig

Mittwoch. Sechzehn Uhr fünfzig

Er musste etwas unternehmen! Am besten sofort!

Er schaute in den Rückspiegel. Der protzige SUV hinter ihm fuhr viel zu dicht auf. Er setzte den rechten Blinker und verlangsamte. Warum überholte ihn der Kerl nicht?

Vorsichtig lenkte er den Wagen in eine Parkbucht. Im Sommer konnte man von hier die Aussicht auf den See genießen, heute war das gegenüberliegende Ufer nicht zu sehen.

Der SUV schlich an ihm vorbei. Der Fahrer starrte aus dem Fenster und schüttelte den Kopf.

Schweiß trat ihm auf die Stirn. Er schloss die Augen und versuchte, die Panik loszuwerden. Der Verfolgungswahn brachte ihn noch um. Was hatte sich in den letzten Tagen verändert? Gut, die Polizei hatte die Leiche eines Jungen mit einer rätselhaften Tätowierung unter dem Fuß im Sarg eines alten Mannes gefunden. Gruselig war das, mehr aber auch nicht. Nummer Sechs würden sie niemals finden. Und Nummer Neun lag in seinem Kofferraum. Vielleicht war er schon tot, er hatte seit Stunden kein Geräusch gehört. Und die Frau verdurstete gerade in ihrem Verlies, was für eine Ironie, lag doch der Bodensee nur ein paar Meter und doch unerreichbar von ihr entfernt.

Er fuhr zurück auf die Straße. Er musste Nummer Neun endgültig loswerden. Gleichgültig, ob er noch lebte oder bereits das Zeitliche gesegnet hatte, der Körper musste beseitigt werden. Am besten wäre es, wenn er es bei dem bewährten Verfahren belassen würde. Einen Zufall wie den, der zur Entdeckung von Nummer Sieben geführt hatte, gäbe es kein zweites Mal. Die Methode war die sicherste, davon war er immer noch überzeugt.

Er atmete tief ein und gab Gas. Die Entscheidung war gefallen. Er würde Nummer Neun zur ewigen Ruhe betten. Am besten gleich heute, spätestens morgen.

Nichts war verloren.

Alles war gut.

Achtundfünfzig

Mittwoch. Siebzehn Uhr zehn

Schon als Thal den Flur des Kommissariats betrat, spürte er die Spannung. Die Atmosphäre hatte sich grundlegend verändert. Alle Mitglieder des Teams liefen mit konzentrierten Mienen geschäftig umher, beflügelt von dem Gefühl, einem Kindermörder so nahe gekommen zu sein, dass er ihren Atem spüren musste.

Im Mittelpunkt stand Hartmut Grendel, der die Aufmerksamkeit sichtlich genoss. Es kam zwar häufig vor, dass die Ergebnisse der Kriminaltechnik die Ermittler auf die richtige Fährte brachten, dass er aber selbst die entscheidende Zeugin ausfindig machte, hatte es bis jetzt noch nie gegeben. Thal konnte sich nicht erinnern, ihn jemals so aufgedreht erlebt zu haben. Zumindest nicht, seit Grendel vor mehr als zwei Jahren Witwer geworden war. Soweit er wusste, gab es bis heute keine neue Frau in seinem Leben.

»Konnte Melanie Reiter eine Täterbeschreibung abgeben, mit der wir etwas anfangen können?«

»Die brauchen wir nicht.« Jonas drehte sein Tablet auf dem Tisch. »Wir haben ein Foto von ihm, genauer gesagt sogar mehrere. Sie sind zwar acht Jahre alt, aber trotzdem.«

Quandt hatte die Seite eines amerikanischen Unternehmens geöffnet, dass sich mit Grundlagenforschung beschäftigte. Doktor Stephan Haider wurde als anerkannter Mediziner und Forscher beschrieben.

»Sein Spezialgebiet ist die Stammzellenforschung«, erklärte Quandt. »Grob gesprochen geht es darum, menschliche Stammzellen zu vervielfältigen. Damit ließen sich Herzkrankheiten, aber auch Parkinson oder Querschnittslähmungen besser behandeln, vielleicht sogar heilen.«

»Oder Bauchspeicheldrüsenkrebs«, flüsterte Bettina.

»Wie bitte?«, fragte Quandt.

»Schon gut.« Bettina winkte ab. »Woher kennt Melanie Reiter diesen Haider?«

»Er war ihr Arzt in der Felicitas-Klinik. Haider hat sie dort umsonst behandelt, mit Erfolg, wie wir wissen.«

»Na ja, ganz umsonst war es nicht«, sagte Grendel. Das Lächeln schien in seinem Gesicht festgetackert zu sein. »Melanie Reiter hat mir erzählt, dass sie sich verpflichten musste, Haider ständig über ihren Sohn Bericht zu erstatten. Er legte Wert auf detaillierte Angaben. Regelmäßig hat er Frau Reiter besucht und den Kleinen untersucht.«

»Das Gleiche galt für Benjamin Denz und Leon Bahr, das haben uns die Mütter bestätigt.«

»Haider hat am lebenden Objekt geforscht«, sagte Stephanie. Ihr Blick irrte zwischen den anderen im Raum hin und her, als hoffte sie auf Widerspruch.

»Ich fürchte, du hast recht«, sagte Thal. »Es deutet alles darauf hin, dass Haider sein privates Forschungsprojekt durchgezogen hat. Wenn wir nur wüssten, worum es ihm dabei ging.«

»Ist das so wichtig?« Quandt hob die Augenbrauen, als wunderte er sich selbst über seine Frage. »Es dürfte sich auf jeden Fall um Forschungen außerhalb der Legalität handeln, sonst hätte Haider seine Probanden nicht getötet.«

»Du meinst, er beseitigt die Spuren?«

»Genau, und zwar gründlich.«

Für einen Moment herrschte Stille. Sie waren am entscheidenden Punkt der Ermittlungen angekommen, was nicht garantierte, dass sie Erfolg haben würden. Noch war alles offen, deshalb führte Thal sie wieder in die Niederungen der Ermittlungsarbeit.

»Was ist mit den Beerdigungen, Stephanie?«

»In der Woche nach dem Verschwinden von Benjamin Denz hat Leitner zwei Erdbestattungen durchgeführt.«

»Und davon kann man leben?« Die Frage war Grendel herausgerutscht. Es dauerte keine Sekunde, bis alle loslachten. Grendel war es peinlich, er hob entschuldigend beide Hände.

Stephanie Bohlmann fasste sich schnell wieder. »Dazu kamen ja noch einige Feuerbestattungen, die interessieren uns wegen der zweiten Leichenschau unmittelbar vor der Verbrennung aber nicht.«

»Ist die Exhumierung angeordnet?«, fragte Thal.

»Schober weigert sich, damit zum Richter zu gehen.«

Die Euphorie im Raum brach so schnell zusammen, wie sie entstanden war. Der Alltag hatte sie wieder. Am Ende scheiterte eine Mordermittlung möglicherweise an den Rechtsvorschriften bezüglich der Exhumierung von zwei Leichen, die vor Monaten beerdigt worden waren. Zählten die Gefühle der Angehörigen dieser Toten mehr als die der Eltern von Leon Bahr und Benjamin Denz? Thal spürte, dass sein Respekt vor dem Rechtsstaat mit zunehmendem Alter schwand. Am liebsten hätte er sich einen Spaten genommen und wäre auf den Friedhof gegangen.

Quandts Telefon klingelte. Er stellte sich in die Ecke des Raumes, flüsterte ein paar Worte und legte auf. »Das hätte ich fast vergessen. Die Freundin von Bartek Wójcik hat sich gemeldet. Sie wollte eine Vermisstenanzeige aufgeben und der Kollege hat sie festgehalten. Ich denke, ich sollte mit ihr reden.«

Thal nickte, es konnte nicht schaden, wenn sie mehr über den Polen wussten.

Es klopfte an der Tür. Die Frau trug einen orangefarbenen Regenmantel, in der Hand hielt sie einen knallgelben Rucksack, an dem ein Stofftier baumelte. Sie schaute verängstigt im Raum umher.

»Frau Kaczmarek?«, fragte Quandt und ging auf die Besucherin zu.

Sie nickte. »Ewa Kaczmarek. Bin hier wegen Bartek, Herrn Wójcik, wenn verstehen ...«

Ihr Blick wurde starr. Thal versuchte, der Blickrichtung zu folgen. Sie schaute auf den Tisch. Genauer auf Quandts Tablet. Darauf war immer noch Haiders Porträt zu sehen.

»Der Mann ist verrückt«, sagte die Frau und zeigte auf das Bild.

Thal stand auf und schob Quandt zur Seite. Er streckte der Polin die Hand entgegen, stellte sich vor und bat sie herein. Ihre Augen waren gerötet, sie hatte vor Kurzem geweint.

»Sie kennen diesen Mann?«

»Ich habe ihn nur einmal gesehen, aber Bartek hat von ihm gesprochen.«

»Hatte Ihr ...«

»Verlobter«, sagte sie. »Wir wollten heiraten.«

Der Weinkrampf flog sie an wie ein plötzlich heraufziehender Hurrikan. Er schüttelte sie durch und hätte Thal nicht den Stuhl vom Tisch gezogen und sie mit sanfter Gewalt darauf platziert, wäre sie zu Boden gegangen.

Es dauerte zwei Minuten, bis sie sich wieder gefangen hatte.

Thal setzte sich ihr gegenüber. »Geht es wieder?«

Sie schniefte, nickte aber tapfer.

»Sie wollten uns etwas über diesen Mann erzählen.« Thal hielt das Tablet hoch.

»Der Kerl ist verrückt. Er hat Bartek Geld gegeben, damit er ihn zu den Toten lässt. Viel Geld.«

»Wissen Sie, warum er das gemacht hat?«

»Er hat Bartek gesagt, dass es ihn ...« Ihre Stimme versagte.

Thal nahm Ewa Kaczmareks Hand. »Hat dieser Haider gesagt, dass es ihn erregen würde, mit einem Toten zusammen zu sein?«

Sie sah Thal in die Augen und nickte.

»Bettina, kümmerst du dich um Frau Kaczmarek?«

Thal stand auf und ging zur Tür. Jetzt musste Schober sich um die Genehmigung für die Exhumierung kümmern. Bei Leichenschändung würde die Öffentlichkeit hinter ihm stehen. Auch wenn es darum gar nicht ging, da war sich Thal sicher. Haider hatte den polnischen Bestattungsgehilfen belogen. Was er wirklich bei den Toten gewollt hatte, hatte er unmöglich zugeben können.

Neunundfünfzig

Mittwoch. Einundzwanzig Uhr zwanzig

»Nun setz dich doch endlich!«

Madlaina schüttelte den Kopf über Thals Ruhelosigkeit. Seit einer Stunde schaffte er es nicht, länger als fünf Minuten auf einem Fleck zu verharren. Ständig musste er aufspringen, um etwas scheinbar Unaufschiebbares zu erledigen: die Spülmaschine ausräumen, den Vorrat an Kaffeebohnen überprüfen, das Smartphone aufladen.

Dabei waren diese Tätigkeiten nichts anderes als der Versuch, mit der erzwungenen Untätigkeit fertigzuwerden. Es gab nichts, was er tun konnte, um dem Kindermörder Stephan Haider näherzukommen. Dem vermeintlichen Kindermörder natürlich, aber diese Korrektheit konnte ihm den Buckel runterrutschen.

Die Aufgaben waren verteilt. Alle Polizeidienststellen um den Bodensee, auch die in der Schweiz und in Österreich, verfügten über die relevanten Informationen einschließlich eines Fotos von Haider, den die Kriminaltechniker um acht Jahre digital hatten altern lassen, und einer Beschreibung des Autos, das Grendel am Bootshaus gesehen hatte. Sollte sich der feine Herr Doktor in irgendeiner Weise auffällig verhalten, würde er verhaftet. Aber was, wenn er – Felix Reiter in seiner Gewalt – in einem Unterschlupf saß und abwartete. Vorausgesetzt, der Junge lebte überhaupt noch. Thal hatte seine Zweifel daran. Die Schilderung von Melanie Reiter war drastisch gewesen und ihre eigenen Verletzungen legten Zeugnis von Haiders Brutalität ab. Der Mann war kein fürsorglicher Arzt, er war ein Monster.

Die Türklingel riss Thal aus seinen Gedanken. Madlaina öffnete und kam Sekunden später zurück ins Wohnzimmer, ihr folgten Stephanie, Jonas und Hartmut. Thal konnte den Ausdruck auf ihren Gesichtern nicht recht deuten. Auf der einen Seite schienen sie aufgeregt, auf der anderen zutiefst beunruhigt.

»Was treibt euch so spät noch her? Vor allem: Was gibt es, das man nicht auch am Telefon hätte besprechen können.«

»Tut uns leid, dass wir euch stören, Alexander ...«

Thal bedauerte seine zurückweisende Begrüßung. Er bot den dreien Plätze an, Madlaina verteilte Wein- und Wassergläser.

»Also?« Thal klopfte auf den Platz neben sich auf dem Sofa, Madlaina setzte sich und legte den Arm um ihn.

»Wir wollten dir das nicht am Telefon erzählen, aber es duldet auch keinen Aufschub.« Stephanie legte die Hände ineinander.

»Wenn ihr eine Wette abgeschlossen habt, wie lange ihr mich hinhalten könnt, bis ich euch rauswerfe, solltet ihr wissen, dass mein Geduldsfaden heute schon gerissen ist.«

Jonas goss sich ein Glas Orangensaft ein und steckte sich einen Spekulatius in den Mund. »Sorry, aber ich habe heute Abend noch nichts gegessen.«

Thal richtete die Augen zur Decke, als wollte er ein Stoßgebet zum Himmel schicken.

»Sag es ihm selbst«, bat Jonas Grendel.

»Ich habe im Bootshaus einige Spuren gesichert, um im späteren Verfahren Haiders Anwesenheit nachweisen zu können.«

Thal nickte dem Techniker anerkennend zu. Er konnte sich auf seine Leute verlassen, jeder wusste, was zu tun war.

»Die Spuren sind ausgewertet«, fuhr Grendel fort. »Sowohl an einem Stück Klebeband wie auch an der Armbanduhr, die der Täter im Bootshaus zurückgelassen hat, befindet sich DNA, die mit an Sicherheit grenzender Wahrscheinlichkeit von unserem Mann stammt.«

»Gute Arbeit«, sagte Thal. »Aber deswegen hättet ihr euch nicht herbemühen müssen.« Er hob sein Glas. »Der Rioja ist zwar auch eine längere Reise wert, aber ich spendiere eh ein paar Flaschen für die Weihnachtsfeier.«

»Du kennst ja noch nicht die ganze Geschichte«, sagte Stephanie. Ihre Wangen waren gerötet. »Der Täter ist ein Zwilling von Leon Bahr und Felix Reiter.«

»Moment, Moment ...« Thal stellte das Glas ab. »Die Spuren stammen vermutlich von Felix Reiter, der Junge war in dem Bootshaus.«

Grendel schüttelte den Kopf. »Das können wir ausschließen. Das Klebeband hat der Junge nie in der Hand gehabt, und an der Armbanduhr fanden wir Anhaftungen von Hautschuppen, die beim Tragen entstehen. Diese Partikel haben wir untersucht, sie stammen garantiert nicht von dem Jungen.«

Thal verstand nichts mehr. Madlaina löste sich von ihm und nahm ihr Weinglas. Ihre Hand zitterte.

»Noch mal für mich Banausen«, sagte Thal. »Haider ist fünfundvierzig Jahre alt. Als er zur Welt kam, gab es diesen ganzen Hokuspokus mit Reagenzglasbefruchtung und so weiter doch noch gar nicht. Oder irre ich mich da?«

»Nein, du irrst dich nicht«, sagte Grendel.

»Frankenstein«, murmelte Madlaina und trank ihr Glas in einem Zug leer.

»Nein!« Jonas Quandt hielt einen weiteren Spekulatius in der Hand, die Schale hatte er fast geleert. »Hier geht es nicht um Monster, sondern um Menschen wie du und ich. Allerdings verdanken sie ihre Existenz einer ganz besonderen Technik.«

»Bitte«, sagte Thal und faltete die Hände. »Jetzt fang nicht auch du noch an, in Rätseln zu sprechen. Wenn überhaupt ist das Hartmuts Part.«

Grendel zog einen Schmollmund und lehnte sich zurück.

»Einfach formuliert:« Quandt wedelte mit dem Weihnachtskeks. »Wir müssen davon ausgehen, dass Haider Klone seiner selbst erschaffen hat.«

»So wie das Schaf Dolly.« Madlaina fuhr sich mit beiden Händen durch die Haare.

»Genauso«, sagte Grendel. Quandt biss geräuschvoll in den Spekulatius.

Thal brauchte einen Moment, seine Gedanken zu sortieren. Augenscheinlich akzeptierten die anderen die Tatsache, dass jemand Menschen geklont hatte. Ihm ging das zu schnell.

»Die Sache mit dem Schaf ist das eine, ich habe aber noch nicht gehört, dass jemand Menschen geklont hat.«

»Oh doch!« Grendel war in seinem Element. »Bereits im Jahr 2005 hat der Südkoreaner Hwang Woo-suk verkündet, er hätte embryonale Stammzellen hergestellt. Das Ganze erwies sich allerdings später als Lüge.«

»Sag ich doch!« Thal verschränkte die Arme.

»Moment!« Grendel lächelte ihn an. »Hwang hatte gelogen, es handelt sich um einen der größten Skandale der Wissenschaftsgeschichte. Aber es gab in den Folgejahren mehrere spektakuläre Berichte von erfolgreichen Klonexperimenten, die nachweislich nicht gefälscht waren. Den bedeutendsten Erfolg hatten Wissenschaftler 2013 an der Universität von Oregon. Sie entfernten die Kerne aus Hautzellen von Kindern, verpflanzten sie in Spendereizellen und ließen sie heranwachsen. Nach sieben Tagen hatten diese Embryonen bereits einhundertfünfzig Zellen. Sie wären absolut lebensfähig gewesen, hätte man den Versuch nicht abgebrochen.«

»Ihr glaubt wirklich, dass Haider nicht nur experimentiert hat wie seine Kollegen in Oregon, sondern dass er weitergemacht hat?«

»Es spricht alles dafür«, übernahm Jonas, der den letzten Gewürzkeks gegessen hatte. »Haider hat gespendete Eizellen genommen, den Kern entfernt und durch seinen eigenen ersetzt. Anschließend hat er dafür gesorgt, dass die Zelle sich teilt und den daraus entstandenen winzigen Embryo in die Gebärmutter von Frauen eingepflanzt, die wegen Kinderlosigkeit bei ihm in Behandlung waren.«

Niemand sprach. Thal hatte das Gefühl, in diesem Moment das Ende aller Gewissheit zu erleben. Das Leben, wie er es kannte, hörte auf zu existieren.

Madlaina sprang auf. Sie brauchte körperliche Bewegung, um ihren Geist auf Trab zu halten, und begann eine ihrer typischen Zimmerwanderungen.

»Das erklärt alles«, sagte sie.

»Was?« Thal ärgerte sich über seine schrille Stimme.

»Haider musste die Experimente im Geheimen durchführen, nichts durfte an die Öffentlichkeit dringen. Gleichzeitig wollte er wissen, wie sich seine Abbilder entwickelten. Also hat er sie beobachtet und die Mütter verpflichtet, ihm Bericht zu erstatten.«

»Was die Frauen bereitwillig taten, weil sie ihm wegen der Gratisbehandlung zu Dank verpflichtet waren.« Stephanie nickte, als wollte sie ihre Anerkennung für Haiders Plan zum Ausdruck bringen.

»Es versteht sich von selbst, dass Haider brennend daran interessiert war, wie sich das soziale Umfeld auf seine Klone auswirkte. Wie in der Zwillingsforschung, wo man herauszufinden versucht, wie viel von unserem Verhalten genetisch bedingt ist und wie stark sich das Milieu auswirkt. Dazu bedient man sich eineiiger Geschwister, die direkt nach der Geburt getrennt werden und in Familien unterschiedlicher sozialer Schicht aufwachsen. Das ist ein mühsames Unterfangen, es stehen nicht viele Probanden zur Verfügung.«

Madlaina hatte sich in Fahrt geredet. Ihre Schritte wurden schneller. »Haider hat einen eigenen Feldversuch gestartet, bei dem er die Versuchspersonen von der Geburt an begleitete. Wahnsinn!«

»Für so was könnte man den Nobelpreis bekommen«, warf Grendel ein. Als er das Entsetzen der anderen sah, machte er eine beschwichtigende Geste. »Ich mein ja nur.«

Stephanie stand auf und trat ans Fenster. Thal fürchtete, sie könnte ebenfalls auf Wanderschaft gehen, aber sie schaute nur auf die Schreibergasse. »Könnte es nicht um etwas ganz anderes gehen?«

Madlaina stellte sich ebenfalls ans Fenster und schaute sie schweigend an.

Stephanie nahm die Herausforderung an. »Haider hat exakte Abbilder seiner selbst geschaffen. Die Kinder sind ihm genetisch nicht nur ähnlich wie Verwandte, sie sind er.«

Thal brauchte einen Moment, bis er verstand, was sie meinte. »Er schuf sie nach seinem Ebenbild«, flüsterte er.

»Genau das meine ich«, sagte Stephanie. »Er spielte Gott und verewigte sich selbst in Form genetisch identischer Wesen. Ich bin sicher, dass er seine Geschöpfe für perfekt hielt. Stellte sich heraus, dass irgendetwas nicht dieser Vorstellung entsprach ...«

»Hat er diese Schöpfung getötet.« Madlaina atmete tief ein, schloss die Augen und nahm Stephanie in den Arm. »Das ist brillant. Stephan Haider ist ein Narzisst, der sich selbst vervielfältigt. Da er sich für perfekt hält, müssen es auch seine Abbilder sein. Sind sie es nicht, muss er sie beseitigen.«

»Zum Beispiel Leon Bahr, der beim Stehlen erwischt wurde.« Jonas drehte den Kopf nach hinten, um die beiden Frauen am Fenster anzusehen.

»Oder Felix Reiter«, warf Thal ein. »Weil er ein schwaches Kind mit einer körperlichen Behinderung war.«

»Das ist es«, sagte Madlaina und löste sich von Stephanie. »Wir haben den Schlüssel gefunden.«

»Was wir nicht wissen«, sagte Grendel und dämpfte die Euphorie augenblicklich. »Wie viele Klone gibt es und wie viele hat Haider bereits getötet?«

In die Stille klingelte das Telefon. Thal nahm Schobers Anruf entgegen. Er hatte einen Richter gefunden, der noch zu dieser späten Stunde eine Exhumierung anordnete.

»Und wissen Sie was, Thal? Boris Leitner ist bereit, sie noch heute Nacht durchzuführen.«

Sechzig

Mittwoch. Dreiundzwanzig Uhr fünf

»Licht, bitte! Ich brauche mehr Licht!«

Die Szene war unwirklich. Thal hatte das Gefühl, in die Dreharbeiten zu einem schlechten Horrorfilm geraten zu sein. Gleich würde ein Vampir aus dem Gebüsch treten und die Zähne blecken. Der Nebel und die Kälte lieferten die besten Zutaten für eine gepflegte Gänsehaut.

Leitner und ein Mitarbeiter standen in der frisch ausgehobenen Grube. Der Bestattungsunternehmer klopfte mit einem Eisenstab auf den Holzdeckel eines Sarges und verzog das Gesicht. »Kiefer«, sagte er. »Da musste alles billig sein. Ohne jeden Respekt vor den Dahingeschiedenen.«

Thal hatte das Gequatsche satt. Warum hatte er Stephanie und Jonas nach Bregenz geschickt, um die Eltern von Benjamin Denz für eine eventuelle Identifizierung zu holen. Er hätte lieber selbst fahren sollen, statt in der Kälte zu stehen und einem verbitterten Bestatter bei der Kundenbeschimpfung zuzuhören. Schon bei der ersten Graböffnung hatte er über den Untergang der Bestattungskultur lamentiert.

Als er den Sarg öffnete, war die Enttäuschung groß. Sie fanden nichts außer der halb skelettierten Leiche eines Mannes.

»Dann wollen wir mal«, rief Leitner. »Wird Zeit, dass ich ins Bett komme.« Sie gingen zum zweiten Grab, das bereits geöffnet worden war.

Leitner drehte die letzte Schraube aus dem Sargdeckel des zweiten Sarges und nickte dem Mitarbeiter zu. Beide fassten den Deckel an. »Zugleich«, rief Leitner. Sie hoben den Deckel ab und hievten ihn auf den Rand der Grube.

Thal beugte sich über das Loch. Es war zu dunkel, er konnte nichts sehen.

»Bringt noch einen Scheinwerfer her«, rief er den beiden Mitarbeitern der Kriminaltechnik zu.

»Heilige Scheiße«, rief Leitner von unten.

Als die Lampe ausgerichtet war, hatte Thal Mühe, sich nicht zu übergeben. Im Sarg lag die Leiche einer Frau, deren Gesicht zum großen Teil zerfressen war. Haare hingen in dünnen Strähnen um den fast vollständig kahlen Schädel, während die Mundpartie erstaunlich gut erhalten war. Der Lippenstift hatte allem standgehalten, die roten Lippen bildeten einen fast sinnlichen Kontrast zur Morbidität des übrigen Kopfes. Soweit Thal das beurteilen konnte, war die Frau relativ jung gestorben.

Leitner beugte sich über den unteren Teil des Sarges. Er hielt einen Zipfel der ebenfalls angefressenen Decke in der Hand.

»Tattaaa!« Er zog die Decke beiseite. Auf dem Bauch der Frau lag ein kleiner Körper. Der zum großen Teil skelettierte Kopf des Kindes hing unnatürlich weit zur Seite. Die Arme waren um den aufgedunsenen Bauch der Frau geschlungen. Es hatte etwas Anrührendes, fast Zärtliches. Als versuchte der Junge, den Geräuschen eines Ungeborenen zu lauschen.

Thal trat einen Schritt zurück. Er ahnte, welche Bilder sich in seine Träume schleichen würden.

Einundsechzig

Donnerstag. Zwei Uhr fünfzehn

Die nächtliche Atmosphäre im Präsidium unterschied sich sehr von der am Tag. Das Licht auf den Fluren war gedämpft, niemand rannte gehetzt von Raum zu Raum, man hörte keine Stimmen aus den Büros, kein Schreien aus den Vernehmungsräumen. Als käme die Polizeiarbeit mit dem Feierabend komplett zum Erliegen.

Thal bereitete sich den ersten Espresso dieses noch jungen Tages. Er bezweifelte, ob er heute mit den fünf Tassen auskommen würde, die er sich zugestand.

Stephanie Bohlmann öffnete die Tür und kam schweigend herein.

»Und?« Thal hielt die Tasse in der Hand und schaute sie neugierig an.

Sie winkte ab. »Es war furchtbar.«

Stephanies Gesicht spiegelte die Erlebnisse der letzten Minuten. Zusammen mit Jonas hatte sie die Eltern von Benjamin Denz bei der Identifizierung ihres Sohnes begleitet.

»Was macht es mit Eltern, wenn sie ihr Kind so sehen?«

Thal wusste, was sie meinte. Der Körper war nach der langen Liegezeit zur Unmenschlichkeit entstellt, der Anblick hatte selbst ihn schockiert, obwohl er in dieser Beziehung einiges gewohnt war.

»Können sie das jemals vergessen?« Stephanie schaute ihn aus schwarz umrandeten Augen an. Ihre Bewegungen schienen fahrig und verlangsamt zugleich. Sie hatte Mühe, den Verschluss der Mineralwasserflasche aufzudrehen.

»Nein«, sagte Thal und trank den ersten Schluck Espresso. »Das können sie nicht vergessen, vielleicht werden sie nie damit fertig. Ich weiß, wie man sich fühlt, wenn man am Sarg seines Sohnes steht.«

Stephanie schaute auf und schluckte.

»Alles gut, Stephanie. Du musst dich nicht entschuldigen, das Thema angesprochen zu haben.«

Erneut wurde die Tür geöffnet und Madlaina betrat das Büro. »Ich konnte nicht mehr schlafen«, sagte sie. »Haben die Eltern den Jungen identifiziert?«

Stephanie nickte. »Anhand der Kleidung, der Körper ...«

Sie brach ab und senkte den Kopf. Madlaina setzte sich neben sie und nahm sie in den Arm.

Jonas Quandt schaute Thal irritiert an, als er in diesem Augenblick ebenfalls das Büro betrat. Dabei sah er selbst mitgenommen genug aus. »Ich habe das Ehepaar Denz ins Hotel gebracht. Ein Psychologe kümmert sich um sie.«

Wieder war Thal froh, ein funktionierendes Team zu haben, an die Betreuung der Angehörigen hatte er nicht gedacht.

»Hat die äußere Leichenschau noch etwas ergeben?« Madlaina streichelte Stephanie noch einmal über den Arm.

»Wir hatten Glück«, sagte Quandt und merkte, wie unpassend dieses Wort war. »Wenn man das so sagen kann.«

Eine Sekunde schien jeder darüber nachzudenken, was Glück in seinem Leben bedeutete.

Quandt räusperte sich. »Der Körper von Benjamin Denz war zwar schon stark verwest, unter der rechten Fußsohle war aber der Rest eines Tattoos zu erkennen. Der Hashtag war eindeutig, die Ziffer könnte eine Sechs sein.«

»Nummer Sechs«, flüsterte Stephanie. »Benjamin Denz wurde vor Leon Bahr ermordet, der Nummer Sieben. Das heißt ...« Sie schluckte, ihr Blick irrte durch den Raum.

»Es könnte sein, dass der Täter seine Morde durchnummeriert hat, ja.« Quandt bemühte sich, gelassen zu klingen. Es misslang, seine Stimme zitterte leicht und seine Hände vollführten einen Veitstanz auf seinen Oberschenkeln. »In dem Fall gäbe es fünf Morde, von denen wir nichts wissen.«

»Die Ziffern könnten aber auch auf eine andere Reihenfolge zurückgehen. Wir wissen, dass wir es mit Haiders Klonen zu tun haben. Warum soll er nicht die Embryos nummeriert haben, bevor er sie den Frauen eingepflanzt hat. Oder er hat die Kinder nach dem Datum der Geburt gereiht.«

Thal leerte die Tasse mit dem zweiten Schluck und spürte die Veränderung im Raum. Madlaina hatte die Hoffnung zurückgebracht. Vielleicht gab es keine weiteren Toten, wer sagte denn, dass die anderen Klone nicht lebten?

»Ich verwette mein Weihnachtsgeld, dass im Obduktionsprotokoll als Todesursache ›Überdosis Morphin‹ steht.«

Thal war froh, dass Quandt das Thema gewechselt hatte. »Da halte ich nicht dagegen. Im Grunde genommen sind wir am Ende der Ermittlungen angekommen. Wir wissen, mit wem wir es zu tun haben. Wir können uns auf eine Aufgabe konzentrieren: Haider so schnell wie möglich zu finden.«

»Und zu hoffen, dass Felix Reiter noch lebt«, flüsterte Stephanie.

»Unsere Chancen stehen nicht besonders gut.« Quandt verschränkte die Arme vor der Brust, man sah ihm an, dass ihm die Situation an die Nieren ging. »Wir haben keine Ahnung, wo Haider sich derzeit aufhält. Theoretisch kann er Hunderte Kilometer gefahren sein.«

»Das glaube ich nicht.« Madlaina sprach bestimmt, alle schauten sie überrascht an.

»Wir gehen davon aus, dass Haider Felix Reiter töten will, weil er nicht seiner Vorstellung von Perfektion entspricht.«

»Das körperliche Gebrechen«, warf Thal ein.

Madlaina nickte ihm zu. »Genau. Ich glaube nicht, dass Haider seine Vorgehensweise ändern wird.«

»Wie kommst du darauf?«, fragte Jonas. »Beim letzten Mal ist es schiefgegangen, und wir haben Leon Bahr gefunden, da liegt es doch nahe, dass Haider dieses Risiko nicht noch einmal eingeht.«

Madlaina wiegte den Kopf hin und her. »Das habe ich erst auch gedacht. Andererseits ist es nur einem Zufall zu verdanken, dass der Sarg vor der Beerdigung geöffnet wurde. Es ist unwahrscheinlich, dass so etwas noch einmal passiert.«

»Das ist ein dünnes Argument«, sagte Quandt. Thal musste ihm recht geben, aber Madlaina ließ ihn nicht zu Wort kommen.

»Das Stichwort heißt Perfektion. Haider kann in der Eile keine Alternative zur Beseitigung einer Kinderleiche entwickeln, die so gut ist wie die Methode der Grabbeigabe. Wenn es ihm wichtig ist, die in seinen Augen missratene Kopie der eigenen Person spurlos verschwinden zu lassen – und davon bin ich überzeugt –, wird er die Leiche zu einem Toten in den Sarg legen.«

»Das hört sich plausibel an«, sagte Thal, der einmal mehr Madlainas analytische Fähigkeiten bewunderte.

»Es ist zwar nur eine Theorie, aber wir haben keine bessere.« Quandt grinste Madlaina an.

»In diesem Fall sollten wir die Bestattungsunternehmen observieren lassen.«

»Vergiss es!« Stephanie winkte energisch ab. »Rund um den See gibt es bestimmt Hunderte ...«

»Ich glaube nicht, dass Haider sich auf fremdes Terrain begibt. Auch daran hindert ihn sein Perfektionismus.«

»Puh!«, sagte Thal. »Jetzt wird es rein spekulativ, oder?«

Madlaina lächelte ihn an und fuhr sich mit der Hand über die Nasenspitze. »Ich vertraue gerne meinem Riecher und in der Regel hat er mich nicht getäuscht.«

Quandt stöhnte leise auf. Thal wollte einen Streit der beiden unbedingt verhindern. »Konzentrieren wir uns auf Bestatter in Konstanz. Gleichzeitig lassen wir die Kollegen von der Zentrale alle Beerdigungsunternehmen um den Bodensee anrufen und fragen, wer in den nächsten zwei Tagen eine Erdbestattung auf dem Plan stehen hat.«

»Verstehe ...«, sagte Quandt und nickte bedächtig. »Du hoffst, dass sich die Zahl so drastisch reduziert, dass eine Überwachung zu stemmen ist.«

»Genau«, sagte Thal.

»In Konstanz gibt es laut Gelben Seiten zehn Bestatter«, sagte Stephanie und legte ihr Smartphone auf den Tisch.

»Das ist zu schaffen«, sagte Thal und schlug mit der flachen Hand auf den Tisch. »Ich rede mit Schober.«

Zweiundsechzig

Donnerstag. Fünf Uhr dreißig

Er stoppte das Auto hundert Meter vor der Einfahrt. Gut, dass er in modernen Zeiten lebte, dachte er, auch wenn er nicht selten das Gefühl hatte, das Mittelalter steckte dem größten Teil der Menschen noch in den Knochen und hielt sie davon ab, Visionen Wirklichkeit werden zu lassen. Eins aber war heute leichter als vor zehn Jahren: die Informationsbeschaffung.

Er legte beide Arme auf das Lenkrad und beugte sich vor. Morgens um halb sechs war die Welt ein Ort des Friedens. Kaum jemand war unterwegs, die meisten Menschen schlummerten und erlebten die fünfte oder sechste Traumphase dieser Nacht, die zugleich die längste sein würde. Einige rieben sich den Schlaf aus den Augen, wenige saßen bereits beim Frühstück.

Er warf einen Blick auf die Notiz. Das Papier lag auf dem Beifahrersitz, als hätte es jemand achtlos dort abgelegt. Was für eine Nacht die Angehörigen von Elisabeth Schorrnagel wohl gehabt hatten? Er glaubte nicht, dass sie allzu aufgewühlt waren, die Gute war im gesegneten Alter von zweiundneunzig Jahren verstorben, da musste man mit dem Ableben rechnen. Allenfalls war es der Gedanke an den bevorstehenden Tag, der für eine unruhige Nacht gesorgt haben könnte. Die Verstorbene würde in fünf Stunden beigesetzt und Beerdigungen konnten einem den Schlaf rauben.

Als Traueradresse hatten die Angehörigen in der Anzeige das Bestattungsunternehmen Schanz und Biegert angegeben. Sie wollten nicht mit Kondolenzkarten oder gar Beileidsbesuchen belästigt werden.

Er lächelte. Nein, die Kinder, Enkel und Geschwister hatten gut geschlafen – im Gegensatz zu ihm. Er gähnte. Eine schlaflose Nacht konnte er nicht mehr aus den Kleidern schütteln, aber es gab keine Alternative. Er musste die misslungene Schöpfung aus der Welt schaffen.

Bis vor einer Stunde war er unsicher gewesen, was zu tun war. Mehrmals hatte er am See gestanden und auf das Wasser gestiert. Es wäre so einfach gewesen. Nummer Neun war bestimmt schon tot. Die Kälte im ungeheizten Kofferraum, dazu das Schlafmittel, das die Atmung verlangsamte. Die Arbeit war getan, das wusste er, ohne nachzusehen. Er wollte sich dem Anblick nicht öfter als nötig aussetzen. Auch wenn die Beseitigung von Nummer Neun alternativlos war, rührte es ihn. Er hatte ihn geschaffen, das gab ihm das Recht, den Prozess zu beenden, wenn es nötig war. Trotzdem würde es ihm einen Stich versetzten, die Leiche des Jungen zu sehen. Nicht weil sie seine Fehlbarkeit dokumentierte, sondern weil sie ein Blick in den Spiegel war. Nummer Neun war Vergangenheit und Zukunft in einem. Seine eigene Zukunft. Sein eigener, unausweichlicher Tod.

Er schloss für zehn Sekunden die Augen und stützte den Kopf auf das Lenkrad. Als er wieder auf die leere Straße vor sich schaute, hatte er sich von den dunklen Gedanken befreit. Nummer Neun musste verschwinden. Hier und jetzt kam es nur darauf an, dass er die Entsorgung der Materie sicherstellte.

Vorsichtig öffnete er die Tür und ließ sie nicht ins Schloss fallen, als er ausgestiegen war. Er musste jedes Geräusch vermeiden, Aufsehen war das Letzte, was er gebrauchen konnte.

Gebeugt rannte er in Richtung des Eckhauses mit dem kitschigen Erker, als befände er sich auf einem Schlachtfeld und dürfte dem Feind keine Angriffsfläche bieten.

Er erreichte die Hofeinfahrt, als hundert Meter die Straße hinauf ein Licht aufblitzte. Er duckte sich und fand Schutz hinter der vielleicht siebzig Zentimeter hohen Mauer, die den Hof umfriedete. Vorsichtig hob er den Kopf und suchte die Straße ab. Nichts war zu sehen oder zu hören.

Er musste sich getäuscht haben. Die Übermüdung hatte den Blitz in seinem Gehirn nur simuliert, eine Reaktion auf seine bis zum Zerreißen gespannten Nerven und die überbeanspruchten Sinne.

Er legte die Stirn gegen das kühle Mauerwerk, atmete langsam ein und zählte die Atemzüge. Beim zehnten würde er sich genug beruhigt haben, um den letzten Schritt vorzubereiten.

Dreiundsechzig

Donnerstag. Fünf Uhr zweiunddreißig

Der Kollege von der Nachtschicht war genervt, versuchte sich aber nichts anmerken zu lassen. Seit zweieinhalb Stunden hockten Thal und Quandt in der Zentrale und warteten auf Nachrichten von einem der Observationsteams. Jonas öffnete bereits die dritte Flasche Krating Daeng, während Thal bisher darauf verzichtet hatte, sich einen zweiten Espresso zuzubereiten.

»Lass uns einen Moment an die frische Luft gehen«, schlug Thal vor.

Jonas leerte die Wachmacherbrause, warf die Flasche in den Mülleimer und stand auf. »Gute Idee.«

Vor der Tür hätte Thal am liebsten sofort wieder kehrtgemacht. Er rieb die Eisschicht vom Thermometer vor der Eingangstür. Minus vier Grad. Wenn es so weiterginge, gäbe es dieses Jahr weiße Weihnachten. Nicht dass ihm das irgendetwas bedeutete, aber für die kleine Leah würde es ihn freuen. Er hatte geplant, ein paar Urlaubstage zu nehmen und mit Bettina, Madlaina und seiner Enkelin in die Schweizer Berge zu fahren. Eine zünftige Schlittenpartie gehörte einfach zu einem richtigen Weihnachtsfest. Sollte er Abel auch einladen oder würde sich sein Freund das verbitten? Thal hasste jeden Streit darüber, wer eine Rechnung zu begleichen hatte.

»Wie geht es mit dir und Matteo?«

Thal sah, dass Jonas die Luft anhielt, es stiegen für ein paar Sekunden keine Atemwölkchen aus seinem Mund in die klare Nachtluft.

»Wie meinst du das?« Der junge Kollege war auf der Hut. Vertraute er ihm so wenig, dass er lieber nicht darüber sprach?

»Jeder sieht, dass ihr verliebt seid«, sagte Thal bedächtig. Er spürte, dass er jedes Wort auf die Goldwaage zu legen versuchte – und fühlte sich schlecht dabei. »Andererseits geht ihr auf eine merkwürdige Weise distanziert miteinander um.«

Quandt presste kurz die Lippen aufeinander, als müsste er verhindern, dass ihm ein unbedachtes Wort entfuhr.

»Es ist nicht einfach«, sagte er.

Thal nickte. »Es geht mich überhaupt nichts an.« Er hob den Kopf und suchte den Himmel nach Sternen ab. Der Mond stand als fahle Sichel über der Stadt, für das zarte Licht der Milchstraße war die Umgebung zu hell. Wie gerne hätte er jetzt im Wüstensand gelegen. Er schüttelte den Kopf, um den Gedanken loszuwerden. Warum kam ihm der alte Aussteigertraum von einer Wüstendurchquerung in der letzten Zeit so oft in den Sinn?

»Doch, es geht dich etwas an«, sagte Jonas und berührte Thal kurz am Arm. »Es hat indirekt sogar mit dir zu tun.«

Thal tippte mit dem Finger auf seine Brust. »Mit mir? Wieso das?«

»Na ja, nicht mit dir als Mensch, Alexander. Aber mit Thal, dem Leiter des Kommissariats 1. Und mit Schober und mit Matteos Chefs in seiner Polizeidienststelle.«

Thal verstand nicht, worauf Quandt hinauswollte. »Ihr glaubt doch nicht etwa, dass jemand von uns Ressentiments gegen eine Beziehung zwischen zwei schwulen Männern hat?«

Quandt lachte auf. »Du würdest dich wundern, was uns schwulen Männern alles so widerfährt in dieser ach so toleranten Gesellschaft.«

Thal spürte, dass ihm der Sarkasmus des Kollegen einen Stich versetzte.

»Ihr denkt, dass es euch beruflich schaden könnte, richtig?«

»Nicht direkt schaden«, antwortete Jonas. »Ich glaube nicht, dass wir nicht befördert werden, weil wir schwul sind. Aber es würde über uns geredet und wenn wir uns jetzt einen Fehler leisteten, würde es den einen oder anderen geben, der es nicht wie bei Bettina auf ihre Verliebtheit zurückführen würde, sondern ...«

Thal nickte. Er ahnte, dass Jonas recht hatte.

»Wenn ihr Hilfe braucht ...«

Ein hektisches Klopfen unterbrach ihn. Der Kollege in der Zentrale winkte ihnen aufgeregt zu. Sie rannten hinein. Der Uniformierte deutete auf den Lautsprecher.

»Wer da?«, fragte Thal.

»Mannshard«, antwortete eine Bassstimme. »Wir stehen vor dem Bestattungsunternehmen Schanz und Biegert. Ein Verdächtiger hat sich in den Hof geschlichen. Die Beschreibung könnte passen.«

»Haltet euch zurück«, sagte Thal atemlos. »Nur observieren! Wir sind gleich da!«

Er riss seinen Mantel vom Haken und warf Quandt seine Lederjacke zu. »Du fährst.«

Jonas nickte. Sie stürmten auf den Parkplatz.

»Übrigens ...« Quandt öffnete die Tür eines Dienstwagens. »Danke!«

Vierundsechzig

Donnerstag. Fünf Uhr fünfunddreißig

Leichtsinnige Leute, diese Bestattungsunternehmer.

Er schob den Riegel nach oben, die Tür war ansonsten nicht verschlossen.

Denen laufen die Kunden eben nicht davon, dachte er und konnte ein kurzes Lachen nicht verhindern. Egal, die einzige Zeugin würde ihn nicht hören, geschweige denn verraten.

Er betrat den Abschiedsraum und rümpfte die Nase. Er hasste den penetranten terpentinartigen Geruch der Thujen. Wer war auf die Idee gekommen, ausgerechnet diese verkrüppelten und stinkenden Gewächse Lebensbaum zu nennen?

Er schaute sich im Raum um. Wie oft gab es auch in dieser engen Kammer, in denen Menschen von ihren Liebsten Abschied nahmen, keine Fenster. Auch so eine Unart. Da redeten sie von der unsterblichen Seele und sperrten gleichzeitig das Leben komplett aus. Er würde den Umgang der Europäer mit ihren Toten nie verstehen.

Er tastete an der Wand entlang und fand den Lichtschalter. Ein grelles Licht flammte auf und blendete ihn. Er brauchte ein paar Sekunden, bis er überhaupt etwas sehen konnte.

»Da haben wir dich ja, Elisabeth Schorrnagel.«

Er nahm den Zettel mit den Namen und Daten der Toten aus dem Fußraum. Sicher ist sicher, dachte er und kontrollierte den Bestattungstermin. Alles war in bester Ordnung.

»Schön haben sie dich gemacht für deine letzte Reise.« Er beugte sich vor und streichelte der alten Dame über die kalten, wächsernen Wangen. Am meisten erstaunte ihn, dass die Verstorbene ihren Angehörigen einen teureren Eichensarg wert gewesen war. Damit hatte er nach der mickrigen Todesanzeige nicht gerechnet. Oder war der Bestatter ein guter Verkäufer und hatte ihnen die überteuerte Holzkiste angedreht? Auch die übrige Ausstattung war durchaus edel. Der Sarg war mit champagnerfarbenem Stoff ausgekleidet, die über die Leiche gebreitete Decke war aus Samt.

Er hob den Stoff an.

»Sieh an, sieh an«, flüsterte er. Die Tote trug ein Leichenhemd, das ihr gerade einmal bis zum Bauchnabel reichte. Ihr Unterkörper war provozierend nackt. Was für ein schäbiges Gesindel, dachte er. Nach außen musste alles vom Feinsten sein, in Wirklichkeit kaschierte der Glanz von Eiche und Samt nur den ekelhaften Geiz dieser bigotten Kleinbürger.

Wenigstens gab es auf diese Weise genug Platz, Nummer Neun in den Fußraum zu legen, ohne Manipulationen an der Leiche vornehmen zu müssen.

Er legte die Decke auf den Stuhl neben dem Sarg.

Es wurde Zeit, dass er die Sache zu Ende brachte.

Leise, wie er gekommen war, schlich er sich aus dem Gebäude. An der Einfahrt schaute er kurz nach rechts und nach links. Nichts zu sehen.

Er atmete tief ein und verließ den Hof.

Er hatte den ersten Schritt getan, als die Nacht vor ihm in gleißendem Licht explodierte.

Fünfundsechzig

Donnerstag. Fünf Uhr siebenunddreißig

»Stehenbleiben, Haider!«

Thal rief den Namen spontan und war im selben Augenblick froh, ihn benutzt zu haben. Der Kerl sollte wissen, dass sie ihn kannten, alles über ihn wussten, was notwendig war.

Quandt, der neben Thal hinter der geöffneten Tür des Observationsfahrzeugs hockte, zog seine Waffe aus dem Holster. Thal befühlte seine Brust. Verdammt, er hatte sie vergessen.

Haider war wie vom Blitz gerührt stehen geblieben, als die Scheinwerfer aufflammten. Jetzt schien er sich zu fangen, schaute hektisch von links nach rechts.

»Bleiben Sie, wo Sie sind, Haider!«

Thal wusste, warum Quandt lauter gebrüllt hatte als notwendig. Lautstärke verdrängte die Angst.

Haider schien eine Entscheidung getroffen zu haben. Er drehte sich auf dem Absatz nach links und rannte los.

»Scheiße!«, rief einer der Kollegen vom Observationsteam. »Er haut ab!«

Und er ist gut in Form, dachte Thal. Obwohl Haider Haken wie ein Hase schlug und die Wegstrecke dadurch verlängerte, hatte er die Entfernung zu den Polizisten in wenigen Sekunden mehr als verdoppelt.

Quandt sprang auf und rannte los. »Machen Sie keinen Fehler, Haider!«

Thal überlegte eine Sekunde, ob es ratsam war, ohne Waffe hinterherzusprinten. »Was soll's?« Er machte sich selbst Mut und rannte los.

Quandt lief etwa zehn Meter vor ihm und riss den rechten Arm nach oben. Thal brauchte einen Augenblick, bis er begriff, was der Kollege vorhatte. Ohne stehenzubleiben, gab Jonas einen Warnschuss ab, der sich in der Stille des frühen Morgens viel lauter anhörte als zu einer geschäftigen Stunde des Tages.

Haider ließ sich nicht beeindrucken. Er lief weiter im Zickzack die Straße hinunter, warf nicht einen Blick über die Schulter.

Thal brachte seinen Körper an die Leistungsgrenze, verringerte die Entfernung zu Haider aber nicht. Er presste die Augen zusammen, um den fliehenden Mann genau zu beobachten. Eine von Haiders Bewegungen hatte ihm Angst gemacht und jetzt sah er seine Befürchtung bestätigt.

»Jonas, pass auf!«

Quandt drehte den Kopf und schaute über die Schulter.

»Der Kerl hat eine Waffe!«

Jonas lief noch zehn Meter weiter, bis Haider den Arm zur Seite streckte.

Thal stürzte in einen Hauseingang und versuchte schwer atmend, seine Sinne auf das Geschehen auf der Straße zu konzentrieren.

Ein Mann vom Observationsteam rannte an ihm vorbei und bedeutete ihm mit einer kurzen Geste, das Versteck nicht zu verlassen.

Thal schob seinen Kopf ein paar Zentimeter heraus. Quandt war nicht zu sehen. Er hatte keinen Schuss gehört, also musste sich der Kollege ebenfalls in Sicherheit gebracht haben.

Ein Auto bog von der Querstraße ein und kam direkt auf sie zu.

Haider sprang in Thals Blickfeld und direkt vor das Fahrzeug. Er fuchtelte mit der Pistole herum, das Auto war vor ihm zum Stehen gekommen. Haider sprang um den Wagen, riss die Fahrertür auf und zerrte die Fahrerin heraus. Die Frau hatte die Hände erhoben, als spielte sie eine Statistenrolle in einem Fernsehkrimi.

»Halt! Bleiben Sie stehen!« Der Kollege des Observationsteams richtete seine Waffe auf das Auto.

Der Motor heulte auf und das Auto schoss nach vorne, die offene Tür fiel krachend ins Schloss.

Der Polizist schrie auf und schoss.

Haider lenkte den Wagen ruckartig zur Seite. Der Beamte versuchte, sich mit einem Sprung in Sicherheit zu bringen.

Der Wagen traf ihn am Becken, während der Polizist sich in einer fast waagerechten Position in der Luft befand. Der Körper wurde herumgewirbelt, seine Beine krachten auf die Motorhaube, der Kopf schlug auf die Straße. Das rechte Vorderrad rollte über den Unterschenkel des Mannes; der gab keinen Laut von sich.

Haider drückte aufs Gas und schoss an Thal vorbei. Eine Sekunde später bog er um die Straßenecke und verschwand aus dem Blickfeld.

Stille senkte sich über die Szene, nur durchbrochen von einem leisen Wimmern.

Sechsundsechzig

Donnerstag. Fünf Uhr zweiundvierzig

Er kannte die Wirkung des Adrenalins, hatte sie oft genug gespürt. Es schenkte ihm einen klaren Kopf, verdrängte die Panik und verlangsamte scheinbar die Geschwindigkeit, mit der sich alles bewegte.

Sein Plan war gescheitert, das musste er sich eingestehen. Damit war sein Ende nah, er hatte nur noch eine Aufgabe.

Verdammt! Eine Katze rannte auf die Straße. Er bremste scharf und hatte Mühe, den Wagen in der Spur zu halten. Er liebte Katzen. Im Rückspiegel sah er das Tier geschmeidig in einer niedrigen Hecke verschwinden.

Er gab Gas, der Tacho bewegte sich bis auf die Neunzig-Stundenkilometer-Marke. Zum Glück herrschte um diese Uhrzeit noch kein Verkehr auf der Mainaustraße. Hinter sich hörte er Sirenen. Die Polizei hetzte ihm die Kavallerie auf den Hals.

An der Ampelanlage in Allmannsdorf ignorierte er das Rotlicht und bog links ab Richtung Mainau. Das Heck des Wagens brach aus und schleuderte gegen die Verkehrsinsel. Verdammt! Er machte es den Verfolgern leicht, seine Spur nicht zu verlieren.

Das Gaspedal bis zum Anschlag durchgedrückt jagte er den Wagen im zweiten Gang die leichte Steigung hinauf. Fast hätte er es nicht geschafft, die Einfahrt zur Allmannshöhe zu nehmen.

Ihm war heiß. Er betätigte den Fensterheber, frische Luft strömte in den Innenraum. Er atmete tief ein und hätte das

Geräusch über ihm fast nicht wahrgenommen. Als er es identifizierte, lächelte er. Sie hatten einen Hubschrauber losgeschickt, ihn zu jagen. Als ob ihnen das jetzt noch etwas nutzen würde. Sein Werk war fast getan, wenn sie ihm beim Finale zusehen wollten, nun gut!

Er fuhr direkt auf den Allmannsdorfer Friedhof zu. Was für eine Ironie! Vor der Einfahrt riss er das Steuer nach rechts und raste auf den Parkplatz vor dem Turm der Jugendherberge.

Ein junges Pärchen knutschte im Eingangsbereich. Das Quietschen bei Haiders Vollbremsung schreckte die beiden auf und sie verkrochen sich ins Innere.

Haider stieg aus dem Wagen und schaute nach oben. Der Hubschrauber stand direkt über ihm in der Luft. Der Pilot traut sich was, dachte er, die Rotorblätter waren höchstens zwanzig Meter vom Turm entfernt. Haider unterdrückte den Impuls, nach oben zu winken, und rannte zum Streusalzbehälter. Er hatte vorgesorgt. Ein Plan B war von Anfang an fester Bestandteil aller Überlegungen gewesen. Man mochte ihn für arrogant und überheblich halten, in Wirklichkeit war er alles andere als das. Er war zu klug, nicht zu akzeptieren, dass etwas anders laufen konnte als geplant. Nur der Depp zog das nicht ins Kalkül, das Genie sorgte vor.

Er zog den Sack aus dem Plastikbehälter und leerte ihn auf dem Boden. Der Wind blies einige Aktendeckel auf, die Seiten flatterten umher.

Vor ihm lag sein Werk. Die Dokumentation des größten Experiments der Menschheitsgeschichte durfte nicht in fremde Hände geraten.

Er zog die beiden Kanister heraus und leerte den ersten über den Papieren, die über Jahre der einzige Inhalt seines Lebens gewesen waren.

Er griff in die Tasche, nahm sein Taschentuch heraus, tränkte es mit Benzin und zündete es an. In diesem Augenblick raste ein Streifenwagen um die Kurve am Friedhof. Er war so auf seine Aufgabe konzentriert gewesen, dass er alle Geräusche ausgeblendet hatte. Vorsichtig ließ er das brennende Tuch in den Papierstapel fallen, der augenblicklich lichterloh brannte.

Der zweite Kanister schien ihm eigenartigerweise schwerer als der erste. Er hob ihn über den Kopf und leerte den Behälter über seinen Körper. Er hatte befürchtet, dass der Gestank ihn ohnmächtig werden lassen könnte, aber er roch nichts.

»Lassen Sie das!«, brüllte der Polizist.

Was für ein überheblicher Satz, dachte er. Aus dem Augenwinkel sah er, dass der Mann seine Waffe zog.

»Bleiben Sie stehen, oder ...«

Haider lächelte. Er spürte die Wärme des Feuers, die alles Falsche aus der Welt nahm. Es war die große Reinigung. Die Flammen loderten auf, Funken flogen um ihn.

Es machte ihm keine Angst zu sterben. Er wusste, dass er nicht von dieser Erde verschwand. Er existierte weiter.

Er nahm einen tiefen Atemzug, ein Lächeln auf dem Gesicht und tat den Schritt nach vorne. In die Wärme und in das Licht.

Siebenundsechzig

Donnerstag. Fünf Uhr fünfzig

»Nun mach schon!«

Quandt setzte das Stemmeisen zum zweiten Mal an. Die Alarmanlage des Wagens schrillte seit zwei Minuten ununterbrochen, irgendwann musste die Batterie doch mal leer sein. Thal starrte auf den Kofferraumdeckel, als könnte er ihn mit der Kraft seiner Gedanken öffnen.

»Verdammt noch mal!«

Quandt wischte sich mit dem Handrücken über die Stirn. Seine Haare waren mit Staub bedeckt, seine Hose am Oberschenkel zerrissen. Er hatte sich beim Sprung in die Deckung eine üble Schürfwunde am Unterarm zugezogen, aber das war jetzt egal. Sie mussten den Kofferraum öffnen, vielleicht ...

Niemand wagte, die Hoffnung auszusprechen, Felix Reiter dort lebend zu finden. Sie wussten nicht einmal, ob er überhaupt im Wagen lag. Und wenn, dann war die Wahrscheinlichkeit gering, dass er lebte.

»Moment!« Einer von Grendels Leuten wedelte wild mit den Händen. »Ich fahre selbst so einen Wagen.« Er beugte sich ins Wageninnere, öffnete die Motorhaube und werkelte herum. Zwei Sekunden später sprang der Kofferraumdeckel auf.

Thal leuchtete mit dem Smartphone hinein. Der Junge lag in einer verkrampften Haltung auf der Seite.

Jonas fasste Felix vorsichtig an der Schulter und drehte ihn auf den Rücken. Thal riss das Klebeband ab und fischte den Knebel aus dem Mund. Der Kleine hatte die Augen geschlossen, als schliefe er.

Jonas legte seine Hand auf den Hals. »Er lebt«, flüsterte er. Als hätte Felix Reiter diese Worte als Aufforderung verstanden, diesem Leben nicht Adieu zu sagen, öffnete er die Augen.

Thal nahm sofort den Lichtstrahl von seinem Gesicht. Die Pupillen des Jungen waren vergrößert, er wollte ihn nicht blenden.

Felix griff mit den Händen an den Rand des Kofferraums, als wollte er sich hochziehen.

»Ganz ruhig, mein Kleiner«, sagte Thal. »Du solltest dich nicht überanstrengen.«

Quandt ging ein paar Schritte vom Auto weg und rief leiser als erwartet. »Wo ist der Notarzt, verdammt?«

Ein paar Sekunden später drängte der Arzt Thal zur Seite. Ein Sanitäter schob eine Trage an den Wagen. Der Mediziner hob Felix aus dem Kofferraum. Unter der Folie, die ihn vor weiterer Auskühlung schützen sollte, sah er zerbrechlich aus.

»Und?«, fragte Thal den Arzt.

Er schüttelte den Kopf. »In zwölf Stunden werden wir wissen ...«

Thal war ihm dankbar, dass er den Satz nicht vollendet hatte, denn Felix schaute mit aufgerissenen Augen zwischen den beiden Männern hin und her.

Thal beugte sich über den Jungen. »Alles wird gut, Felix. Ich rufe jetzt deine Mutter an. In einer halben Stunde wird sie bei dir sein.«

Tränen rannen über die Wangen des Jungen, aber er nickte.

Thals Handy vibrierte. Er streichelte Felix über die Wange und trat ein paar Meter zurück.

Auf dem Display erschien Schobers Nummer.

»Gut gemacht, Thal«, sagte der Kriminaldirektor. »Gerade hat mich der Kollege angerufen, der Haider verfolgt hat. Das feige Schwein hat versucht, sich das Leben zu nehmen.«

Thal wunderte sich über die Ausdrucksweise, das war nicht der normale Wortschatz des Imam, wie sie alle war er aufgebracht.

»Und?«

»Es hat nicht geklappt. Er lebt.«

Achtundsechzig

Samstag. Elf Uhr fünfundvierzig

Bettina nickte kurz in Richtung der Kamera. Sie wusste, dass alle Mitglieder des Teams im Besprechungsraum vor dem Monitor saßen und die Vernehmung verfolgten. Nur wegen der besseren Übertragungstechnik hatten sie den Vernehmungsraum 2 für die Befragung von Stephan Haider ausgesucht. Bettina hasste diesen Raum. Mit seinen Fenstern unter der niedrigen Decke und seiner trockenen Akustik wirkte er auf sie wie ein Bunker. Sobald sich die Tür geschlossen hatte, kam sie sich eingeschlossen vor.

Haider saß mit aufrechtem Oberkörper auf dem unbequemen Stuhl. Die Ärzte hatten ihn so weit wieder zusammengeflickt, dass er vernehmungsfähig war. Er verdankte sein Leben der schnellen Reaktion des Polizeibeamten, der ihn verfolgt und schließlich vor der Jugendherberge gestellt hatte. Als er gesehen hatte, dass Haider sich in die Flammen stürzen wollte, hatte er keine Sekunde gezögert und den Flüchtigen mit einem gezielten Schuss ins Bein niedergestreckt. Das Feuer hatte er einige Sekunden später mit dem Autofeuerlöscher bekämpft.

Die Ärzte hatten Haider den Kopf kahlrasiert, um die Verbrennungen an seiner Kopfhaut zu behandeln. Das Gesicht war aufgedunsen, der Arm steckte in einer Schlinge, das Bein, aus dem die Kugel entfernt worden war, hatten sie geschient.

Das alles waren nur Äußerlichkeiten. Wer erwartet hatte, dass Haider ein gebrochener Mann war, sah sich getäuscht. Er wich den Blicken von Berg und Thal nicht aus, sondern erwiderte sie mit stoischem Gleichmut. Immer wieder fuhr er sich mit der Zunge über die Lippen, als wollte er sie für eine längere Rede geschmeidig halten.

Thal startete den Sprachrekorder. »Herr Haider, dies ist die erste von einer Reihe von Befragungen, mit denen wir die Ihnen zur Last gelegten Verbrechen aufklären wollen.«

Haider hob den Kopf und schaute zur Decke.

»Was ist mit dem Polizisten?«, fragte er.

»Wen meinen Sie?« Thal war irritiert.

»Den ich angefahren habe. Er hatte mit der Sache nichts zu tun, es täte mir leid, wenn er gestorben ist.«

»Er lebt«, sagte Thal. »Schwer verletzt, aber er wird wieder.«

»Gut«, sagte Haider.

Thal brauchte ein paar Sekunden, seine Gedanken zu ordnen. »Heute geht es uns ausschließlich um die Morde an Benjamin Denz aus Bregenz und Leon Bahr aus Konstanz sowie um die Entführung von Felix Reiter.«

Haider zuckte zusammen. Sein Kopf schnellte nach unten und er fixierte Bettina mit leicht zusammengekniffenen Augen.

»Sie scheinen überrascht zu sein«, sagte Bettina und wich dem Blick nicht aus. »Haben Sie gedacht, dass Felix Reiter tot ist?«

Ein leichtes Zucken der Mundwinkel war Haiders einzige Reaktion.

»Auch wenn es heute nicht um die Methode geht, mit denen die genannten Kinder gezeugt wurden, sollten wir das grundsätzlich klären. Stimmt es, dass Sie die drei Jungs aus eigenen Körperzellen geklont haben?«

Haider schüttelte vorsichtig den Kopf. »Warum fragen Sie das? Sie haben mit Sicherheit die DNA untersucht, also kennen Sie die Antwort.«

Thal schob seinen Stuhl ein paar Zentimeter näher an den Tisch.

»Wir wollen es aus Ihrem Mund hören.«

Haider lachte lautlos. »Ja, ich habe die Kinder durch somatischen Transfer meiner eigenen Zellkerne kloniert.«

Er nahm den Blick nicht von Bettina. »Wenn Sie mich schon fragen, müssen Sie damit leben, dass ich die korrekten Termini verwende.«

»Anschießend haben Sie die auf diese Weise erzeugten Embryonen bis zur Überlebensreife entwickelt und in die Gebärmutter ausgesuchter Frauen eingepflanzt. Ist das soweit richtig?«

»Laienhaft ausgedrückt, aber ... Ja, das stimmt.«

»Spätestens an diesem Punkt haben Sie sich außerhalb der Gesetze gestellt.«

Haider lehnte sich zurück. Bettina fühlte, wie ihr der selbstgerechte Gesichtsausdruck des Mannes den Boden unter den Füßen wegzuziehen drohte.

»Es ist die Pflicht eines Wissenschaftlers, das Wissen zu mehren und den Menschen zu dienen.« Haider sprach wie ein Professor in einer Vorlesung. »Mit unserer ablehnenden Haltung gegenüber den Möglichkeiten der Stammzellenforschung machen wir genau das Gegenteil. Indem wir den Pfaffen und Moralaposteln folgen, verhöhnen wir die Möglichkeiten, die uns gegeben sind.«

Thal stand auf und stellte sich neben den Tisch. Er zwang Haider, den Kopf zur Seite zu drehen und Bettina aus dem Würgegriff seines Blicks zu lassen. »Sie machen sich Ihre eigenen Regeln.«

Bettina verstand, Thal wollte sie aus der Schusslinie nehmen und Haider gleichzeitig provozieren. Der ging darauf nicht ein, sondern lächelte, also setzte Thal noch etwas drauf.

»Ihnen geht es nicht darum, Menschen zu helfen, sonst wären Sie nicht über Leichen gegangen. Nein, Sie hatten nur ein Ziel: Sich unsterblich zu machen, indem Sie exakte Kopien Ihrer selbst in die Welt brachten.«

Haider legte eine Hand auf den Tisch und spreizte die Finger. »Ich weiß, dass ich über Fähigkeiten verfüge, die anderen fehlen. Ich bin ein guter Arzt und Wissenschaftler, daran sollten Sie nicht zweifeln.«

Er grinste Thal herausfordernd an.

Bettina hatte Mühe, ihre Aggressivität zu zügeln. Sie kam Thal zuvor, der nach der richtigen Erwiderung suchte.

»Ich bin sicher, dass Sie ein herausragender Forscher sind.«

Haider drehte den Kopf und hob überrascht die Augenbrauen.

Bettina beugte sich über den Tisch. »Was Ihnen fehlt, ist das ethische Fundament, ohne das jede Wissenschaft in Auschwitz endet.«

»Armes Deutschland«, sagte Haider. »Irgendwann kommt immer die Nazikeule.«

»Wie viele?«, fragte Bettina scharf.

»Kinder?« Haider grinste.

»Was sonst?«

»Zehn«, sagte er.

Bettina schluckte. Sie wussten, dass es mindestens neun Klone gab, Haider hatte Felix Reiter #9 in die Fußsohle tätowiert, trotzdem schockierte sie die gelassen ausgesprochene Zahl.

»Zwei sind tot«, übernahm Thal. »Leon Bahr und Benjamin Denz.«

»Sie waren missraten«, sagte Haider ohne die Spur einer Regung.

»Bleiben acht«, sagte Thal.

Haider schüttelte den Kopf. »Drei sind verstorben und Nummer Neun ...«

»Felix Reiter«, warf Bettina ein.

»Namen spielen keine Rolle. Nummer Neun muss ebenfalls sterben.«

»Das haben Sie nicht mehr zu entscheiden.«

»Wer dann?« Haider spuckte Bettina die Frage entgegen. Zum ersten Mal fuhr er aus der Haut. »Die Kinder sind meine Geschöpfe, ich habe sie in die Welt gebracht, ich kann sie auch wieder entfernen.«

Bettina beschloss, darauf nicht einzugehen, und Thal hatte augenscheinlich denselben Gedanken. Er kam Bettina zuvor. »Wir kennen Felix Reiter, die Nummer Neun. Genauso Benjamin Denz, Nummer Sechs. Und Leon Bahr, die Sieben.«

Haider nickte, von einer Sekunde auf die andere wirkte er in sich gekehrt.

»Bleiben sieben Kinder«, sagte Bettina.

»Hören Sie mir nicht zu?« Haider brauste nicht auf, er schien resigniert zu haben. »Ich sagte doch bereits, dass drei der Geschöpfe gestorben sind. Die Nummern Zwei, Vier und Acht.«

»Bleiben immer noch vier.«

Haider schob den Stuhl bis an die Wand zurück. Er erhob sich, was ihm sichtlich schwerfiel.

»Nummer Eins, Nummer Drei, Nummer Fünf, Nummer Zehn. Meine Geschöpfe. Perfekte Wesen.« Er richtete den Blick zur Decke. »Sie werden leben.« Er ging um den Tisch.

»Bringen Sie mich in meine Zelle. Es ist alles gesagt.«

Neunundsechzig

Samstag. Fünfzehn Uhr zwanzig

»Wusstest du, dass Vince ihn als Anwalt vertreten wird?« Thal stellte die Frage sachlich, fast en passant. Alle Mitglieder des Teams hatten inzwischen davon erfahren, so etwas sprach sich schnell rum. Vince Abel, der neue Lebenspartner der Kriminaloberkommissarin Berg, verteidigte den Kindermörder Stephan Haider.

Bettina saß mit zusammengepressten Lippen am Besprechungstisch in Thals Büro und ordnete Papiere. Ihre Hände zitterten leicht. »Muss ich euch daran erinnern, dass in einem Rechtsstaat auch der schlimmste Verbrecher das Recht auf die bestmögliche Verteidigung hat?«

Niemand sagte etwas. Alle wussten, dass sie recht hatte, auch wenn es sich falsch anfühlte.

Bettina schaute von einem zum anderen. »Wenn ihr meint, dass es da einen Interessenkonflikt gibt, lasse ich mich gerne in ein anderes Kommissariat versetzen.«

Thal spürte einen Stich in der Magengegend. Er war froh, dass Schober nicht anwesend war. Die Zusammenkunft war informeller Natur, er wollte erst wissen, wie die anderen im Team die Sache sahen.

Quandt stand auf, Thal glaubte, er wollte eine Flasche Taurinbrause aus seiner Manteltasche holen, stattdessen ging er zu Bettina und nahm sie in den Arm. »Ich habe volles Vertrauen zu dir. Wenn Matteo Haiders Anwalt wäre, würde ich zu Hause einfach nicht über den Fall reden. Gibt genug andere Dinge zu reden – und vor allem zu tun.«

Alle lachten und klatschten.

»Darf ich das als allgemeine Zustimmung zu Jonas' Aussage werten?«

»Natürlich!« – »Klar!« – »Was sonst?«

Thal wusste, dass die Probleme, die sich aus dieser Konstellation ergaben, erst noch kommen würden, im Moment war er froh, dass er Schober nicht um eine Versetzung Bettinas bitten musste. Vorerst jedenfalls.

»Gut, kommen wir zur Sache. Bevor wir ins Wochenende gehen, würde ich gerne das weitere Vorgehen abklären. Gibt es Neuigkeiten, was Haiders Dokumente betrifft, Hartmut?«

Grendel grinste noch immer übers ganze Gesicht. Er nickte Bettina fröhlich zu, ehe er wieder ernst wurde.

»Leider war da nicht viel zu retten. Der Brandbeschleuniger hatte das Papier durchnässt, der Scheiterhaufen brannte binnen Sekunden lichterloh. Wir konnten nur wenige Fragmente so weit aufbereiten, dass man etwas entziffern kann. Leider finden sich dort keine Namen, es ist von ›Nummer sowieso‹ die Rede und von Erzieherinnen und Erziehern.«

»Damit meint er die Eltern der Kinder«, sagte Stephanie, die sich eine Träne aus dem Augenwinkel wischte. Die emotionale Solidaritätserklärung für Bettina hatte sie anscheinend angegriffen.

»Ich glaube nicht, dass wir in den Akten die Namen der anderen Kinder gefunden hätten, selbst wenn sie unversehrt geblieben wären.« Madlaina spielte mit einem Kugelschreiber, den sie zwischen den Fingern der rechten Hand kreisen ließ. »Für Haider spielten die Namen keine Rolle. Er hatte seine Geschöpfe durchnummeriert, sie waren keine Individuen, sondern Repliken seiner Person. Die Frauen, denen er die Embryonen eingepflanzt hatte, waren dementsprechend auch keine Mütter, er hatte ihnen die Kinder nur zur Erziehung übergeben.«

»Eine beängstigende Vorstellung«, sagte Thal, dem Madlainas Erklärung einleuchtete.

»Dann müssen wir eben anders vorgehen«, sagte Quandt. »Wir könnten einen Aufruf in der Presse starten und nach Frauen suchen, die von Haider im Rahmen dieses sogenannten Pro-bono-Programms in der Felicitas-Klinik behandelt worden sind.«

»Das könnten wir tun«, sagte Madlaina. »Aber sollten wir es auch?«

»Ich finde, dass die Eltern ein Recht auf die Wahrheit haben.« Quandt ging zum Mantel und holte ein Fläschchen Wachmacherbrause heraus. »Und später auch die Kinder.«

»Recht auf Wahrheit ...« Madlaina stand auf und ging zum Fenster. »Das ist ein großes Wort. Sollten wir uns nicht lieber fragen, was es mit den Kindern macht, wenn sie eines Tages erfahren, dass sie die exakte Kopie eines skrupellosen Mörders sind?«

»Und die Eltern?«, nahm Bettina den Faden auf. »Was bedeutet es für die Eltern, wenn sie wissen, dass sie gar nicht mit ihren Söhnen verwandt sind? Wirft sie eine solche Information aus der Bahn und sie sind nicht mehr in der Lage, den Kindern gute Eltern zu sein?«

Thal spürte, wie sich ein Schmerz in seinen Kopf schlich. Diese Ermittlungen gingen weit über normale Polizeiarbeit hinaus. Sie hatten den Täter gefasst, aber damit noch lange nicht die wichtigsten Fragen geklärt.

»Was ist mit Felix Reiter? Er hat die Entführung erstaunlich gut überstanden. Die Psychologin meinte, er ist stabil und wird mögliche Traumatisierungen im Laufe der Jahre abbauen. Seine Eltern werden aber auf jeden Fall erfahren, dass er ein Klon von Stephan Haider ist. Ich glaube kaum, dass der Richter die Öffentlichkeit von der Verhandlung ausschließt. Ehrlich gesagt, fände ich das auch nicht gut, die Debatte über diese Verbrechen sollte öffentlich sein. Irgendwann, wenn der Junge älter ist, wird er selbst davon hören.«

Madlaina öffnete das Fenster. Es hatte erneut begonnen zu schneien.

»Wir besorgen den Reiters die beste psychologische Betreuung, die man für Geld bekommen kann. Melanie Reiters körperliche Wunden sind fast verheilt, die Seele braucht viel länger. Mehr können wir für sie aber nicht tun. Die anderen Eltern und vor allem auch die vier Kinder sollten wir schützen, indem wir nicht den Versuch machen, sie zu finden.«

Madlaina drehte sich um. Eine vom Wind getriebene Schneeflocke hatte sich auf ihrem Kopf niedergelassen. Thal kam das Bild einer winzigen Fee in den Sinn.

Er schaute sich um. Alle Augen waren auf Madlaina gerichtet.

Niemand widersprach.

Liebe Leserinnen und Leser,

zum Schluss möchte ich mich bei Ihnen bedanken, dass Sie diesen Roman gelesen haben, denn nur für Sie habe ich ihn geschrieben. Wie alle Autoren wünsche ich mir, dass meine Geschichten und Figuren in der Fantasie meiner Leserinnen und Leser zum Leben erwachen.

Deshalb freue ich mich auch über jede Leserzuschrift. Schreiben Sie mir, ob Ihnen »Zwillingslüge« oder einer meiner anderen Romane gefallen hat. Meine E-Mail-Adresse lautet:

belabolten@email.de

Leseproben aus einigen anderen meiner Krimis finden Sie im Anschluss.

In diesem Zusammenhang habe ich noch eine Bitte. Als verlagsunabhängiger Autor muss ich mich auch um das Marketing für meine Bücher selbst kümmern. Deshalb bin ich auf Ihre Unterstützung angewiesen. Sie helfen mir sehr, wenn Sie meine Bücher bei Amazon bewerten, über sie sprechen und sie weiterempfehlen. Twittern Sie über das Buch, erwähnen Sie es auf Facebook, Google+ oder anderen Plattformen.

Übrigens: Ich belohne meine treuen Leserinnen und Leser bei jeder Neuerscheinung, denn Sie können das E-Book für einige Tage zu einem äußerst günstigen Sonderpreis erwerben. Besuchen Sie meine Internetseite

http://belabolten.de

und abonnieren Sie dort meinen Newsletter, dann erfahren Sie rechtzeitig von diesen Aktionen.

Herzlichst

Ihr Béla Bolten

Mehr von Béla Bolten

Die Berg und Thal Krimis

Bettina Berg und Alexander Thal ermitteln in Konstanz am Bodensee. Alle bisherigen Fälle mit den beiden sympathischen Ermittlern erreichten Spitzenplätze in den Amazon Bestsellerlisten. Die Romane sind in sich abgeschlossen und können losgelöst von den anderen gelesen werden.

Folgende Titel sind in dieser Reihe bisher erschienen:

Leahs Vermächtnis (eine Leseprobe finden Sie unten)
Sünders Fall
Bankers Tod
Claras Schatten
Tote Mädchen weinen nicht
Aschenputtel tanzt nicht mehr
Wenn Barbies Schwestern Trauer tragen
Das Doktorspiel
Mordbrenner
Der Memorymann
Tränenkinder
Todeszelle

Leahs Vermächtnis – Ein Berg und Thal Krimi

Kriminalhauptkommissar Alexander Thal trauert um seine Frau, die gefeierte Künstlerin Leah Braasch. Sie fiel einem Attentat zum Opfer, das ihm gegolten hatte. Thal zweifelt, ob er jemals in den Polizeidienst zurückkehren wird. Was hat seine Arbeit für einen Sinn, wenn er nicht einmal seine große Liebe vor einem Verbrechen bewahren konnte? Als er eines Morgens im Briefkasten einen an ihn adressierten Brief mit Fotos einer unbekannten, in entwürdigenden Situationen fotografierten Frau findet, wird ihm die Entscheidung abgenommen. Dies ist sein Fall. Es beginnt eine atemlose Jagd auf den Fotografen, dem im Trubel der Fastnacht jederzeit weitere Frauen zum Opfer fallen können. Wird es Thal diesmal gelingen, die Frauen zu schützen?

Leseprobe:

Kapitel eins: Das Versprechen

Er öffnete die beiden obersten Knöpfe seines Mantels. Obwohl vom See ein kalter Wind durch die Gassen wehte und das Thermometer zu dieser frühen Morgenstunde nur drei Grad zeigte, war ihm heiß. Er fürchtete, einen glühend roten Kopf zu bekommen. Dabei hatte er sich geschworen, gelassen zu bleiben. Es gab keinen Grund, aufgeregt zu sein. Er hatte alles durchdacht, seit Monaten feilte er an seinem Werk. Bis ins kleinste Detail hatte er die Komposition geplant, nichts war mehr dem Zufall überlassen. Über jede einzelne Pose, über Mimik und Gestik hatte er intensiv nachgedacht. Jederzeit konnte er das fertige Bild vor sein geistiges Auge holen. In Sekundenschnelle stand es vor ihm in seiner unbeschreiblichen Schönheit. Das hatte die Welt noch nicht gesehen. Monumental, bedeutend, in die Zukunft weisend.

Bevor seine Gedanken sich aus der Wirklichkeit lösten, zwang er sich zur Konzentration. Er durfte jetzt nicht träumen, sich nicht am eigenen Tun berauschen. Er musste hellwach sein. Die kommenden Tage sollten die bedeutsamsten seines Lebens werden. Danach würde nichts mehr sein, wie zuvor. Heute war der letzte entspannte Tag, den er nutzen wollte, um sich mit dem Terrain vertraut zu machen.

Er bog in die Münsterstraße ein und stieß fast mit einem Fahrradfahrer zusammen, der an diesem kalten Morgen nicht mit einem Spaziergänger gerechnet hatte. Die wenigen Fußgänger gingen zielstrebig in der Mitte der Straße. Sie waren auf dem Weg zur Arbeit, zur Schule, zu einem Arzt. Morgen würde das Geschäftsleben in der Stadt auf ein Minimum reduziert. Keiner hatte einen Blick für die Auslagen der Geschäfte, wo Luftschlangen, Konfetti und mit den typischen Kostümen der alemannischen Fastnacht bekleidete Puppen auf die kommenden Tage hinwiesen. Vor einigen Läden lagen lange Holzbretter, mit denen spätestens am Donnerstag viele Händler ihre Schaufenster verrammeln würden. Zu schnell ging im Taumel der Massen etwas zu Bruch.

Fast wie vor einer Großdemonstration in Berlin, nicht fröhlich, eher bedrohlich wirkte die Szenerie. Daran änderten auch die bunten Bänder aus Stofffetzen nichts, die im Abstand von einem Meter über die Straße gespannt waren und ihr ein Dach gaben.

Monate lang hatte er über den passenden Zeitpunkt gegrübelt, bis ihm der Einfall kam, der seinem Vorhaben die Richtung gab. Eine ganze Stadt im Taumel der Sinne, was könnte seinem Plan dienlicher sein? Bisher hatte er die

Fastnacht nicht gemocht. Zu grell, zu lärmig, zu zügellos - Opium für das gemeine Volk, damit es für ein paar Tage sein Elend vergaß. Nichts für Feingeister.

Jetzt aber würden ihm die tollen Tage liefern, was er als Letztes zur Vollendung seines Werkes brauchte. In den Straßen dieser Stadt würde es ihm in den nächsten Tagen gelingen, nicht zu kopieren, sondern zu erschaffen.

Als er in die Kanzleistraße einbog, trat zwei Meter vor ihm eine Frau aus einer Drogerie. Sie war kaum zwanzig und ging mit ausladenden Schritten Richtung Marktstätte. Nur mit Mühe konnte er ihr folgen. Warum rannte er hinter ihr her? »Bleib ruhig«, murmelte er. »Es ist noch zu früh.«

Erst morgen, am Mittwoch, wenn die Fastnacht ihren Anfang nahm, würde er sein Werk beginnen. Aber war es nicht oft so gewesen, dass alle Planung unwichtig wurde, wenn ihn der kreative Blitz traf, aus dem jedes Kunstwerk sein Leben erhielt, jenen besonderen Glanz, der sich später in den Augen der Betrachter widerspiegelte?

Er griff in die rechte Manteltasche und schloss die Hand um die kleine Flasche. Er wollte sie erst nicht mitnehmen, hatte sich aber ohne darüber nachzudenken anders entschieden. War das der Wink einer höheren Macht, dem zu folgen ein Künstler früher oder später lernte? Er beschleunigte seine Schritte, um die Frau nicht zu verlieren. Ihr dichtes, leicht gewelltes schwarzes Haar wippte über den Kragen der weißen Felljacke. Er hatte sie nur eine Sekunde lang von vorne gesehen, aber sie war eindeutig schlank. Ihr fester Gang ließ darauf schließen, dass sie nicht dürr war, sondern weibliche Formen und Rundungen hatte. Ging dort sein erstes Modell? Als sie an einer Galerie in Höhe des Kaiserbrunnens stehen blieb, überholte er sie. Dabei sah er für einen Moment ihr Spiegelbild im Schaufenster. In seinem Kopf überstürzten sich die Bilder. In Sekundenbruchteilen stanzte sein Gehirn die Unbekannte in das Mosaik seines Werkes. Wer war sie? Was verkörperte sie? Das Versprechen? Die Verführung? Die Hingabe? Als sein fieberhaft arbeitender Geist sie in das letzte Feld setzte, blieb er abrupt stehen.

»Stopp«, sagte er so laut, dass er erschrak. Sofort drehte er sich um. Sie hatte es nicht gehört, sondern betrachtete weiter das Schaufenster. Wie immer funktionierte es. Wenn sein Kopf zu zerplatzen schien und die Gedanken sich verselbstständigten, konnte er sich mit diesem einen Wort zur Ruhe bringen. Dem kreativen Impuls zu folgen, war gut, doch er durfte ihn nicht ins Chaos führen. Sein Werk hatte Anfang und Ende. Die Reihenfolge stand fest. Zuerst kam das Versprechen. War sie es? Das Haar, die Kleidung, die frauliche Figur passten. Die Frau drehte sich um. Sie kam direkt auf ihn zu. Fast hatte sie ihn erreicht, ehe er einen Schritt zur Seite machte. Sie lächelte ihn an und senkte leicht den Blick. In dieser unscheinbaren Geste lag, was er suchte.

Er sah aus den Augenwinkeln, dass sie das Café »Marktstätte« betrat. Er tastete erneut nach dem Fläschchen und bereute, die Wirkung nicht vorher ausprobiert zu haben. Er musste der Beschreibung auf der Internetseite vertrauen. Demnach hatte er ausreichend Zeit für sein Vorhaben.

Er atmete tief durch und spürte, dass seine Nervosität nachließ. Tiefe Ruhe stellte sich ein – wie jedes Mal, wenn er mit einem Werk begann. In dieser Sekunde war alle Falschheit aus der Welt. Alles war an seinem Platz.

Mit festen Schritten ging er auf das Café zu und drückte die Eingangstür auf.

Neugierig geworden?
„Leahs Vermächtnis“ von Béla Bolten erhalten Sie als Taschenbuch und E-Book exklusiv bei Amazon.

Mörderische Alibis

Zwei ungewöhnliche Ermittler in einer ebenso ungewöhnlichen Krimireihe. Jule Haller und Leo Liebig betreiben eine Alibiagentur und gerade dabei immer wieder in mysteriöse Kriminalfälle.

Alibi für ein Todesspiel
Mörderische Alibis 1

Leo Liebig hat eine geniale Geschäftsidee: eine Alibi-Agentur. Gegen stattliches Honorar ermöglicht er untreuen Ehemännern stressfreie Liebesabenteuer.
Doch gleich der erste Auftrag wird zum Desaster. Der als Double für den Auftraggeber engagierte Schauspieler liegt ermordet in seinem Hotelzimmer. Leo gerät in den Fokus der Mordermittlungen.
Und dann ist da noch seine neue Mitarbeiterin. Jule Haller erweist sich als außergewöhnlich – und das in jeder Hinsicht. Sie ist taff, sie ist attraktiv und sie sitzt im Rollstuhl.
Schaffen es die beiden, sich zu einem Team zusammenzuraufen und den verzwickten Fall zu lösen?

Leseprobe

Eins

»Verdammt, du Idiot! Kannst du nicht aufpassen?«

Leo drehte sich nach dem Radfahrer um, der immer noch vor sich hin fluchte und ihm mit ausgestrecktem Mittelfinger zeigte, was er davon hielt, einem Spaziergänger ausweichen zu müssen.

Daran würde Leo sich gewöhnen müssen. In Münster waren die Radler die Herren im Verkehr, als Fußgänger störte man nur. Am besten legte er sich auch einen Drahtesel zu, von denen jeder Münsteraner angeblich sogar zwei besaß: einen für die alltägliche Fahrt zur Arbeit und einen für die sonntägliche Tour ins Grüne. Der Weg vom Büro in der Hammer Straße bis zum Cheruskerring war auf jeden Fall viel zu lang, um ihn Tag für Tag zu laufen und mit den Feinheiten des städtischen Busverkehrs hatte er sich noch nicht vertraut gemacht. Bevor er sich mit solchem Organisationskram beschäftigte, würde er erst mal den heutigen Abend bei ein paar gepflegten Bierchen gebührend feiern. Die hatte er sich echt verdient, immerhin hatte er gerade den ersten Auftrag an Land gezogen – und das, obwohl sein Laden noch nicht einmal richtig eröffnet war. Zugegeben, als Moritz ihm von den Anzeigen auf Google erzählte und dabei tat, als handelte es sich um eine Wunderwaffe bei der Kundenbeschaffung, hatte er es für eine typische Übertreibung eines Anwalts gehalten. Die Rechtsverdreher waren schließlich Meister darin, nur unter dem Mikroskop sichtbare Erkenntnisse derart aufzublasen, dass sie selbst ein kurzsichtiger Rentner als lebensrettende Wahrheit erkennen konnte. »Von nichts kommt nichts« gehörte zu den Standardsprüchen, die sein Kumpel aus Studientagen bei jeder passenden und unpassenden Gelegenheit zum Besten gab.

Diesmal hatte Moritz aber nicht übertrieben, auf jeden Fall hatten sich die in die Google-Werbung investierten hundert Euro bereits heute bezahlt gemacht.

Leo drückte die Hand auf die Brust und spürte das Knistern der Scheinchen in der Innentasche des Jacketts mehr, als dass er es hörte. Schon erstaunlich, was manche Männer bereit waren zu investieren, nur damit ihre Gattin nichts von den amourösen Nebenschauplätzen mitbekam, auf denen sich die Herren regelmäßig tummelten. Dieser Typ hatte sich zwar erst naserümpfend im Büro umgesehen, Leos Geschäftsräume entsprachen wohl nicht seinem Standard. Im Grunde machte ihn das sympathisch, Leo hätte selbst am liebsten bei der ersten Besichtigung der Räume auf dem Absatz kehrtgemacht. Kein Wunder, dass der Vormieter, eine Versicherungsagentur, Pleite gemacht hatte, die Möbel stammten aus den Siebzigern und der Mief dieser Zeit hing in jeder Pore der abgewohnten Sitzgruppe. Leo roch den Angstschweiß der Versicherten, die hier auf eine positive Abwicklung ihres Schadensfalles hofften. Für repräsentativere Büroräume fehlte ihm aber das Geld, außerdem hatte es ihm der Lagerraum im Hof angetan. Wo sollte er so etwas zu einem annehmbaren Preis sonst finden, Münster war ein teures Pflaster.

Zum Glück hatte der Mann seine Abneigung überwunden und sich überzeugen lassen, dass sein Gegenüber ein erfahrener Alibibeschaffer wäre. Wenn der wüsste!, dachte Leo und lachte lautlos. Zum Glück war es keine komplizierte Angelegenheit, sondern genau das, was er sich erhofft hatte. Dieser Jakob Kaiser würde sich heute Nacht mit einer Geliebten an einem unbekannten Ort treffen. Seiner Frau erzählte er etwas von einer Dienstreise nach Münster, die er nach seiner Rückkehr mit entsprechenden Hotelrechnungen und Quittungen belegen würde. Nur, dass nicht er selbst unter dem Namen Kaiser im Hotel nächtigen, in einem der besseren Restaurants zu Abend essen und in der Hotelbar einen Schlummertrunk nehmen würde.

Eine einfache Angelegenheit, sah man davon ab, dass nicht viel Zeit blieb, alles vorzubereiten. Trotzdem sollte normalerweise alles glattgehen. Vorausgesetzt, Thees machte seinen Job. Leo drückte die schwere Eichentür zum ›Café Klatsch‹ auf. Drinnen war es noch wärmer als draußen, dazu kam ein schwerer, süßer Duft nach überzuckerten Torten und verbranntem Kaffee. Thees saß an einem dunklen Eichentisch und rührte mit einem winzigen Kaffeelöffel in einer Tasse, den kleinen Finger der klobigen Hand seltsam affektiert abgespreizt. Als er Leo erblickte, ließ er den Löffel auf die Untertasse fallen, sprang auf und breitete die Arme aus. Er hatte ordentlich an Gewicht zugelegt, wirkte aber eher massig als fett.

»Leo Liebig! Das muss doch mindestens zehn Jahre her sein!«

»Eher fünfzehn.«

Thees schloss Leo in die Arme und erdrückte ihn fast.

Leo brauchte ein paar Sekunden, um sich von der übertrieben enthusiastischen Begrüßung zu erholen. Sie waren nie enge Freunde gewesen, hatten während des Studiums hin und wieder miteinander gezecht, sich danach aber bald aus den Augen verloren. Er hätte auch heute keinen Gedanken an seinen ehemaligen Kommilitonen verloren, wäre da nicht dieser Auftrag, bei dem nichts schiefgehen durfte. Kaiser hatte weitere Jobs in Aussicht gestellt, vorausgesetzt, dass heute alles klappte. Er führte wohl ein ausschweifendes außereheliches Liebesleben. Auf jeden Fall konnte es nicht schaden, einen professionellen Schauspieler zu engagieren, Kaisers Rolle zu spielen. Thees war sicherlich kein strahlender Bühnenheld, aber dafür sollte es reichen.

Leo bestellte einen »Kaffee mit«, was der Kellner mit einem mehr gegrunzten als artikulierten »Sehr wohl« quittierte, und selbst das lag wohl nur daran, dass Leo sich durch die Bestellung als Stammgast zu erkennen gegeben hatte. Beim ›Kaffee mit‹ handelte es sich im ›Klatsch‹ um einen Kaffee mit Sahne und einem Schuss Marillenlikör.

»Cooler Laden«, meinte Thees.

Leo schluckte die Entgegnung herunter, das ›Café Klatsch‹ sei alles andere als das. Die Einrichtung war wie die Stammgäste in die Jahre gekommen, die Kellner bedienten mit einer steifen Korrektheit, die leicht als Arroganz ausgelegt werden konnte, und auch das Angebot war nicht mit der Zeit gegangen, es gab nicht einmal eine Espressomaschine. Kaffee wurde hier noch gefiltert wie zu Omas Zeiten und der Kuchen war weder vegan noch glutenfrei. Und selbst der Name war kein anbiederndes Wortspiel, sondern ging auf den ersten Besitzer Otto Klatsch zurück, dessen Schwiegersohn Gerd zwar nicht mehr den passenden Namen, aber den gleichen muffigen Gesichtsausdruck trug.

Leo wartete, bis der Ober den Kaffee serviert hatte, obwohl er registrierte, dass Thees seine Ungeduld nur mühsam zügeln konnte. Vermutlich hatte sich da in den letzten fünfzehn Jahren nichts geändert und der Schauspieler war wie immer knapp bei Kasse.

»Du hast dich also selbstständig gemacht?«, beendete Thees das Schweigen. Da Leo nur wortlos nickte, setzte er ungeduldig hinzu: »Lass dir doch nicht alles aus der Nase ziehen! Was zum Teufel habe ich mir unter einer Alibiagentur vorzustellen?«

Leo zuckte mit den Schultern. »Na, was wohl?«

Thees lachte auf. »Schon klar. Untreue Ehemänner brauchen eine Erklärung, warum sie unbedingt außer Haus nächtigen müssen!«

»Schnellmerker«, sagte Leo und trank einen großen Schluck vom heißen Kaffee. Fast hätte er sich verschluckt; der Wirt hatte nicht am Schnaps gespart.

»Hast du heute Abend Zeit?«

»Klar, Leo. Für dich doch immer!«

Das Leuchten in seinen Augen deutete Leo nicht als Zeichen freundschaftlicher Rührung, sondern als Hoffnung auf eine satte Entlohnung.

»Gut. Dann beziehst du in zwei Stunden ein Zimmer im ›Hotel Krautkrämer‹, das unter diesem Namen reserviert ist.«

Er schob Thees einen Zettel zu, auf dem er Kaisers Daten notiert hatte.

»Krautkrämer?«, fragte der Schauspieler ungläubig.

Leo nickte. Einen derartigen Nobelschuppen hatte Thees bestimmt seit Jahren nicht mehr von innen gesehen.

»Beim Check-in wird man dich nach einer Kreditkarte fragen.«

Er beugte sich vor und schaute seinem Gesprächspartner in die Augen. Er musste sich sicher sein, dass er die folgenden Instruktionen genau verstand. »Du sagst, dass dir gestern deine Brieftasche mit allen Papieren, Kreditkarten und so weiter gestohlen worden ist, du hättest den Verlust bereits angezeigt. Du kannst das ruhig ein bisschen ausschmücken.«

Leo rechnete damit, dass der Hotelportier seinem Gast voller Mitleid begegnen würde. Der Verlust von Papieren und Kreditkarte ist schließlich der Albtraum aller Reisenden.

»Klar«, antwortete Thees einsilbig und starrte dabei auf das Blatt mit Kaisers persönlichen Daten. Er war so konzentriert, dass er zusammenzuckte, als Leo auf das Papier tippte. »Hier findest du auch den genauen Ablauf des Abends.«

Thees hielt den Kopf leicht schief, während er die weiteren Erläuterungen las, und leckte sich über die Lippen, als freue er sich schon jetzt auf die in den knappen Anweisungen verborgenen Genüsse.

»Halte dich genau an den Ablauf und die Zeiten, hörst du!«

»Klar.« Augenscheinlich war das seine Standardantwort. »Und wie bezahle ich das alles?«

Leo lächelte. Endlich kam der Schauspieler zur Sache.

»Cash natürlich.«

»Dachte ich mir.«

Leo trank den letzten Schluck und grinste Thees an, der unruhig auf seinem Stuhl hin- und herrutschte.

»Wie sieht es mit einem Vorschuss aus? Ich bin ein bisschen knapp im Moment.« Er biss sich auf die Unterlippe. »Theaterferien, du verstehst?«

»Klar«, sagte Leo. Er griff in seine Jackentasche und zog einen der Scheine heraus, die Kaiser ihm gegeben hatte. Thees bekam Stielaugen; einen Fünfhunderter sah man nicht alle Tage. Leo faltete den Schein zwei Mal und hielt ihn dem Schauspieler zwischen Zeige- und Mittelfinger hin. »Das dürfte für die Spesen und dein Honorar großzügig bemessen sein.«

Thees nahm den Schein und steckte ihn hastig in die Brusttasche seines Hemds. »Na ja, so ein Menü im ...«

»Geschenkt«, sagte Leo. Er hatte sich vorher über die Preise in der ›Villa Medici‹ informiert. Selbst wenn Thees nur die teuersten Gerichte auf der Karte wählte und später in der Bar noch ein paar edle Spirituosen kippte, dürften zwei- bis dreihundert Euro Honorar übrig bleiben. Viel zu viel für den Job, aber er wollte sich den Schauspieler warmhalten. Es kamen sicher auch noch schwierigere Aufgaben.

»Brauchst du eine Quittung?« Thees strich fast zärtlich mit der Hand über die Brusttasche, eine Geste, die Leo gut nachvollziehen konnte.

»Du lässt dir natürlich überall Quittungen ausstellen, die gibst du mir, wenn wir uns morgen Vormittag in meinem Büro treffen.« Er schrieb die Adresse auf die dünne Serviette, die man im ›Klatsch‹ zum Kaffee servierte, und machte sich eine gedankliche Notiz, unbedingt Visitenkarten in Auftrag zu geben. »Dein Honorar ist netto!«

Er sah die Erleichterung in Thees' Gesicht und nickte. Er wusste, was so ein unerwarteter Geldsegen bedeuten konnte.

»Zeit, dass du loskommst«, sagte Leo und stand auf. »Wie kommst du nach Hiltrup?«

»Mit dem Auto.«

»Klar.«

Thees grinste. »Kann ich dich irgendwo absetzen?«

»Nee, lass mal. Ich brauche noch ein bisschen frische Luft.«

Als Thees Anstalten machte, Leo auch zum Abschied mit seinem Würgegriff zu umarmen, nickte er ihm nur kurz zu und ging schnellen Schrittes aus dem Café. Die Rechnung überließ er dem Schauspieler. Dessen Spesenkonto war schließlich gut gefüllt.

Neugierig geworden?
„Alibi für ein Todesspiel„ von Béla Bolten erhalten Sie als Taschenbuch und E-Book exklusiv bei Amazon.

Axel Dauts Fälle

Die zeithistorische Krimiserie um den Ermittler Axel Daut spielt während des Zweiten Weltkriegs in Berlin und verbindet auf besondere Weise Fiktion und Realität.
Bisher sind drei Bücher erschienen:
Die Romane "Codewort Rothenburg", in den Sie gerne hineinlesen können, und "Der Aufbewarier" sowie die Kurzgeschichte "Luises Schweigen".

Codewort Rothenburg
Axel Dauts erster Fall

Berlin, Frühjahr 1941. Ein mysteriöser S-Bahn-Mörder hält die Stadt in Atem. Als eine weitere Frauenleiche gefunden wird, führen die Spuren Kriminalkommissar Axel Daut aber in eine andere Richtung. Das Opfer arbeitete als Prostituierte in einem noblen Bordell. Warum will offiziell niemand etwas von diesem „Salon Kitty" wissen? Trotz Anweisung von höchster Stelle, den Fall zu den Akten zu legen, ermittelt Daut weiter und betritt eine geheimnisvolle Welt aus Spionage und rauschhafter Begierde, der auch er sich nicht entziehen kann.
Währenddessen schließt sich Dauts Ehefrau Luise ohne sein Wissen einer Widerstandsgruppe an.
Als deutsche Soldaten in Russland einmarschieren und Bomber Nacht für Nacht Tod und Zerstörung auch nach Berlin bringen, kommt es zu einem dramatischen Finale, an dessen Ende nichts mehr ist, wie es war.

"Historisch perfekt recherchiert – ein Stück NS-Alltagsgeschichte in Romanform, das ohne moralische Wertungen, ohne politisches Pathos, ohne erhobenen Zeigefinger auskommt."
(Eine Leserin bei Amazon)

'Codewort Rothenburg' ist definitiv mehr als nur ein spannender Krimi. Der Autor Béla Bolten schafft es, die Ereignisse der Zeit geschickt mit einem spannenden Kriminalfall zu verbinden.
(Wir lesen – Eure Büchercommunity)

Béla Bolten ist es mit diesem Buch brillant gelungen, ein historisches Szenario in einen mitreißenden Krimi zu packen, der einen für viele Stunden nicht mehr los lässt.
(Online Magazin Maniax)

Leseprobe

Eins

Er hatte es sich schlimmer vorgestellt. Unangenehmer. Er sollte sich entspannen, dann könnte er es sogar genießen. Die Kameraden hatten recht, Inge war hübsch. Nicht schön, aber reizvoll. Weniger ihr Gesicht, in dem die Augen etwas zu eng beieinanderstanden und die Wangenknochen zu deutlich hervortraten. Sähe man nur ihren Kopf, könnte man sie für dürr halten. Er sah an ihrem Körper herunter. Sie war alles andere als das. Der Seidenkimono war aufgesprungen, und so hatte er einen freien Blick auf ihre Brüste, ihren Bauch, ihre Beine. Ein seidiges Etwas, eher ein Nichts als ein Höschen, verbarg die Scham zwischen ihren runden Schenkeln. Sie stützte sich auf den linken Unterarm, trank einen Schluck Champagner und sah ihn herausfordernd an.

»Na, Soldat! Genug gesehen?«

Er fühlte sich ertappt. Das Blut schoss ihm ins Gesicht.

»Du bist ja vielleicht ein Held!«

Sie prustete los, und einige Spritzer Sekt trafen seine Nase.

»Wirst ja rot wie ein kleiner Junge, wenn du nur ein paar Tittchen siehst. Hoffentlich wirst du mir beim Rest nicht ohnmächtig!«

Wieder lachte sie lauthals.

»Nimm die Inge«, hatten seine Kameraden gesagt. »Die ist nicht nur hübsch, die hat auch richtig was drauf. Sachen macht die ...«

Mit seiner linken Hand umfasste er ihre rechte Brust. Inge drängte ihren Oberkörper gegen ihn.

»Na endlich. Ich dachte schon, du wolltest nie anfangen.«

Sie nestelte an seiner Gürtelschnalle und zog mit einem Ruck die Hose herunter. Als sie in seine Unterhose greifen wollte, schlug er ihre Hand weg. Sie riss die Augen auf.

»Aua, du tust mir weh.«

Er hatte zu fest zugepackt. Es war ein Reflex. Aus seinem Unterbewusstsein. Seit Jahrzehnten antrainiert.

Er lockerte den Griff.

»Tut mir leid. Aber ich kann nur ...«

»Ah, der Herr möchte bestimmen, wo's lang geht. Nur zu!«

Sie lachte, hob den Hintern an und zog mit einem Ruck ihr Höschen auf die Knöchel.

»Den Rest kannst du ja wohl selber!«

Wieder gluckste sie, und in diesem Moment wusste er, dass er dieses Lachen schon einmal gehört hatte. Inge spreizte die Schenkel, und der Anblick, der sich ihm bot, lenkte ihn augenblicklich ab. Noch nie hatte er eine Frau gesehen, die an dieser Stelle rasiert war. Das Verlangen sprang ihn an wie ein Tiger sein Opfer. Er wollte diese Frau, die sich ihm so schamlos darbot.

»Dreh dich um«, sagte er in einem barschen Befehlston.

Sie schien es als Spiel aufzufassen.

»Jawohl, Herr Leutnant! Wie der Herr Leutnant befehlen!«

Lasziv und provozierend langsam drehte sie sich auf die Seite. Er fasste sie um das Becken, hob sie hoch und brachte sie mit einem Schwung in eine kniende Position. Sie stöhnte auf, es klang nicht schmerzhaft. Mit der Hand fuhr sie sich zwischen die Schenkel, und er spürte stechend, wie groß seine Lust war. Die Hose hatte sich an seinen Beinen verheddert, und er brauchte einige Zeit, sie abzustreifen. Als er seine Unterhose nach unten zog, drehte sie den Kopf.

»Nun mach schon, oder willst du ...«

Ihre Augen weiteten sich, und die Backen fielen in sich zusammen.

»Was ist das denn?«

Sie kreischte mehr als sie sprach und beendete den Satz mit einem hohen, fast quietschenden Kiekser. Sie blickte ihn direkt an. Wieder lachte sie schallend und brüllte los, wobei ihre Stimme fast eine Oktave tiefer zu sein schien als zuvor:

»Das kann doch gar nicht wahr sein. Wann habe ich denn so was das letzte Mal gesehen? Muss schon lange her sein! Das glaubt mir kein Mensch.«

In diesem Moment erinnerte er sich an alles. Er hatte einen Fehler gemacht. Einen folgenschweren Fehler.

Er griff in ihr dichtes, schwarzes Haar und drehte mit einem kräftigen Ruck ihren Kopf nach vorne. Sie schrie auf. Diesmal vor Schmerz. Er verschloss ihren Mund mit seiner Hand. Mit Verwunderung spürte er, dass seine Lust nicht nachgelassen hatte.

»Sei still und tu deine Arbeit«, zischte er.

Dann drängte er sich an sie. Er wusste, dass er die Sache zu Ende bringen musste.

Printed in Poland
by Amazon Fulfillment
Poland Sp. z o.o., Wrocław

50368284R00186